藏地八千里

不了情缘

徐杉 著

四川大学出版社
SICHUAN UNIVERSITY PRESS

图书在版编目（CIP）数据

藏地八千里. 不了情缘 / 徐杉著. — 2 版. — 成都：
四川大学出版社，2023.7
（徐杉文集）
ISBN 978-7-5690-4139-2

Ⅰ. ①藏… Ⅱ. ①徐… Ⅲ. ①随笔－作品集－中国－
当代 Ⅳ. ① I267.1

中国版本图书馆 CIP 数据核字（2021）第 004668 号

书　　　名：藏地八千里：不了情缘
　　　　　　Zangdi Baqian Li: Buliao Qingyuan
著　　　者：徐杉
丛 书 名：徐杉文集

丛书策划：张宏辉　欧风偃
选题策划：黄蕴婷
责任编辑：黄蕴婷
责任校对：罗永平
装帧设计：墨创文化
责任印制：王　炜

出版发行：四川大学出版社有限责任公司
　　　　　地址：成都市一环路南一段 24 号（610065）
　　　　　电话：（028）85408311（发行部）、85400276（总编室）
　　　　　电子邮箱：scupress@vip.163.com
　　　　　网址：https://press.scu.edu.cn
印前制作：四川胜翔数码印务设计有限公司
印刷装订：四川盛图彩色印刷有限公司

成品尺寸：170 mm×240 mm
印　　张：17
插　　页：12
字　　数：228 千字

版　　次：2014 年 7 月 第 1 版
　　　　　2023 年 7 月 第 2 版
印　　次：2023 年 7 月 第 1 次印刷
定　　价：78.00 元

本社图书如有印装质量问题，请联系发行部调换

扫码获取数字资源

四川大学出版社
微信公众号

墨脱，彩虹如影相随

公路未开通前去墨脱必须翻
越眼前的大雪山

墨脱风光

嘎隆拉冰川

吴邪的背包上写有"不搭车"三个大字
小狗梦梦紧紧相随

位于西藏昌都地区八宿县然乌境内的来古冰川

波密的雪山与亚热带丛林交融一体

红拉山

红拉山峡谷

怒江大峡谷盘山公路

俯瞰德钦县

怒江峡谷

芒康风光

澜沧江畔的盐田

理塘毛垭草原风光

理塘毛垭草原风光

茶马古道风光

卓克基土司官寨一角

中国最高的碉楼——关碉

远眺惠远寺

无法了结的藏地情缘

我曾多次在黄昏的风中仰望布达拉宫，也曾踏着夕阳行走草原，还在凛冽寒风中翻越大雪山，于夜色中倾听梵音鼓声。其实，这些景象在童年就印在我脑海里。然而当我成年后再次踏上这片土地时，发现那些留在脑海深处的记忆，已经转化为难以割舍的藏地情结。于是，童年，历史，以及许多难以言说的原因，使我不但十多次进藏，还深入到许多边远偏僻的角落。

2011年第一部《藏地八千里》出版后，我原本打算暂时不再进藏，毕竟长途颠簸和高原采访是件十分辛苦劳累的事。我也想集中精力完成长篇历史小说《藏茶秘事》和散文集《即将消失的文明》两本书稿。可是不少朋友和读者纷纷给我打来电话，希望能读到《藏地八千里》的续集，从中更多地了解西藏不为人知的故事。于是，我在前两部书出版后，又于2013年9月再次踏上去西藏的旅途。

这次进藏，是由川藏线进，绕滇藏线返回，沿途我采访了各种各样的人，官员、"驴友"、农夫、牧民、喇嘛、活佛，还有94岁的老修女、麻风村的志愿者、红顶藏商邦达昌的后人等。我分享着他们老年、中年、少年不同的人生，聆听那些书本中不曾记载的历史，颠簸劳累的日子也变得有滋有味。

我深深地感受到藏地的神奇不仅在于极强的反差——世界上最美丽的风光与最恶劣的气候，还在于一些神秘、奇异、匪夷所思的人文景观。比如树葬，一个令多数人感到陌生的词汇，过去我只在民族学研究资料上得窥一二，一直心存疑问。这次实地进入树葬林，并与守护树葬林中遗骨的僧侣交谈后，我才对这种古老习俗有了深入的了解，也对生与死、灵与肉有了新的认识。

在墨脱的经历亦令我印象深刻。墨脱地处世界上地质活动最频繁的地区，地震、塌方、滑坡、泥石流频发，加之潮湿多雨，2013年10月才基本通车，是全国最后通车的一个县，被称为"高原孤岛"。在墨脱，20世纪50年代初商贩还是用鸡蛋壳做量器。我去时墨脱还未正式通车，一路上不断风闻当地"下毒"之事，其手段和方式与往昔南方某些部族的"下蛊"相似。我在满腹疑惑中行走，到了县城，去了背崩乡，还拜访了乡间的门巴族、珞巴族居民，我发现真切的人生旅途，会给历史与传说增添不少声色和情致。

我每次在去藏地的途中与父亲通电话，他都会提到一些我从未听闻的往事。我的行程再次唤起他大脑深处的记忆，其中最令我难忘的是他在扎木、边坝剿匪的生死经历：饥饿，寒冷，激战，与死神不期而遇时的奋力抗争。对照父亲的讲述实地行走，我终于明白他豁达的人生态度是如何修炼而来的。那些生死经历，那些危险和绝境中蕴藏的希望和奇迹，改变了他对生命的认知。前不久他手腕上长了一个小瘤子，他独自到医院手术后才告诉我们。问他为什么事先不说，或者让子女陪同，他不以为然，说这是小菜一碟。父亲今年已八十八岁高龄，然而当我看到他绘制的边坝咚达西战斗示意图时，我似乎懂得了他的深邃，他的青春。而这些是在书斋里永远学不到的。

这部《藏地八千里》是上一部的延伸和扩展，也是我关于藏地的第三部文学作品。

　　藏地，那些令人惊叹的故事，也许我还会再续！

2014年1月

目 录

墨脱，莲花与下毒

　　途经西藏八宿县城，一对正在修理摩托车的男女闻听我们来自四川，甚是高兴。女子得知我将去墨脱时，连忙提醒："你千万不要吃当地人的东西，他们可能会下毒！"

　　出发前我就曾风闻墨脱下毒的传说，以为不过是民间以讹传讹，捕风捉影罢了。此刻听她这样一说，倒觉得应该小心，但转念又想自己与那里人无冤无仇，怎可能无端惹出杀身之祸？

　　她似乎窥破我的心思，加重语气说："他们下毒并不是为抢你身上的钱财，而是觉得把你毒死后，你福气和运气就会转到他自己或者家人的身上。他们把毒药藏在指甲缝里面，端水给你喝时，手指轻轻往水里一点，或者递水果给你，你还没回过神已经就遭整翻了……"

　　女子连比带划，说得绘声绘色，仿佛自己亲身经历一般。她丈夫也在一旁帮腔，说那是当地的风俗，墨脱气候潮湿，树林密布，有数不清的毒草、毒花、毒虫，当地人就用这些炼制毒药；他们下毒手法也很绝，可以将毒性发作期控制在数日到数月不等，而被下毒的人无法得知何时何地中毒，以什么方法解毒，也就必死无疑云云。

　　我谢过他们的好意提醒继续前行。汽车盘旋在通往安久拉山的路上，我的心绪却不由得再次萦绕于远方的墨脱。

　　"墨脱"是藏语，意思是"花"；而生活在墨脱的门巴族、珞巴族，则称墨脱为"白隅欠布白马岗"，意思是"隐藏着神秘莲花的地方"。

墨脱曾是全国两千八百多个县当中唯一不通公路的县，因为长年与世隔绝，在外人眼里遥远而又神秘。云雾缭绕的高山峡谷中，零零星星地分布着门巴族、珞巴族、藏族等，其中珞巴族是我国五十六个民族中人口最少的一个，只有三千多人。

墨脱的与世隔绝与特殊的地理位置有关。墨脱地处世界上地质活动最频繁的地区——喜马拉雅断裂带和墨脱断裂带上，地质活动频繁，地震、塌方、滑坡、泥石流如同家常便饭，加之潮湿多雨，云雾缭绕，于是成为"高原孤岛"。

莲花是最圣洁的象征，而下毒则是江湖上最阴险的手段，截然相反的两极出现在同一个地方，这其中究竟隐含着什么秘密？

一

到达波密县城后，我立即打听去墨脱的公路是否可以通行，得到的回答是：看运气。波密县城所在地名叫扎木镇，2013年通往墨脱的嘎隆拉雪山隧道打通后，一度宣布扎墨公路基本通车了，但是这个声音很快就被接连不断的滑坡、泥石流淹没。所以此行是否能实现去墨脱的愿望尚属未知——我一直在默默祈祷。

三年前我到波密，就曾想去墨脱，可是最终未能如愿。因为没有公路，必须设法搭当地人的皮卡到米林县派镇，然后徒步翻越海拔4500米的多雄拉山口，再穿过令人恐怖的蚂蟥区、滑坡路段、瀑布区，到达墨脱县背崩乡，然后逆雅鲁藏布江北上三十公里至墨脱县城，全程一百二十公里左右，大约需四天时间。这条路只在每年的六月底到十月初冰雪融化时可以通行。

滑坡、泥石流在墨脱是家常便饭

通往墨脱的山路

我希望能了却上次留下的遗憾。

我在街上买了一份地图，回到宾馆对比出发前父亲给我画的地图，把新修的路标注在上面，这是父亲吩咐我为他做的事。二十多年的西藏生涯，使他对这片土地怀有深厚的情感。今年已八十八岁的他，对当年在西藏的经历有令人惊讶的清晰记忆。他说二十世纪五十年代初，解放军第十八军就开始修筑从波密到墨脱的公路，他当时就是筑路大军中的一员。

可是很多年过去了，到墨脱的公路始终无法畅通，夏季大雨来临，从冬到秋的忙碌就被滑坡、泥石流化为乌有。几十年来，蜿蜒曲折的山路屡修屡毁，屡毁屡修，如同月宫中的吴刚伐桂，树随砍随合，永无休止。父亲回忆，部队驻扎林芝后，他随小分队到墨脱周边侦察，以建立兵要地志。他们从林芝经帮纳，沿尼洋河到羌纳渡口，以牛皮船横渡雅鲁藏布江，然后到达米林县的派。派，就是今天的派镇，地处雅鲁藏布大峡谷，是通往墨脱的必经之路，那时只有几户人家，镇是2000年以后才建立起来的。

二十世纪九十年代，扎墨公路的修筑再一次大规模进行，可是不久，刚修筑完毕的路段接二连三坍塌，有的地方被巨大的滑坡面掩埋，

24K养护工区

钢架桥被巨石砸垮，钢索扭成麻花状！为庆贺通车而开进的一辆汽车，到墨脱县城后竟然成了供人参观的"文物"。耗巨资修筑的公路很快又一次被杂草、灌木、乱石吞噬。

蜿蜒曲折的扎墨公路

2008年，扎墨公路又一次被提上议事日程，经过五年的艰难修筑，它会是个什么样子呢？我期待，也有些担忧。

二

第二天一早，我们在纷飞细雨中穿过扎木大桥，脚下清澈湍急的帕隆藏布江迂回婉转，消失在云遮雾罩的密林深处。远方，烟雨朦胧，乳白色的棉花状云朵含着浓浓的水蒸气缠绕在半山，缓缓浮动，忽上忽下，忽浓忽淡，一会儿拉成薄薄的轻纱，树木和山水若隐若现；一会儿又浓雾弥漫，天地间虚幻缥缈。云雾深处不时传来鸡鸣狗吠之声，间或夹杂着牛哞，和松枝、麦秸、柴薪燃烧所特有的香味。路边一簇簇格桑花经一夜雨水洗涤，更加娇艳欲滴，深紫，粉白，浅红，随风摇曳，但总是高高地昂着头，似乎要在冬季寒风肆虐前，竭尽全力最后怒放。

眼前这一切，似乎与一贯雄浑苍凉的青藏高原毫不搭调。印度洋的暖湿气流沿雅鲁藏布江进入帕隆藏布河谷以及易贡藏布河谷，造就了这西藏的江南。波密气候温和，降雨丰沛，物产丰富，夏无酷暑，冬无严寒，实在是个好地方！

过扎木大桥不久便进入扎墨公路。平整的柏油路在合抱粗的大树间延伸，浅绿色的松萝密密麻麻地挂在粗大的树丫上，随风轻摇，远处山头不时掠过一道道飞瀑，银白如练，空气中飘荡着松枝以及不知名的花草的清香。眼前的情景让我有些怀疑是否走错了道；反复查看地图，确实准确无误。我心想，如果去墨脱是这样的好路，那些令人恐怖的传言简直是危言耸听！

我沉浸在道路两旁的美景中，贪婪地呼吸着窗外清新湿润的空气，身上的毛孔也都一个个舒展开来，仿佛连五脏六腑也被温柔地洗涤一番，整个人轻盈起来，似乎展开双臂就能在林间飞翔。

忽然，汽车猛地抖了一下，我才看清脚下已是土石路，前方正在施工，一辆压路机来回碾压，十多个工人正在忙碌。十六公里平坦的柏油路面在无比美好的时光中悄然结束。接着，一路下坡，转弯，再下坡。土石路开始坑坑洼洼，也有些溜滑。不过有多次行走川藏线的体验，这样的路倒也见惯不惊，并不当回事。然而走了一段，路面糟糕起来，一个坑接一个坑，开始是小坑，接着坑越来越大。夹杂着石块的黑稀泥路面被载重汽车压出一道道深深的沟壑，里面积着一凼凼浑浊的泥水，难以辨清水沟有多深，也不知隆起的稀泥里是否暗藏尖利的石块。

路越来越糟，稍不注意汽车底盘就会被刮得咔咔作响。我初步领略到扎墨公路的滋味，不敢再掉以轻心。穿过依然在施工的一片黑暗的嘎隆拉隧道，终于到达了52K。这是进入墨脱的第一处检查站，需要出示身份证和边境管理通行证。检查站设在一个四面透风的简易小房里，抛弃在四周的垃圾上布满苔藓，甚至冒出颜色各异的菌类，湿漉漉的，似乎一踏上去就会冒出水来。

52K检查站　　　　　　护路工居住的木屋

　　全国大约没有哪一条公路会像扎墨公路这样，重要的站点以公路里程命名，比如52K、80K、100K、113K等，K就是公里（km），在这里约定俗成，成为地名。汉语这种文字繁复、词义丰富的语种，历来注重名称，讲究字眼，"某某K"之类的地名实在太像一个临时代号，与充满诗意的"隐藏着神秘莲花的地方"似乎毫不沾边。

三

一路颠簸到了80K，一个我多次想象，有许多故事的地方。

几年前，我在波密一家宾馆向服务员打听去墨脱的路时，一个年轻男子凑近问我可否结伴而行，费用平摊。他的目的地是80K。我问他，为什么去80K，一个地图上都找不到的小地方？他犹豫了一下告诉我，他与原来的女友本来在重庆过着丰衣足食，甚至有些奢靡的生活，衣帽间里挂有许多名牌服装，有的甚至连吊牌都没剪下就扔在角落里。可是一天，女友忽然对他说她厌倦了这样的生活，不久就留下一封信悄然离开，之后音信全无。

80K民居

男子一直在四处打听女友的消息。很多年过去了，终于听人说，他的女友似乎在墨脱的80K开了一家小饭馆。于是他追踪而来，想问问她为什么放弃富裕的重庆，选择偏僻荒凉的80K？是什么吸引了她？她到底想寻觅什么？这就是他要去80K的缘由。

当时我想，如果我到了80K，一定去拜访这名奇特的重庆女子。

今天我终于到达地处大山之中的80K。来之前听说，80K是这一路最大的站点，被一些人称为80K镇，是波密去墨脱途中的第二处检查站，需要再次检查身份证和边境管理通行证。然而到了这里才发现80K与我的想象有天壤之别，哪里能唤作"镇"？两排杂乱无章、破破烂烂的木墙铁皮顶房舍夹着一条狭窄的小街，一眼能从头望到尾。街上满是稀泥，房前屋后到处都是泥凼水坑，空气中弥漫着浓浓的水汽，不时能闻到木材和落叶散发的淡淡霉味。整个80K看上去像某处工地的临时生活区，用各种建筑材料拼凑而成，散淡随意地应付着过日子。

80K的珞巴族孩子

停留了一会，再细细品味，却发现80K有一种无拘无束的闲散自在。远离都市，人烟稀少，四周郁郁葱葱，几条细细的飞瀑从山顶垂直落下，消失在丛林中，湍急的涛声平添了山谷的清幽。猪、狗、鸡悠闲地在街上晃悠，一会在路边的稀泥里嬉戏，一会又当街躺下，即使偶尔有人走过，依旧慵懒地打盹。

我在镇头下了车，天又下起小雨。路边一间木屋门口的走廊上，三个小男孩靠墙一溜坐着，手里端着饭碗东张西望，时不时往嘴里刨一口。一旁凌乱地堆放着杂物和衣服，三只满身稀泥的黑猪在周围转悠，不停地用嘴四处拱着寻觅食物。小孩见有生人走近，有些兴奋，叽叽喳喳不停地说笑，见我举起照相机，立马竖起食指与中指做"剪刀手"。

我拿出水果糖分给孩子们，可是三个孩子对我的问话都是只笑不语。这时，屋里走出一个年轻女子，用生涩的汉语告诉我小孩听不懂汉语。

年轻女子叫洛桑曲珍，珞巴族，十八岁。她指着中间坐的小男孩说他是她的儿子，三岁，名叫桑吉罗布，另外两个小孩是邻居家的。我不由对这位十五岁便做了母亲的洛桑曲珍十分诧异，上下打量了他们母子一番。

桑吉罗布有一双大大的黑眼睛，笑起来十分惹人喜爱。在我与他妈妈说话期间，他抱出一个又旧又脏的绒毛牦牛玩具，左右摇晃，希望能引起我们的注意。他不喜欢被忽略。我问洛桑曲珍还会再要孩子吗？她毫不犹豫，点点头。再问其他，便有些害羞，摇头说听不懂。后来我到了墨脱才了解到，当地农村女子普遍早婚，生孩子是一个女人一生中的头等大事。

镇上仅有几家小饭店和"驴友"客栈，我挨个走了一遍，想找到传奇故事中的重庆女子，可是所见都是大叔大妈，个个充满了苍劲的自然之力。店铺无一例外都是荒村陋室，仅为行者提供果腹之餐、遮风挡雨之处而已，没有心思和时间去调理半点雅致与情趣，与如今全国各地精心打造的古镇中那些充满情调，让人怦然心动的雅舍截然不同，也似乎与那位曾经锦衣玉食的重庆女子无半点瓜葛。

80K一角

我还是不死心，向尽头最后一间杂货铺走去。铺子比街面低很多，门前用稀疏的木板搭出一条倾斜的栈道。因为常被雨水侵蚀，青苔从木板两侧蔓延开来，踏上去又溜又滑，稍不注意就有可能跌倒。老板娘来自四川，是个五十多岁、体格壮实的妇女，有一张圆盘大脸。

听了我的询问，她告诉我，倒是有年轻女子在此停留过，但是后来又走了，不知是否是我要寻找的人。"80K来来往往人不少，走了也就走了。"话里似乎有些禅意。

正说着，一阵麻将声传来，循声望去，只见杂货铺后面半垂的门帘里有几个男人在打麻将。老板娘说，去墨脱的路经常塌方，有时司机们被堵在80K好几天走不了，于是她就弄了两副麻将，顺便赚点小菜钱。说起这些，她的口气里透着小小的得意。几年前她随修路的丈夫来到这里，花一万元买下地皮，又到52K买回木料，建起这间属于自己的杂货铺，现在房子和货物加起来价值约二十万，而丈夫修路还有一份收入。说到此她已是踌躇满志。四川农村妇女那种精打细算的生存智慧，在她身上体现得淋漓尽致。

80K简陋的店铺

她儿子在成都工作，几番让父母一同到成都生活，但有些倔强的她都拒绝了。"我不喜欢成都，住几天就想走，夏天闷热得要死，街上人多得像翻开的蚂蚁包，啧啧，看得我脑壳发晕！这里空气好，清静，养人，我到成都去别人都说我皮肤好，看起只有四十多岁，你说是不是？"

老板娘极是健谈。分手后，我们来到一家看起来相对干净一点的小饭馆。面条十五元一碗，高压锅架在柴火上煮。我又向老板夫妇打听重庆女子，妻子不语，不善言辞的丈夫半晌才说："这个地方年轻人住不惯，来了也会走，只有我们这样的爆烟子老头（四川方言，比喻粗糙的半老头子）才耐得住寂寞留下。"

我彻底失望了，知道找不到那位重庆女子。转念之间，也暗笑自己有些痴，浪漫的爱情撞在这湿漉漉的深山之中，能生存下来吗？当一次过客也属不易。

这时，一个不幸的消息传来：前方桥梁垮塌，车辆禁止通行。我走到80K检查站，看见铁皮墙上贴有禁止通行的告示，落款日期是十多天以前的，不由叹息一声，消息从这里传到波密竟成了历史资料！守卫的武警见我一副不甘心的样子，便善意地提醒：如果越野车底盘比较高，可以试试涉水从垮塌的桥下通过。末了，一再叮嘱：千万小心！

四

过了80K检查站，蜿蜒曲折的山路上阒寂无人，路况比先前更差。河水在幽深的峡谷中奔腾，撞击巨大的岩石，发出一阵又一阵呼啸。白浪翻涌，水花四溅，洒进附近山脚的密林里，转眼化作一缕缕朦胧的岚气，从树梢上蒸腾而起，在山腰上飘浮萦绕。

不久，我看到一块断桥提示牌。走近，才看到陡峭的斜坡下有一条泥泞的便道。路很陡，凹凸不平，弯弯曲曲往下延伸，最后拐入断桥下方，一道激流从尽头横穿而出，切断了前进的道路。

为了一探究竟，我向便道下方走去，深一脚浅一脚，不一会裤脚上就满是稀泥。走到断桥处，那情景实在令人无法想象——山洪暴发时竟有如此大的破坏力，将一座坚固的钢筋水泥大桥拦腰折断，而传送这股破坏力的却是一条不大的溪流，水面不过二十多米宽，也不深，能清晰地看到水底的鹅卵石。

一边是废弃的钢架桥和汽车，一边是新架的钢架桥
频繁的地质活动使墨脱成为"高原孤岛"，几乎与世隔绝

我猛醒——这正是雅鲁藏布大峡谷的魔力！顷刻之间，美丽与凶狠变幻无常。是啊，雅鲁藏布大峡谷是世界最深、最长、海拔最高的峡谷，由于喜马拉雅山的抬升运动，以及纵横交错的江水的冲刷切割，这一带沟壑纵横，异峰突起，高山与峡谷咫尺为邻，在很狭小的范围内形成几千米的落差。加之降雨丰沛，地质活动频繁，在此建桥筑路犹如一发引千钧，上悬无极之高，下垂不测之渊，岂能不危机四伏，险象丛生！

我向水中间丢了一块石头，试了试水的深度和流速，看样子水流还不至于将汽车冲入下方波涛汹涌、乱石嶙峋的雅鲁藏布江。这时同行的三辆车前前后后从斜坡上下来，虽然司机都是经验丰富的老手，但

个个还是捏了把汗，因为湍急的水流几乎漫进车内，把车身冲得有些摇晃。

筑路工地上的门巴族、珞巴族小伙子

继续上路。不断下坡，狭窄的山路紧贴山崖，岩石高悬头顶，犬牙交错，危如累卵。在战战兢兢中穿过了两个小村庄。村中房舍极少，也不见有人在路上行走。不少关于"下毒"的传闻似乎与此地有关，说有的人家中还供有"毒神"。附近有一个山谷叫"药王谷"，是采炼毒药的地方，无人敢靠近。尽管我对"下毒"充满好奇，但是此刻也不敢贸然闯进村子。人生地不熟，但是悬在心中的疑虑一定要破解，我想。

下午四点多钟，在行驶了八个小时后，我们终于到达墨脱县城。天气有些闷热，如同四川盆地的初秋。这是一个四面环山的小城，崇山峻岭中不可多得的一块平地，行人极少，几乎听不到汽车的喇叭声，临街的店铺大都冷冷清清。放眼看去，才发现当地特有的干栏结构的木质吊脚楼已经被边缘化，仅有为数不多的山民和贫困人家固守其中，表明往昔历史的片段尚未被彻底清除。援藏省市在城中心建了好些水泥瓷砖、塑钢门窗的房舍，杂糅错位，与周边环境显得格格不入。

我们先去了莲花宾馆，据称是县城最大也最好的宾馆，哪知却被告知无房。一家能源公司包下了所有的房间，准备筹划开发墨脱的水能资源。走出宾馆，看见一位风尘仆仆的"驴友"正愤愤地对同伴说："杂种！可恶！爪子到处乱伸！我家乡那条河原来多清澈，他们建电站后就成了臭水沟……"

倘若雅鲁藏布江被一道道堤坝拦腰切断，对墨脱是福，还是祸？

有资料记载，从1897年到1950年，墨脱周边发生7.8级以上的大地震四次，其中最严重的一次是1950年，强度超过2008年发生在四川汶川的大地震，被列为世界有记录以来的十大地震之一。

地质活动如此频繁的地方怎么能修筑大坝？我无法想象。

在县城找住宿不是件容易的事，屈指可数的家庭旅馆，不但床位少，而且条件差。我们只好返回进城的检查站，请当地警察帮忙。一位满脸稚气的门巴族警察带领我们将小山城转了个遍，最后才找到一对四川夫妻开的小旅店，床位正好够安置我们。妻子和侄女忙着招呼安排，丈夫与朋友旁若无人地在一边下象棋，间或对颇有几分姿色的妻子发号施令，充分显示大丈夫当家作主的权威。

门巴族、珞巴族也喜欢像藏族一样，镶一两颗金牙或者银牙，除了美观，他们相信还有阻止晦气毒物的作用

旅店后门就是店主家的厨房、猪圈、锅炉房，老板的侄儿正往炉子里添柴烧水，火焰呼呼往外冒。想到竟然有热水洗澡，我顿时有种奢侈享受的幸福感。锅炉房旁边就是一片梯田，水稻刚刚收割完，能

清晰看到水田随山势地形的变化，坡缓则田大，坡陡则田小。大大小小，形状各异，一直延伸到山脚莽莽密林的边缘。

忽然，一阵云雾飘来，密林若隐若现，可是转眼间云雾消散，一道彩虹从山间升起。彩虹消失，云雾再次弥漫山间。如此往复，彩虹与云雾交替而出，构成一道绮丽的景观，我惊叹不已。老板娘在一旁说，她刚来时也和我一样好生稀奇，后来天天看也就无所谓了。稍后，我问老板娘，洗过的衣服挂在锅炉旁边会不会丢失？厨房和锅炉房不过是用砖头、木棒支撑了几块石棉瓦屋顶而已，四下空敞，不免让我有些担心。

"你放心，墨脱这儿偷人的有，偷东西的倒没有！"她说罢忍不住哈哈大笑起来。她的家乡在四川遂宁，丈夫很早就到墨脱修路，有一些积蓄后经营起这家小旅馆，最初来客都是与修路有关的人，慢慢又有了旅行者，生意也日渐有些起色。

"我第一次到墨脱是十月，翻越多雄拉山时正在下雪，雾蒙蒙的，啥子都看不清，路上的积雪到膝盖深，我累得喘不过气，哭了好几次，以为要死在山上了。最后他们在我腰上拴了一根绳子，前面的人拖，后面的人推，生拉活扯好不容易才翻过雪山。路上走了四天，后来我才发现自己的脸遭冻伤了，很长时间没法恢复，疤痕紫一块，青一块，就像烧伤一样。我埋怨老公叫我来墨脱，被毁容成了丑八怪，老公说不管你伤成啥样子我都不嫌弃！哼，他就是嘴甜，会哄人。后来我在这里生活久了，出去反而还不习惯。墨脱气候好，夏天不热，冬天穿件毛衣就能过。你看，我养了两头猪，去年做的腊肉和香肠还没吃完，明年我准备再养几只鸭子。水稻收割后田里的落下的谷子也够吃一阵，我就可以腌咸鸭蛋了……其实，我也舍不得老家，家里还有老人，但是人多地少，不好挣钱，守在老家有啥子用？挣了钱才能给老人治病，养老，让娃娃上学。"老板娘讲起自己来墨脱的经历滔滔不绝。

如今此地有不少四川遂宁同乡，颇有些当年走西口、闯关东、下南洋的意味，家人携家人，亲戚带亲戚，朋友帮朋友，在远离故土的异乡打拼奋斗，逐渐融入当地社会，也生活得有滋有味。

洗完衣服过来，老板的侄女问我明天去何处，我说准备去背崩乡看看。仍然在下棋的老板抬起头说："那儿风光好，就是路太烂！"说罢又全神贯注在棋盘上。墙上贴有一张喷绘的墨脱地图，详细地标注了山脉、河流、村落、便道等。我仔细看了一番，很想买一张带回去送给父亲，便问老板何处有售。父亲年轻时曾担任过作训参谋，他对地形、地貌、方位的判断以及绘制地图的能力常让我惊讶不已。老板听了，慷慨地说："你喜欢就送你，这个地图是买不到的！"我喜出望外，立刻动手从墙上取地图。喷绘的地图背面有粘胶，取起来有些费劲，老板的侄女过来帮忙，好心叮嘱道："你明天到乡下要小心哦，听说有人把毒藏在指甲缝里，请你喝水时手指往碗里轻轻一点，你就遭了。"

"为什么要下毒？再说一旦发现中毒可以送到医院抢救。下毒是故意谋杀，要追究法律责任的！"我还是将信将疑。

"下毒人想法很古怪！"老板放下手中的棋子，挺直身子来说，"他们下毒有时是为了救家里的病人，觉得别人的魂会转到病人身上。还有的是觉得对方比较有福气，觉得毒死这样的人可以把好运转给家人或者自己。那些毒分'热毒''凉毒'两种，中'热毒'的人，很快就会死；但中'凉毒'的人，一时难以发现，只是慢慢黑瘦干枯，最后死掉。他们多是使用'凉毒'，中毒的人会以为自己生病了，就是发现也不晓得是哪个下的，咋个破案？连个鬼影子都找不到！"

一番话让我倒吸一口冷气。

晚上在隔壁的小餐馆吃饭。菜很贵，一份炒大白菜三十元，番茄鸡蛋汤四十元。不过，一想到艰难的路途，便觉得这个价格也算厚道。

饭后趁夜色在四周转了一圈，城边那些简陋木屋、吊脚楼里的人似乎早早就入睡了，悄无声息，偶尔透出一缕暗淡的灯光，将形态各异的树影重叠在房舍的墙壁上，深浅不一，斑驳陆离。树影深处不时闪过一道黑影，似人似马，模糊不清，有些诡异。那些有关"下毒"的传说不可阻止地从脑海里浮现出来，在黑夜里更加阴森恐怖，我不由加快步伐返回旅店。

五

早上，一夜细雨悄然而止，四周烟雨朦胧，群山云雾缭绕，空气中带着浓浓的水汽，出门走一会头发就湿漉漉的，如同洗过一般。出县城向南便是通往背崩乡的路，路况比波密到墨脱还差，这还是近些年才开凿出来的乡道，在当地人眼里已是康庄大道，改变了以往交通依靠骡马与徒步的日子。由于道路艰难，极少有人进入这大山腹地，生活在此的人们几乎与世隔绝。

据说二十世纪五十年代初，这里的商贩还是用鸡蛋壳做量器，一鸡蛋壳的盐大约需要一个银圆；或者以物易物，两枚鸡蛋换一根绣花针。艰难的运输使外来货物身价剧增，豆腐卖肉价不足为奇。

转过一道弯，只见雅鲁藏布江从远处的云雾中奔涌而来，在脚下幽深的峡谷中呼啸而过，很快又消失在雾霭之中。我不禁被眼前的景象深深震撼！

墨脱县城海拔1100多米，距海拔7787米的南迦巴瓦峰直线距离不过一百公里左右，如此巨大的落差，使江河之水飞流直下，汹涌澎湃，有气吞山河的磅礴气势。

不一会云开雾散，转眼间阳光明媚，两岸茂密的树林折射出黄中带绿的光亮。尚未开发的原始森林带着狂野的力量生长，各种奇异的藤蔓借助树枝不断向上攀援，恣意缠绕，欲冲出层层密布的树冠，在顶端更多地分享阳光雨露。

我们小心翼翼，在狭窄泥泞的土石路上行驶，不时听到在车轮的碾压下道路边缘泥沙窸窣坠落的声音。有两次我们不得不下车，搬开从山坡上滑落到路中的石块。

森林密布，墨脱的公路穿越其中

继续前行，气温越来越高，路边出现大片芭蕉林，绵延不绝，望不到头，一串串深绿色的芭蕉坠在枝头。起初我以为是当地农民栽种的，不经意往对面一看，发现对岸山坡上也有成片的芭蕉，宽阔的树叶在密林中分外显眼。然而对岸没有人家，横七竖八、毫无规律的芭蕉林无拘无束，自然生长，我这才明白是野生芭蕉。

穿过芭蕉林，眼前豁然开朗，一片尚未收割的水稻梯田铺陈在山间，每一块都不大，重重叠叠，形状各异。田野里黄中带绿，绿中染黄，成群的麻雀在田间飞来飞去，叽叽喳喳。此刻阳光变得有些灼人，气温上升到二十八摄氏度。站在田边，不由生出一种错位感：这哪里是西藏？分明是江南某个幽静的乡间！

又行驶了一段，迎面山路上出现四个身着冲锋衣，手挂登山杖的年轻旅行者，其中还有一个女子，大家都显得疲惫不堪。询问方知他们是从米林县到派镇，然后翻越多雄拉山，经拉格、大小岩洞、汗密、马尼翁，到达背崩乡，再溯江而上去墨脱县城。

海拔七百多米的背崩乡一派旖旎的亚热带风光

他们已经在途中行走了四天，其中一个年纪稍大的人向我讲述了他们的经历：到派镇第二天早上七点出发，准备赶在中午以前通过多雄拉山口，因为一到下午山顶经常浓雾弥漫，甚至风雪交加，很容易迷失方向，遭遇不测。可是到了松林口，不但感到吃力，也辨不清该往哪个方向走，最后不得不请两位当地山民背包兼当向导，酬劳为五千元。翻过多雄拉山一直往下，落差很大，不久就进入湿润闷热的亚热带丛林，宿营地拉格海拔只有一千米左右，山泉瀑布遍野，看上去清凉洁净，大家忍不住去喝。结果有的人当天晚上就腹泻，不知是水土不服，还是水不干净。好在出发前带了药，不然后果难以预料。

第三天他们从拉格去汗密，路程不过28公里，可是一直在下雨，山路泥泞陡峭，可以说根本没有路。更使人恐怖的是通过蚂蟥区，体长10～15厘米的蚂蟥潜伏在草丛中、树枝上，一旦闻到人体的气味就从四面八方涌来，尤其是在雨天更加猖獗。尽管他们在拉格做了防蚂蟥的准备，但是到汗密一个小客栈洗澡时，每个人都大声惊呼起来，因为看见吸饱人血的蚂蟥胀鼓鼓地挂在自己身上，每一条足有手指长。对于从来没有见过蚂蟥的城里人来说，十多条蚂蟥吸在身上的景象确实足以令人魂飞魄散！

第四天他们从汗密到背崩，虽然只有38公里，却是体力消耗最大的一天，徒步十小时以上，除了要经过另一段蚂蟥区，还要经过塌方区、瀑布区。下雨天过塌方区非常危险，泥土石块不断往下滚，有时只好手脚并用如同爬行；而走瀑布区则全身湿透。当到达背崩解放大桥时，大家都有一种死里逃生的感觉，有的人甚至忍不住大哭起来。等缓过劲来，大家忙着做的第一件事却是脱衣服，男人们几乎是一丝不挂，为的是看清身上是否还有吸血的蚂蟥……

如今从派镇到墨脱县城这条路，逐渐成为个别年轻"驴友"的探险路线。这是徒步西藏最艰险的路段之一，没有极大的勇气、毅力、耐心，很难走完。

我问了一下，几个年轻人都是独生子女，生活在大都市，而且家庭条件不错，凭父母的余荫、自身的能力，满可以衣食无忧。我问他们，为什么要走这条路？答案不一，每个人都有各自的理由，也有人说根本不需要理由。

是的，这段感悟人与自然、挑战自我极限的历练，也许对人的一生都有启迪。

六

临近中午时分，我们到达了背崩乡政府所在地背崩村。这里完全是一派亚热带风貌，远处群山环抱，郁郁葱葱，近处小溪环绕，流水淙淙。刚刚收割完毕的水田里鸭子和猪在觅食，鸡也不甘寂寞，虽然不敢下到水田里，却也在田埂上转悠，不时伸长脖子捞一嘴。

我们绕过村子，先到希望小学看了看。学校正在扩建，孩子们在教室里上课。我们担心打扰，转了一圈就出来了。在大门外遇到一个面容似汉族的中年汉子，上前一问，果然，汉子来自四川泸州，在小学工地上干活。说起这所希望小学，他讲述了一段感人的往事。

这所小学最初由上海印钞厂一位叫陈正的老人兴办。老人退休后打算到墨脱当老师，义务教孩子学习，为此，他特地在上海学了一年藏语。可是到了林芝之后才知道墨脱的大部分孩子讲门巴语，不懂藏语、汉语。于是，老人拜林芝八一镇小学五年级学生、门巴族小姑娘扎西玉珍为师，学习门巴语。十二岁的扎西玉珍家住墨脱背崩，每次往返都要翻越多雄拉山口，穿过蚂蟥区、原始森林、塌方区等艰险路段，并且只能在大雪封山之前通过，小孩单程要徒步五天。

半年过去了，陈正掌握了不少门巴语，也与扎西玉珍产生了祖孙般的深厚情感。扎西玉珍经常给老人唱门巴族民歌。门巴族有语言无文字，历史文化口耳相传，民歌是最重要的文化载体之一。扎西玉珍的欢歌笑语不但给陈正增添许多乐趣，也加深了他对门巴族的了解。暑假到了，小姑娘要回家看望父母，临走时说要从家里带黄酒给陈正喝。陈正假期里一边温习门巴语，一边盼着扎西玉珍早日返校，希望早日去墨脱教书。可是开学了，扎西玉珍迟迟未到。不久噩耗传来：扎西玉珍死在返校途中。陈正捧着扎西玉珍的书包老泪纵横。事后他想，如果背崩有一所完全小学，扎西玉珍也许就不会死去！想到此，一个强烈的念头在他心中升起：在背崩建一所希望小学，为了更多像扎西玉珍一样的孩子。

他返回上海开始募捐，最后在上海印钞厂的大力资助下，终于建起背崩乡第一座完小。其中的艰辛难以诉说。从派镇到背崩解放大桥需三天路程，所有水泥钢筋全靠人力背进去，一袋一百斤的水泥运到背崩价值一千元。

背崩乡希望小学。远处是雅鲁藏布江

陈正老人九十二岁在上海去世，当地老乡说好人命长。人生至终点依然有追求，有期盼，有牵挂。爱和被爱，何尝不是一件幸事！善行，善果，必有善报。

眼见午饭时间接近，想想一路不见饭馆，便问泸州老乡哪里可以买到吃的。泸州老乡让我到村头去找一个叫李老三的人，他是一同来打工的四川老乡，饭菜做得不错，可以请他为我们做点吃的。

告别了泸州老乡，我们转回村头。一阵喊声中，五十多岁、身材瘦削的李老三跨出门，满腹疑惑地打量着眼前我们这几个陌生人。闻听我们是四川老乡介绍来的，便热情地招呼我们到屋里坐，寒暄一番后便到厨房里忙碌起来。

屋子是两层砖木结构的小楼，门前的斜坡下便是一片水田。这里是外来打工者的聚集点。楼下正中一间大房子是客厅兼饭厅，摆了三张大餐桌，左右分别是厨房和储藏室，楼上则是一排住房。

李老三对自己的厨艺颇为得意，他并不是厨子，但名声在外，乡政府里来了重要的客人，也常请他帮忙做几道菜。四川人有烹饪天赋，即使少年时期几乎不进厨房，但是留在舌尖上的味道，在成年之后，尤其是在异域他乡，就会在体内酝酿发酵，迸发出极大的创作欲，最终无师自通，烧得一手好菜。

等待饭菜做好需要一些时间，我决定到村子里去转转。想到关于"下毒"的传闻，觉得只身前往未免有些莽撞，于是三个人结伴前往。

七

背崩村建在一个平缓的小山坡上，错落有致的房舍周围点缀着芭蕉、翠竹、绿树，好些人家的走廊、窗台、门前种有月季、旱金莲、格桑花、大丽菊等，姹紫嫣红，使一幢幢看上去陈旧的小木楼不但充满生机，而且轻盈质朴，与大自然相映成趣，浑然一体。

村里的房舍以干栏结构为主，俗称吊脚楼。房屋离地面大约一米，大多数人家的木屋为两层，个别建有三层。下层用来关牲畜和堆放柴草，第二层设有客堂和卧室。厨房与起居室没有连在一起，而是单门独户分开，有的甚至相距十多米远。"人"字形房顶用木板覆盖，再以石板压顶。木柱、木梁和木板的榫接处用刀斧砍削后自然榫接，不用铁钉。大多数房舍的门向东，因为门巴人认为太阳出来就照进家门象征着吉祥如意。

墨脱乡间还保留着大量干栏式民居建筑，以适应潮湿多雨的气候环境

一些村民还在房前屋后种上甘蔗、柚子、柠檬等水果，前两样水果与汉地没什么差异，可是柠檬却大得让我吃惊：长约30厘米，直径约12厘米，足有2斤左右。柠檬清香诱人，虽然味道并不是很好，但据说药用价值挺高。

我们沿碎石小路走进村，见一个三十多岁的妇女在自家的走廊上出神。她身材瘦削，目光有些忧郁。我打过招呼，妇女邀请我们到她家坐坐。我们脱了鞋上楼。屋内地板擦拭得非常干净，几乎是一尘不染。妇女叫央宗。我刚与央宗说了两句话，一个壮实的黑脸汉子从一侧的厨房里出来，手里端着饭碗，笑了笑，没说话。央宗说丈夫在扎墨公路上打工，村子里很多男人都在那里干活。

墨脱出产的巨大柠檬

央宗掀开门帘请我们进客厅，内有一张单人床，一张简易沙发，一张桌子，虽然简单，但也干净整洁。墙上有一幅很大的布达拉宫挂图，是屋里最显眼的装饰。央宗有两个儿子，长子十二岁，因患病曾两次去林芝诊断治疗，甚至还去拉萨看过病，但是效果并不好。我问央宗孩子得的是什么病。她的汉语表述能力有限，我根据她的描述猜测大约是哮喘之类。说到孩子的病，央宗的表情更忧郁了。

聊了一会，她忽然说请我们喝点水，说着便起身要到厨房去取。我们三个一怔，赶忙不约而同地表示不口渴。她坚持要去，我们又一次谢绝，央宗便也不再勉强。离开央宗家后，我们三人彼此相望，各自眼里分明写着"神经过敏"。

沿着山坡向上，不时有狗从身边蹿过，最多时聚集了四五只。它们追逐嬉戏，对陌生人并不吼叫驱逐，甚至都懒得理睬，最多偶尔驻足打量一眼便扬长而去。

忽然，一大丛粉红色的月季花吸引了我们的视线。我们走过去，见木栅栏围起来的院子里还有许多花草。一个年纪很大的老婆婆站在二楼的走廊上，不停转动手里的转经筒。她见我们指指点点称赞她家的花草，每一条皱纹里似乎都溢出笑容，但是始终不语。少时，一个五十多岁的男子从厨房出来。

"哦，进来吧，我妈妈听不懂汉语。"他叫乡嘎，汉语很流利。他告诉我们，母亲已经八十四岁了，是这一带最年长的人。说着，他拉开木栅栏的门请我们进去。

院子里很干净，正对客厅的大门前种有紫薇、桂花、柠檬等树，硕大的柠檬压弯了树枝。乡嘎的妻子坐在通往起居室的楼梯上晒太阳，见了我们没吱声，脸上木木的，看不出任何表情。

乡嘎请我们到厨房里坐。他家的厨房与起居室相距十多米，底楼齐整地堆放了许多柴薪。走进二楼的厨房，见铁炉上烤了十多只黑乎乎的野物，一问，竟是老鼠。我不禁倒退一步——天生厌恶这种生物。乡嘎见状赶紧移开，并解释说是捕捉的山鼠，并非家鼠。

乡嘎家的厨房

我们说话间，乡嘎的妻子上楼来，悄无声息地从碗柜里取出几只碗。乡嘎转向我们问："喝水不？"我们又一次异口同声地说："不用！不用！"乡嘎的妻子仍然没有说话，转身慢慢走下楼去。

乡嘎告诉我们，背崩一带野生动物很多，有金丝猴、獐子、野牦牛，他曾亲眼见过五米长的蟒蛇。我们聊了好一阵，从野生动物说到退耕还林，又从过去亩产两百多斤的印度红米说到如今亩产八百多斤的杂交水稻，再从当地最初的门巴族居民说到很久以前逃难过来的康巴人。最后还谈到粮食补贴、村民务工，等等。他对政策的熟悉程度令我有些意外，一问才知道他是村干部。

这时，我委婉提出憋在心里的疑问："门巴人过去治病有什么特别的方式？比如藏族有藏药，蒙古族有蒙药，苗族有苗药，他们的很多方式不为外人所知，包括制一些特别的毒药。"我想验证"下毒"传说的真伪。

"门巴人不会做药，什么药都不做。"乡嘎回答干脆。

"那，老乡生病怎么办？"

"老乡生病就到部队去，解放大桥前面的军营里有军医。"

"解放以前咋办？"我继续追问。

乡嘎沉吟了一下："过去老人都懂一点草药，那时没有医生，但是重病也没办法。"

乡嘎显然不太想谈论这个话题，顾左右而言他，指着灶台上两个黝黑发亮的石锅，叫我们回去时在县城买一个带走，说那是墨脱特有的，用它烧出的菜味道无与伦比，尤其是炖肉。

墨脱石锅

告别乡嘎之后，我们继续在村子里转悠。所到之处，房屋无论新旧，有的即使已经十分破败，多雨潮湿的气候让糟朽的木板长出苔藓，但总有鲜花点缀在一旁。看得出有些花草并非有心栽种，可灿烂的阳光，肥沃的土壤，让即使是风吹来的一粒种子，鸟衔来的一根枝条，也能生根，发芽，开花。

一路走去，遇见的村民都很友好，同我们点头打招呼，或者寒暄几句。村中的年轻人很少，尤其是男性，据说大多在扎墨公路上打工。公路给当地人带来挣钱的机会，也让他们对未来有了更多期盼。

阳光下的背崩村宁静美丽。枝繁叶茂的树木，一半在土地里安睡，一半在空中舒展。房舍在树荫里若明若暗，一边沐浴在阳光中，一边静卧在阴影里。山风阵阵吹来，清新舒畅，带有花草的幽香。这一切让我感到，"下毒"好像只是一个虚幻的古老传说。

墨脱背崩乡背崩村一角

墨脱背崩乡民居

八

回到李老三处，正准备吃饭，忽听门外一阵喇叭声。一个戴眼镜的男子从三菱越野车上跳下来，他四十出头，身材壮实，短衣短裤，皮肤黑里透红，显得十分干练。在墨脱极少见到戴眼镜的人，外来者的显著标志除了冲锋衣，大约就要算眼镜了。随着喇叭声响，楼上一个妇女急匆匆跑下来，一头钻进李老三的厨房。

来者是妇女的丈夫，姓陈，是联通基站建设施工的负责人，夫妻俩都是四川人。"我这一带跑了十多年了，从来不在当地老乡家吃东西。"陈先生说自己赶回来就是为了吃妻子做的饭菜。长年在外奔波，方便面已经让他生厌，在万不得已时才塞进肚子里充饥。

我半开玩笑地问他是不是怕被人下毒？他一本正经地回答：正是。见我不信，便列举出几个"毒名"在外的地方，其中就有我们途经的药王谷的两个村落。

陈先生对当地风土人情、地理环境十分了解。他说自己最近才徒步三十多公里去了东边的西让村。说着，他抬了抬腿，上面满是红疙瘩，那是蚂蟥、蚊子留下的痕迹。他说："西让只有十六户人家，距这里大约三十公里，海拔560米，夏季几乎天天下雨。从西让到印度不过半天路程。印度那边穷得很！房子尽是烂棚棚，当年一些受人蛊惑从西让跑到印度去的老乡后悔得很，现在想回来又没得法……"又说，附近的米林、察隅、隆子也有门巴族、珞巴族，其中有些人是在1962年中印之战结束时从"印占区"跑过来的。

听他这么一说，我忽然想起，难怪有老乡坚持说墨脱是1962年解放的，原来他们是1962年从"印占区"跑过来的老乡，他们的生活在那一年发生了巨变，于是坚持说"1962年解放"。

西让，我曾多次听父亲谈起，在那里能看到至今被印度非法占据的大片中国领土。

这片领土被占的事要追溯到1914年，当时英国政府、中国中央政府（北洋政府）和中国西藏地方噶厦政府三方代表在英属印度的西姆拉召开了一个会议，商讨西藏有关问题。会议期间，英印政府外务大臣麦克马洪暗中利诱噶厦政府的代表，背着北洋政府代表，偷偷搞了一份"划界文件"，将中印边界从阿萨姆平原边缘向中国西藏方向推移150公里，以喜马拉雅山脊分水岭线至云南尖高山的连接线作为界线，西起中国—不丹边界，东至伊索拉希山口，把传统上西藏地方噶厦政府享有管辖权、税收权、放牧权的九万多平方公里领土划进了印度。

英印政府对划界一事秘而不宣，英国政府也迟迟不敢公布。1936年，非法的"麦克马洪线"才开始出现在英属印度的地图上，直到1954年一直注明是"未标定界"。对于这条"边界线"，历届中国政府都不予承认。1947年，当刚独立的印度在南京建立大使馆时，国民政府也对印度代办明确表示了不承认"麦克马洪线"的态度。

如今西藏东起察隅，西至门隅的珞瑜地区，大部分仍被印度占领。

我正与陈先生聊着，见五六个背书包的小姑娘沿小路走来，在对面水沟边停下玩耍。玩着玩着，两个小姑娘放下书包，三下五除二脱了衣裤，"扑通、扑通"跳到水沟里游起泳来，嘻嘻哈哈开心大叫，一会又赤身裸体爬上来，在田埂上追逐嬉戏，并不断招呼同伴下来一同玩耍。果然，又有孩子跳到水里，欢乐之声在田野里回荡。

那情景就像一幅展开的田园牧歌图，孩子们就如歌曲中一个个跳动的音符，自然，美好，无拘无束。我被深深感染，忍不住跑过去。几个小姑娘见我跑近，忽然害羞起来，赶紧把整个身子缩进水里，露出一张张黝黑发亮的小脸蛋，望着我嘿嘿直笑。

　　这是一条人工修造的简易灌溉水渠，深度和宽度不过两尺，但这并不减少她们快乐的情绪。我见水沟边一个小姑娘一直未动，背着书包，打一把伞，很矜持的模样，便问她，为什么不下水游泳？小姑娘细声细气地回答："我要去上学。"普通话不急不慢，一副小大人的神情。我拿出水果糖，孩子们立刻赤条条地从水里钻出来，陌生感烟消云散。

　　正午的阳光很灼人，不一会我就感到脸有烧灼感，甚至整个背都发烫，因而不敢在阳光中久留。转过身，刚穿上鞋袜走出两步，忽听背后"扑通"一声，回过头见那个矜持的小姑娘已经脱了衣服跳进水里，书包和伞扔在一边，将刚才要去上学的念头抛到九霄云外。嬉戏玩耍是小孩子的天性，可惜如今城市里的孩子太多负担，再说除了游乐场，他们也无处可玩。背崩的孩子能享受大自然的乐趣，真是幸运！

提醒小伙伴下午要上学

作者（右）与背崩乡的孩子

墨脱，莲花与下毒

回到李老三处，陈先生说："今天娃娃少，多的时候有二十来个，有的天天中午泡在水里，晒得像非洲娃娃，除了眼白全身黝黑。"过了一会，他忽然冒出一句："等这些娃娃长大了，读书有了文化，就不会再有下毒这样的事了。"

他见我对下毒一事还是存疑，便讲述了一件不久前发生的事：一个聪明漂亮的二十岁女孩，在领到大学录取通知书后不久就死去，全身青紫，手心发黑，诊断为中毒，却无法破案……

他说，这里的人下毒并非出于仇恨，亦非谋财害命，而是基于一种奇特的迷信观念。他们认为世界上的幸福和美好是有限的；万物有灵，而灵气可以转移。他们把毒果或毒树根晾干，磨成粉末，也有的将毒蛇胆汁滴进鸡蛋里，再窖入粪堆中使之发酵，最后变成剧毒。制毒和下毒者一般为女性，秘方也是传女不传男。因为各自的毒药制作方法不同，所以很难找到解毒的方法，云云。

陈先生的妻子在一旁插言道："听说下毒的人都是上了年纪的妇女，那些人身上有一股煞气。我本来住在八一镇，到这里来就是为照顾他的饮食。"

"什么样的人容易被下毒？"我问。

陈先生打量我一眼，半开玩笑半认真地说："我说了你不要生气，像你这样的人就容易遭，因为看起来比较有福气。"

我忍不住笑起来。虽说我还是不相信，但心里免不了犯嘀咕，毕竟无风不起浪。墨脱之行，我一直未亲眼见到与"下毒"有关的人和事，但是"下毒"之说一直不绝于耳，如影随形。看来，传言的魔力的确不可小觑。

九

到墨脱县城的第一天，我远远就看见山顶绿荫丛中有座建筑，外形有点像寺院，一打听方知是新建的门巴族珞巴族文化博物馆。这让我有些喜出望外。门巴族、珞巴族皆是有语言无文字的民族，人口少，又长期与外界隔绝，包括我在内的许多人对其知之甚少。于是次日吃过早饭，我们便驱车赶到山顶。

细雨纷飞，整个县城笼罩在雾霭之中。博物馆似乎刚完工不久。主楼共四层，梯形，屋顶四角飞檐，颜额上悬"莲花阁"牌匾。楼下的坝子里还散落着未清理的建筑垃圾和生活垃圾。坝子一角用钢筋水泥塑造了一朵大莲花，莲下带有喷水池，尚未完工，造型样式不甚美观。一旁石碑用红漆标注了"福建援建"的字样。

"珞巴"一词源于藏语，意为"南方人"；"门巴"，则是藏族对"住在门隅的人"的称呼。藏文化对这两个民族有很大的影响，原因是门巴族、珞巴族主要分布在西藏珞瑜地区。这两个民族1965年才分别被国家确认为我国单一的民族。

由于地处崇山峻岭之中，环境闭塞，直到二十世纪中期，珞巴族、门巴族人民大多仍是刀耕火种，兼以狩猎为生，夏季里妇女们赤裸上身在田间劳作的生活状态结束的时间并没在很早以前。

博物馆中展示了当地特有的藤网桥的不少资料。我认为藤网桥是门巴族、珞巴族因地制宜智慧的绝妙体现。他们不光将漫山遍野柔软而坚韧的藤条用来编织篮、筐、椅、箱等生活用品，还用它编织出横跨雅鲁藏布江的桥梁。

如果不是亲眼看见，很难想象整座桥都是用藤编成的，没有桥墩，不铺木板，一根铁钉也不用。制作方法是先将藤条一劈两半，再将劈成两半的藤条接成需要的长度并拉到对岸，接着又把事先做好的硬藤圈均匀地置放在桥上，藤条在外，藤圈在内。一般十米左右放一个藤圈，约一人高，人可从中钻过。最后用细藤将其固定在藤条上，再在周围编织出一个网状的筒。

藤网桥多筑于峡谷河段。行走其上时，桥随人的脚步与风向左右摇晃。当年背崩乡、德兴乡都有横跨雅鲁藏布江的藤网桥，长约四百米，其中德兴藤网桥已有三百多年历史，不过现在它已被钢构大桥取代。保存在博物馆里的照片以及模型，是对历史的定格与回忆。

博物馆用了大量的篇幅介绍当地的水能资源。是啊，墨脱是雅鲁藏布江进入印度前流经我国的最后一个县，高耸入云的南迦巴瓦峰和加拉白垒峰是东喜马拉雅山脉最高的两座山峰。雅鲁藏布江在两座山峰之间咆哮奔腾，劈开一道深达五千多米的沟壑，形成了世界上最深最长最险峻的峡谷——雅鲁藏布大峡谷。但是，如果将这激流拦腰截断，上千万亩森林，上百种珍稀植物，几十种国家重点保护野生动物将会如何？还会对周边产生什么影响？

原来乡间的藤桥逐步被铁索桥代替

走出博物馆，山下的浓雾已经散去，传说中的仙境展现在眼前：四周若隐若现的山头恰似盛开莲花的花瓣，县城正好处在花蕊的位置。据说冬季即使四面山顶白雪晶莹，县城里依然温暖如春。难怪墨脱的门巴人、珞巴人称他们居住的地方为"隐藏着神秘莲花的地方"。

莲花就在眼前，而我却没有找到莲花带来的惊奇和喜悦，身心被一层隐忧笼罩着！眼前那一幢幢正在修建的楼房，可能打破自然平衡的开发，预示着这里的平静很快会被打破，我们在得到现代化的便利、财富的同时，能否依然保护好珍贵的自然和文化传统？

我忽然想起有人说墨脱的地形有如女神多吉帕姆仰卧的身躯。多吉帕姆是藏语里对金刚亥母的称谓，金刚亥母在藏传佛教噶举派中为女性本尊之首，备受藏族僧俗敬重。"亥"在汉语里是"猪"，所以多吉帕姆女神造像通常是猪首，身如妙龄女郎，左手托着盛满鲜血的碗，象征她获得了极乐的体验，修证成功；左肩斜倚天杖，戴五骷髅冠，象征她战胜了贪、嗔、痴；右手持钺刀，象征清除人的一切愚昧；左腿单腿舞蹈立姿，踩踏人尸，表示战胜外在的敌人。

我默念：金刚亥母，保佑墨脱吧！

十

一夜小雨，天亮前却忽然大雨滂沱，不久街面上水流成河。按计划我们当天应该返回波密，可眼前的状况令人担忧。一个过路人好心劝我们不要走，旅店老板也以自己在扎墨公路上干了十几年的经验反复告诫我千万不可冒险。

说起扎墨公路的修筑历史，一言难尽。扎墨公路前后有五次大规模修筑。第一次是十八军入藏后不久。第二次是1965年，修了一阵，由于山势太险停工。第三次是1975年，工程耗时五年，修到80K，又一次停工。

第四次修筑始于1989年，五年后非等级的简易公路通到墨脱县城。哪知人们还没高兴多久，上游的易贡拉雍嘎布山发生特大泥石流，山体大面积滑坡，造成易贡湖溃决，通麦大桥被冲垮，地处下游的扎墨公路被裹挟着巨石的泥石流彻底摧毁。庆贺通车时开到墨脱的车成了"文物"，直到车厢里长出草来，也没有第二辆车驶进墨脱县城。

2008年，国家第五次把修筑扎墨公路列入议事日程，计划投资十亿，再一次动工。这大约是世界上代价最大的公路！按计划，在我们来到这里时，这条公路已经快通车了。但是墨脱也许永远难以全面通车，只能季节性、阶段性通车。若是下雨，公路几乎是一天几断，需要推土机来回不停地推卸塌方留下的泥石。遇上塌方，即使人不出事，车也会被困在山里进退两难。

我们只好等待，闲来无事便冒雨跑去卖石锅的商店，这是目前墨脱最有代表性的，也是屈指可数的本土商品之一，除此之外就数藤制品了。

制作好的石锅多为桶形，灰褐色或灰白色，锅壁厚两厘米左右，规格大小不等。当我表示石锅价格过高时，守店女子用不太流畅的汉语说，每年只有七、八月才能上山采石，出发前要备足两个月的粮食，最后人背马驮运下山，所以一千多元不算贵。

墨脱县背崩乡

女子看上去还是个不到二十岁的少女，可孩子已经快两岁了。我们说话间，孩子一直在啃手中的半块饼。饼几次从手里滑落到泥地上，孩子捡起来又接着啃，年轻的妈妈并不在意。女子说自己的家在邦辛乡，是墨脱距离南迦巴瓦峰最近的乡，因为地处大山深处，所以没上过学。

后来我买了一只石锅带回家，父亲一看，不以为然地说，当年他们到米林、墨脱一带执行任务，经常捡这种灰色石片当锅烤饼。这个办法是向导告诉他们的，当地老乡家都是用这种石材做锅，上山干活之前将玉米、萝卜以及野味等食物放进石锅煨在炉子上，晚上回来热乎乎的格外好吃。至于墨脱石锅炖煮食物对高血压、心脏病等心脑血管疾病患者具有明显食疗保健作用之类的说法，父亲根本不信。他觉得加强锻炼、良好的心态、三分饥和寒才是健康之道，他自己就是一个例证。

扎墨公路旁的人家

扎墨公路

　　大约一小时后天气忽然转晴，我们赶紧上路。哪知没走多久，前面一辆车就陷入烂泥中无法动弹。这是一个滑坡路段，头上是陡峭的山崖，脚下是湍急的河流，经昨晚和今早雨水的浸泡，泥土更加松软。被陷汽车一次次加大马力试图冲过去，结果是越陷越深，泥浆飞溅，震动使峭壁上的泥土不断滚落下来，随时可能再次出现塌方，后果不堪设想。

好在这时对面来了一辆工程车，司机凭借丰富的经验帮我们摆脱了困境，也使自己获得一份额外的收入。以他们的身手，没有参加达喀尔汽车拉力赛实在可惜！在扎墨公路乃至川藏线上，有许多胆大心细、技艺超群的驾驶员，他们看上去体格并不强壮，有些甚至矮小单薄。他们长年奔波在外，食物大多粗糙单调，可是他们忍受艰苦和疲劳的能力令人惊叹！

十一

穿过黑暗的嘎隆拉隧道，刚才还是艳阳高照的天空转眼阴云密布，高耸入云的嘎隆拉冰川巍然矗立在隧道一侧，离我们似乎不过几百米，但要接近却颇费周折。

一路走去，脚下的苔藓地衣有着令人心醉的色彩，甚至让人不忍踏上去。那是任何一种绘画颜料都无法绘出的自然之美。然而它们的下面往往掩藏着松动的岩石，或者雪水浸透的泥地，稍不当心就会跌倒，再不就陷入沼泽，稀泥雪水淹没脚背，寒彻全身。

激励我们前进的是山间飘舞的五彩经幡。大自然的神力与信仰的力量在冰川下融为一体，每走一步似乎都能感受到它们的存在。继续向前，终于登上一个山坡，脚下是一个冰湖，四周黑压压的乱石犬牙交错。湖的后面，千年不化的冰川摆着一副冰冷面孔。夹杂着雨雪的寒风刮来，犹如小刀子从脸上划过一般。

山下为通往墨脱的嘎隆拉隧道

嘎隆拉隧道口

举目往对面嘎隆拉隧道的山顶望去，透过雾霭依稀能看到一条蜿蜒的小径，那是当年通往墨脱的小路，如今已经废弃。在公路开通前，要从这里翻越海拔4640米的嘎隆拉山口才能进入墨脱，每年只有八至十月冰雪融化后才能通行，单程需要五天时间。

站在寒风中，我开始有些明白"隐藏着神秘莲花的地方"的含义：原来，莲花隐藏在寻找莲花的途中。莲花美好纯净，然而却生长在淤泥之中。如果说墨脱的远离尘世、山民的淳朴坚韧代表了莲花的美好，那么急功近利的开发，以及谜团重重的"下毒"则像莲花脚下的淤泥。莲花的外表极具魅力，可一旦接近它就能看到淤泥，二者是共生的，没有淤泥就不能完美地诠释莲花。莲花有绽放，有凋零，绽放中透露美好，衰败后必定重生！

多雄拉雪山，吴邪与梦梦

一

由扎木镇去墨脱，刚过52K检查站不久，我忽然看见寂静的山路上有一个徒步行走的男子，身着冲锋衣，背上驮着一个大旅行包，仔细一看他只有一条腿，分明是个残疾人，身边有一只小狗紧紧相随。

我有些诧异。进藏途中我见过各种各样的旅行者，中国人、外国人，青年人、中年人，男的、女的，驾驶汽车的、骑自行车的、骑摩托车的、骑马的、徒步的，可是从未见残疾人，尤其是腿有残疾的徒步旅行者。稍近，我看清男子右腿自膝盖截肢，用一个简易铁架撑着，手里有一支自制的拐杖，另一边的裤腿上满是泥浆，旅行包一侧挂了一只塑料瓶，内有半瓶水。那情形看上去十分艰难。我们赶紧停下车，尽管车内已经比较拥挤，但还是想搭他走一段。

川藏线上经常遇见一些招手求搭车的"驴友"，有的甚至在背包上写上"求搭车""求赠食物"等字样，但我大多未加理睬，因为我觉得选择徒步旅行者并非为生活所迫，而是为增加见识，自我历练，实在走不动了可以乘公共汽车，招手搭车多少带有一点游戏人生的意味。而眼前的情景就完全不一样了。

我过去请他上车，他摇摇头说"我不搭车"，并拍了拍背包。我这才看清他背包的防雨布上写有"不搭车"三个大字。一路上不断有人主动让他搭车，但是他都坚持徒步。为了不一而再、再而三地重复拒绝的理由，他干脆在背包上以文字告知。他不想别人将残疾与弱势等同，在尊严与怜悯之间，他更愿意选择前者。我不由对这个身残志坚的年轻人产生了极大的敬意和兴趣。询问之下方知他叫吴邪，二十六岁，辽宁朝阳人。四岁时因一场车祸失去了右腿。2013年5月12日他开始了西藏之行，先骑自行车进入四川，然后沿川藏线前行，走到西藏八宿县将自行车寄回家，开始了徒步旅行。从八宿县到波密县216公里，他行走了十五天，途中翻越了海拔4400多米的安久拉山。

我问他来西藏的费用从何而来？他羞涩地笑了笑，说自己离开农村老家时带了两百元钱。这个数目太让我意外。反复追问，吴邪才说，最初他是用这笔钱到小商品批发市场选购一些儿童玩具，诸如荧光棒、铃鼓之类，晚上则在广场或者街心花园出售，以换取生活费用，以后每到一个城市都如此。到达河南后，他遇到几个"驴友"。"驴友"们无不担忧地反问他：这样何时才能走到西藏？一进入冬季就寸步难行，何况进入西藏后也没有小商品批发市场，如何维持生存？一番劝说后，他接受了对方的一些资助，也就结束了短暂的小买卖。他说自己从小过惯了苦日子，眼下自带帐篷、锅碗，路上也有好心人给一点，所以并不感到特别艰难……

吴邪轻描淡写地带过自己旅途的经历，自嘲不是经商的材料，不善言语，遇到讨价还价之事就感到无所适从。他看上去皮肤黝黑，嘴唇干裂，满身尘土和汗渍，但眼里却闪动着与年龄不相称的沉稳与坚定。

在我们说话间，灰色的小狗蜷缩在吴邪脚下。这只小狗与吴邪有奇特的因缘。吴邪在四川广元露营时，这只狗便一直在他帐篷外叫。

第二天早上吴邪拉开帐篷，看见它一副可怜巴巴的样子，后腿还有伤，于是给它简单处理了伤口，又喂了一点食物，便收拾东西上路。哪知骑车走了一阵，忽然发现小狗跟在后面。吴邪心想此去西藏山高路远，而进入西藏后就要徒步，自己尚且不知能否坚持到达目的地，何况一只带伤的小狗。于是他加快骑车的速度，想让小狗知难而退，留在城里。

吴邪（中）徒步行走西藏的顽强精神打动了很多人

小狗见状，更是拼命追赶。吴邪于心不忍，停下来做出凶狠的样子对小狗吆喝：回去！回去！小狗似乎读懂了吴邪的心思，两眼直愣愣地看着吴邪，好像在恳求他：求你带上我吧，我一定不

梦梦

给你添麻烦。吴邪被打动了，决定带上它一起去西藏，随后给它取了一个名字——梦梦，寓意一同实现梦想。

从八宿县开始徒步后，以往坐在自行车上观山望景的梦梦，也开

始每天与主人一道徒步，无论刮风下雨的威胁，还是沿途餐馆残羹的诱惑，梦梦都不为所动。每当主人准备宿营扎帐篷时，梦梦就特别开心地围着帐篷"汪、汪"叫个不停，知道很快要与主人分享食物了。哪怕通常只有挂面和榨菜，有时甚至还会挨饿，梦梦始终不离不弃。

与吴邪分手后，我心里一直沉甸甸的。他在残缺中透出的美好与坚强令我震撼！我想，人生有苦难，也会遇到沟壑，因为有追求，有信仰，有爱，就不会坠入黑暗的深渊。

二

从墨脱返回扎木途中，我们再次与吴邪相遇。在人烟稀少的崇山峻岭中两次相遇，实在是难得的缘分！一个腿有残疾的人为什么要徒步行走西藏？他想寻找什么？这是几天来我一直思索的问题。

我们站在路边聊了起来。吴邪说童年时他对自己的残疾还没有太多感受，可是上中学后，自卑、自尊和叛逆一下从心里弥漫出来，于是开始逃学离家，甚至做一些荒唐事。半年后辍学回家，但整日无所事事，父母一年的劳作仅能维持生活，哪里拿得出零花钱给他！于是他开始拾荒，用卖废品换来的钱去集市上的小书摊买旧书，慢慢地家里有了近千本书，不过其中一半是武侠小说。再后来镇上有了网吧，他偶然接触了一下，立刻被虚拟的世界吸引，于是武侠小说中的江湖，与网络中的江湖重叠在一起，使他坠入更加梦幻的江湖。可是白日梦不能替代胃肠的嘀咕和疼痛，最终他只得以游戏代练升级挣钱糊口。六年的时间里，他几乎不与人交流，甚至和父母、哥哥也极少说话，生活中除了网络还是网络。

一天，当他忽然从江湖梦中醒来时，发现四周一切都那么陌生，

047

多维拉雪山，吴邪与梦梦

格格不入，无所适从。在他生活的瓦房子镇马台子村，同龄人大多辍学，并非都是生活所迫，而是不想读书，觉得读书没多少用，还劳神费劲不挣钱。辍学后除了种地，就是到附近矿山井下干活，挣钱的目的是找对象，结婚，生孩子。

偏僻乡间的生活很简单，所认知的世界也极狭小。在他们眼里从居住的村庄到县城已经很遥远，说起省城好像是天涯海角。对未知的担忧与惧怕使同伴们绝少有走出去的念头，老婆孩子热炕头，此生足矣，除此之外别无他求，至于理想、精神、信仰、人生价值等，似乎是天方夜谭。

这并不是吴邪想要的生活，可他又不知道该如何去做。他迷茫、消极、绝望，甚至多次想到死。他试着去义务献血却遭到拒绝，到红十字会申请遗体捐献也没有下文，他感觉自己被整个世界抛弃了！终于有一天，他听说有一个离天堂很近的地方——西藏，那里云淡风轻，远离尘世的烦恼。于是他决定去西藏。他想在独自独腿行走藏地的孤独路途中寻找解脱的方法，也想证明自己是一个有用的人。

2013年5月12日他从家中出发，这对他而言是一个破釜沉舟的选择。

吴邪（左）行走在去墨脱的途中

二十二年前发生在这一天的车祸，使他坠入了黑暗，他想试试能否在这一天站起来，更重要的是精神能否从黑洞中挣脱出来。

他出门了，并不知道未来的旅途有多远，也不知未来的旅途有多难。他为自己重新取了一个名字："吴邪"，与"天真无邪"谐音。他原名吴秀敏，因在家排行老三，家人和乡邻都唤他小三，大名反倒很少有人知道。他说，一走出去就发现天地间的不同，更重要的是在途中遇到了各种各样的人，这些人给了他关爱，给了他知识，也给了他信心。

他开始变了，心胸逐渐开阔，世间在他眼里也与往昔不同了。他惊讶地发现，他破釜沉舟的选择，带给他一个新的世界，而这个世界是他选择的结果。原来人生充满变数！他对这个变数满怀喜悦，他深深爱上了脚下这片土地。

进入西藏后，吴邪不时在路边捡垃圾，希望大家爱护环境，还高原一片净土。一些过路的人看见会主动参与，还有一些人会感到惭愧，下车去把扔出车窗外的垃圾又收拾起来。

他爱上了西藏，说自己还打算资助贫困的藏族孩子，虽然只拿得出三五百元，但也是一份心意。他沉重的背包里还带了几件文具，准备到背崩乡后送给希望小学的孩子。行走藏地的途中，他复活了，灵魂得到拯救的同时，也触动着他人的灵魂……

吴邪的经历令我震撼。这个出身寒微的农村残疾青年，从小生活艰难，如今没有固定的工作，也没有稳定的收入来源，在一般人眼里他是不幸的、悲伤的、可怜的，他甚至受到歧视。在这种氛围中长大的孩子大多有些过度敏感、自卑、封闭，或者叛逆，甚至自暴自弃。但是现在的吴邪丝毫没有这种情绪，他已经从中走出来了。

他的经历让我感悟到，其实在每个人的生活中都有童话与现实，阳光与黑暗，天堂与地狱，而幸与不幸是自己内心的感受。吴邪选择了在悲怆中寻找一缕阳光，而这阳光不光照耀自己的生命，也给别人带去温暖和力量。

我们谈话间，梦梦仍旧趴在主人的脚边休息，似乎有些疲惫，但只要吴邪一挪动拐杖，它就马上跳起来准备上路，像一个忠诚的卫士。

三

吴邪用了八天时间从波密到达墨脱，本计划从背崩乡经汗密、拉格，翻越多雄拉山到派镇，然后再去拉萨，可是到了背崩解放大桥检查站，因为没有边境管理通行证而被禁止通过。在扎墨公路修筑之前，背崩解放大桥是出入墨脱最重要的通道之一。

其实，守卫背崩解放大桥的武警战士也很为吴邪的行为而感动，他们禁止吴邪通过，另有一层原因，是担心他独自翻越多雄拉山会遭遇不测。

万般无奈的吴邪只好沿途返回波密，但是他不甘心，一定要走完整条环线的愿望始终支撑着他。于是，他从环线的另一端波密徒步到米林县，再从派镇翻越多雄拉山去背崩，到达背崩解放大桥的另一头。只要不过大桥就不需要边境管理通行证，而他也就实现了自己的愿望。

十月底，多雄拉山口积雪深至膝盖，每走一步都很艰难，好不容易翻过雪山又遇上连绵阴雨。从拉格去汗密的山路变得格外泥泞，然而比这更可怕的是蚂蟥。阴雨天蚂蟥格外猖獗。面对从草丛里、树枝上四面八方疯狂袭来的蚂蟥，瘦小的梦梦虽然有些慌乱，但还是勇敢地往前冲，并大声吼叫，想驱赶潮涌般的蚂蟥，为主人开路。哪知跑了一阵，茂密的杂草树林使它迷失了方向，也与主人失去联系。吴邪大声呼喊，始终没有回音，眼见天色渐晚，不敢久留，只好忧伤地离去。

两天后吴邪从背崩返回，不想梦梦却在当初跑散的地方等他。没等吴邪走近，它就扑上前去，眼泪汪汪的似乎有千言万语。仅仅两天时间，梦梦变得皮包骨头。吴邪紧紧搂着梦梦，从背包里拿出食物，可是梦梦吃了两口就开始呕吐。吴邪感到不妙，想带梦梦赶紧离开，但梦梦步履蹒跚，最后竟然有些摇摇晃晃，于是吴邪只好将梦梦背上。

来时他们从派镇到汗密用了五天时间，而返回时仅用了三天。为了救梦梦，吴邪途中几乎没有停下来歇息，昼夜赶路，汗水雨水在身上湿了又干，干了又湿。他想，只要到了派镇就能买到药，也能给梦梦熬粥喝。

梦梦一路不断呕吐，吴邪不停地对梦梦说：坚持！梦梦坚持，到了派镇就好了！每当听到主人的鼓励，梦梦就会在吴邪脸上轻轻舔一下，有时还强打精神抬一抬头。后来梦梦越来越虚弱，尽管什么也吃不下，却还在不断呕吐。多雄拉山的雪比去时更深了，浓雾弥漫，吴邪背着梦梦在雪地里深一脚浅一脚，有的地方只好匍匐前行。他不断对梦梦说，也是在给自己鼓劲：翻过雪山就到了！翻过雪山就到了！冬季的多雄拉山十分险峻，由于大部分时间云遮雾罩，雨雪交加，缺少风化，表面土层极少，土下面又多为鹅卵石，破碎的地形导致每年冬天常有雪崩发生，每一步都可能遭遇危险。

翻过雪山，吴邪一路连滚带爬往山下奔去。派镇终于出现在眼前，山野间简陋的房舍此刻竟是如此亲切，因为那里有药，有热粥，还有抵挡寒风、减弱雨势的屋檐，梦梦一定能得救。

吴邪欣喜若狂，忍不住高喊：梦梦，派镇到了！派镇到了！可就在他欢呼时，梦梦的头在他肩头一沉，无声地告别了这个世界。那一刻吴邪泪雨滂沱，心如刀绞，泣不成声，抱着梦梦大声呼唤。两个多月来他们相依为命，风餐露宿，涉水登山，已成为患难之交。荒郊野岭，一有风吹草动，梦梦立刻惊醒，在帐篷四周巡查；即便腹中饥饿，也从不窥探主人包里的食物。有时途中不便，一天只能吃一顿，梦梦就陪主人一起挨饿。

其实，梦梦有很多机会另觅好日子。沿途的城镇都有餐馆，几乎每个餐馆门外都有同伴。丰富的食物，温暖的阳光，无须奔波劳累就可享受。而跟随吴邪，吃得最多的是挂面，仅放一点盐，偶尔加一点榨菜。最初进入高原，面条煮出来是一锅面糊，吴邪将路边捡来的矿泉水瓶子剪掉上半部分，用瓶底给梦梦当碗，梦梦一样吃得津津有味。即便有时吃不饱，梦梦也不闹，只拿两眼望着主人；后来食量大了，每顿饭几乎与主人平分，眼神里又满含顽皮与得意。梦梦就像上天派来的使者，对主人忠心耿耿，不离不弃。

吴邪在山上枯坐了很久，直到夜色降临，才用双手刨了一个坑，将梦梦安葬……

这段经历是吴邪后来在电话里告诉我的。讲到梦梦逝去时的情景，这位历经坎坷的刚强汉子数度哽咽，最后不得不挂断电话。

那晚月光皎洁，四周没有一丝乌云。月光使我想起传说中的天堂，那里有洁白的云朵，美丽的鲜花，高山苍翠，清泉流淌，再没有尘世的纷扰与悲欢离合。我相信梦梦去了那里！

四

我回到乐山后，这篇墨脱纪行迟迟没有完稿。那些人、那些事久久萦绕在我的脑海里，回味，思索，探究，疑惑，有时又会让人以另一种目光看待那些传说。

墨脱通车后，各地媒体争相报道，一些朋友不断给我打来电话，而我自己却并没有留心。我觉得那是别人的解读，而我更愿意保留自己心中奇异的墨脱。我去过不少地方，觉得每一个地方都有奥秘，藏匿着亦真亦幻的传说，但墨脱更朦胧，更迷幻，更神奇。

2013年10月，墨脱正式通车

今年2月18日吴邪忽然来到乐山，准备在登峨眉山之后，再一次沿川藏线独行西藏。上一次有一部分路段是骑自行车，这一次准备全程徒步，他希望在仲夏时节到达拉萨。

这时大年刚过，人们还沉浸在节日的氛围中。我问吴邪为什么这么早就离开家乡，他说对他而言家似乎很遥远，反倒觉得与梦梦在一起的日子很温暖。他还在想念梦梦。我把梦梦的照片给他看，他愣愣

多雄拉雪山，吴邪与梦梦

的，好一阵才说他把自己手机里梦梦的照片都删了，怕看了难过。

他动情地说，梦梦走后的第二天，天空阴暗，细雨纷飞，他悲伤而又孤独地踏上旅途，心情比天空更灰暗潮湿。走着走着，雨停了，忽然一道彩虹从天而降，横跨百米开外的正前方。漂亮的彩带又长、又宽、又近，仿佛走过去就能触摸到。那是他一生中见到的最美丽的彩虹，如梦如幻，五彩斑斓。他相信那是梦梦示现给他的，心里顿时涌起一股暖意，继续走下去的勇气更加充足，信心更加坚定。

再后来，在滇藏线行走途中，由于天气寒冷，路边小店几乎都歇业关门了，有时一整天都买不到吃的。每当这时他就会不断想起梦梦，在心里默默念叨：一切都会好起来！似乎是有神助，每到他饥寒交迫、贫病交加时，总会遇到好心人使他逢凶化吉，遇难呈祥。

2013年11月4日，他走到芒康县盐井镇，这是他走完藏地的最后一站，那天正好是他二十六岁的生日。他在镇上买了一个小蛋糕，请店家在蛋糕上用红色奶油写上："吴邪，生日快乐。"吴邪在切蛋糕时给梦梦留下一块，他相信在去天堂路上的梦梦，一定能够和他共同分享。

墨脱，在寻找莲花的途中，告别了神秘，张罗了一场凄美的祭奠。也许，还会有故事再续！

波密，神秘的树葬

树葬，一个令不少知识面不窄的人也感到陌生的词汇，却曾是中国最古老的习俗之一。波密是至今还保留这种古老习俗的地方之一，但因秘而不宣，极少为外界所知。前一次我途经波密，由于时间太过匆忙，也因向导最初信誓旦旦地说知道方位，而到达后又不知东西，错过前去的时间，所以未能一睹真容。在去波密之前，我曾在民族学研究资料上得知极少相关的信息，但其实地调查并不在藏族地区。我心中不免有些疑虑，于是准备这次到波密后一定设法到现场看看。

翻开史籍往前追寻，再往前追寻，才能看到树葬的踪迹。树葬在中国有很漫长的历史，但区域十分有限。《魏书·失韦传》载："失韦国……父母死，男女聚哭三年，尸则置于林树之上。"《周书·异域上》谓"库莫奚"（鲜卑的一支）葬俗："死者则以苇薄裹尸，悬之树上。"

波密，神秘的树葬

《魏书》《周书》上记载的失韦人、库莫奚人，都是我国北方少数民族，与西藏波密远隔千山万水，且波密在二十世纪五十年代川藏公路开通前长期处于相对封闭状态，怎么会有与北方少数民族相同的丧葬习俗？这其中隐藏着什么不为人知的秘密？

一

一夜小雨，第二天依然淅淅沥沥。从旅店出发不久就到达桑登，这是扎木镇辖下的一个村。我颇费周折才打听到，树葬之地在距离桑登不远的一个山谷，名卓龙沟。

此时，田野房舍笼罩在朦胧烟雨中，路边到处点缀着姹紫嫣红的格桑花，犹如烟花三月的江南。我们走了一阵，见一辆挖掘机横在路中，几个人在铺路，一问，正在施工不能前行。我询问卓龙沟如何走，哪知都摇头说不知。掉回头在一个老乡院外呼喊，半晌出来一个老汉。问，卓龙沟如何走？对方摇摇头，看神情大约不懂汉语。再走几步遇到一个中年男子，又问，对方嘟哝了一句，指了指我们来的方向，我模糊听到"卓龙"二字。

返回去走了一会，不见任何标志，也找不到问路之处，暗暗着急，担心无功而返。我还是不死心，又一次折回去，走到一个丁字路口，见左边有条土石路蜿蜒深入山脚的密林中，便抱着试一试的心态拐了下去。

走了一段路，看见不远处地里有一个背柴的妇女，赶紧走过去问。妇女有些茫然，我又重复一遍，放慢语速，一字一句。妇女用生涩的汉语反问："卓龙寺？"我反应过来，当地人信仰佛教，那里一定有超度亡灵的寺院，于是点头称是。妇女手指前方，再做了一个向左的姿势。

我明白在左前方，于是继续向前。车很快驶入山里，路越来越窄，仅有一辆车身宽，两旁的树枝茅草不断划过车身，发出"嚓、嚓"的声响。土石路面坑坑洼洼，大约因为很少有人光顾，路边的石头上布满苔藓，绿油油地在雨水中生长。山路上阒寂无人，细雨更增添了几分荒僻。渐渐地树丛中出现了一些五彩经幡，一会又消失不见。再向前，出现一个垭口，周围密密麻麻挂着五彩经幡，几乎是铺天盖地。我以为就要到达目的地了，可是转过一道弯还是不见寺院踪迹。

参天的大树林里静静的，回荡着车轮压过枯枝败叶的声音。终于，树林尽头出现了一块平地，一所覆盖着铁皮的小木屋出现在眼前，半截土石围墙中间有一道木栅栏。我们正在停车，一老一少两个喇嘛出现在木栅栏边，友好地向我们招手。

原来这就是卓龙寺！我几乎不敢相信。这大约是我在藏地见到的最简陋的寺院，与这里随处可见的金碧辉煌的寺院形成强烈反差。寺内仅有一间十分简陋的木墙铁皮屋顶佛堂，除了正对大门有一尊佛像外，里面空空如也。光线暗淡，地板破旧，既无光彩夺目的鎏金塑

次村（左）讲解卓龙寺历史，根秋多吉（中）翻译
我们所坐的地方，就是他们晚上睡觉的地方

像，也无摇曳生辉的密集酥油灯，更无壁画、灵幡宝盖，甚至无电、无水、无厕所。佛堂外走廊一角，是一老一少两个喇嘛晚上席地而睡的地方，被褥和枕头摊开放在地上，四周没有门窗，只用种地使用的白色地膜围了一下，稍稍能遮挡一点风雨。两个喇嘛请我们在他们睡觉的被褥上坐下，这样暖和一点。当我表示这样恐怕有些失礼时，他们不断地说没关系、没关系。

小喇嘛叫根秋多吉，二十三岁，又黑又瘦，显得有些营养不良，汉语讲得不错；年长的喇嘛叫次村，四十九岁，慈眉善目，比较壮实，是根秋多吉的师父，不会讲汉语，偶尔能听懂一些汉语词汇。我们从次村口中得知这是一座藏传佛教宁玛派的寺院，虽然很小，但历史久远。在他们来之前，先是一位名叫乌金普次的觉姆独自守候。觉姆圆寂后，一位喇嘛被派到这里，每天为林子里的亡灵念经超度。喇嘛七十岁圆寂，之后他们接手了这里的事务。

卓龙寺的主要职责是管理树葬。他们每天上午、下午两次到树葬林里为亡灵念经，无论刮风下雨，还是大雪纷飞，从无间断。这里是西藏唯一的树葬林，安葬了几千具珞巴族人、门巴族人、藏族人的遗体……

次村与根秋多吉每日重复单调、贫穷而有规律的生活：早上起床后到佛堂念经一小时，然后早餐，仅有酥油茶；早餐后绕树葬林一圈，边走边为亡灵念经；中午是糌粑和酥油茶，偶尔有面条和一点蔬菜；下午再到树葬林重复与上午相同的事。如果有新送来的死者，他们会帮助照料，念经祈福。没有晚餐，每日只吃两顿。

佛堂对面的简易小木屋是厨房，门前整齐地堆放着劈好的柴薪。里面仅有一个炉子，一旁的小桌子上有几把干面，地上有一小堆土豆。用水需要到几百米远的溪边去打水背回，而砍柴需要到更远的地方。

我问根秋多吉：晚上睡在地上不冷吗？为什么不在佛堂里睡，起码可以遮风挡雨？再不，到厨房烧起炉子也暖和一些。根秋多吉说佛堂是神圣的地方，不能睡在那里。不去厨房，躺在此地，是为了守候佛堂。说这话时根秋多吉虔诚而又认真。他父亲去世后，母亲抛下两个孩子与另一个男人私奔了。奶奶将他拉扯到八岁，由于实在无力照顾，不得不将他送到寺院，留下身体更差的哥哥在身边照料。

根秋多吉没有上过学，汉语是看电视学的，直到跟随次村师父以后，才通过佛经开始学习藏文。我问根秋多吉：如今知道妈妈的下落吗？根秋多吉说妈妈与一个开饭馆的男人生活在一起，但从没回来看过他和哥哥。哥哥如今已经成家，奶奶已不在人世了。在记忆里他从未叫过妈妈，以后大约也不会有机会。说这番话时，根秋多吉眼里流露出淡淡的忧伤。我说天下没有不疼儿女的母亲，母亲如此，大约有不得已的原因。根秋多吉摇摇头没有说话。我赶紧把话题引开，以免他伤心。

根秋多吉说他初来时，夜里常听树林中传来小孩的啼哭声，有时还看到鬼魂，巨大的黑影悄无声息地靠近他们睡觉的地方，并透过地膜的破孔往里张望。根秋多吉感到毛骨悚然，惊恐万分，一到晚上就感到害怕，几次想离开。师父知道后便教导他：以后再遇到这样的事就念佛经。他按师父说的去做，果然渐渐就不再有可怕的怪事出现。"那些鬼就不再来了！"说这话时，根秋多吉显得很开心。

我追问他，是否认为世间有鬼魂？根秋多吉很肯定地回答：有！但又说，鬼并不是世人在影视剧里看到的那样。鬼与人阴阳两隔，一般人看不到，只要自己身上充满正气，鬼也不会近身。我不知道根秋多吉说的是否正确，但是我们生活的宇宙浩瀚无边，而我们的认知又十分有限，以有限的认识去评判无限的空间，岂能轻易用是与不是、有与无来作定论？

二

聊了一会，次村说带我们到树葬林里去转转。树葬林距离寺庙仅几十米，那些尸体就存放在其中。我原以为安葬死人的地方会有些阴森。在墨脱时曾听人讲，林子里悬挂着许多以白布缠裹着的尸体，因为风吹日晒，绳索松动断裂，如果有人走进树葬林，说不定尸身会忽然从树上坠落下来，正好砸在人的头上；还有一些尸体已经散落在地上，白骨森森，等等。当时听了心里很恐惧，哪知到了现场，才知并非如此。如此看来，那些耸人听闻的传言，不过是以讹传讹罢了。直到走进树葬林中，我依然没有不祥和恐惧的感觉，我想大约是来自佛的能量，使人摆脱了对死亡的恐惧。

在根秋多吉的指点下，我看见树杈上悬挂着大小不同、颜色各异的包裹物，有衣物、编织袋、婴儿被子，还有小木箱。有的树上挂有四五个包裹物，有的树下还摆放着小孩的衣物以及童车、玩具

根秋多吉（左）向作者（右）讲解树葬

等。他说包裹里是孩子的遗体，多在一两岁之间，童车和玩具是孩子的遗物。这一片树林主要是安放死去的孩子，旁边的一片树林则安放大人的尸体。

根秋多吉指点着一个树梢上簇新的包裹物说，那是前天送来的婴儿尸体，孩子刚生下来就夭折了。家长认为把死去的孩子安放在树上，灵魂会转世投胎再回到生前的家中，而且不受病魔侵扰，健康成长。一些家庭在再次有了孩子后，会又来到卓龙寺树葬林感恩祈祷。

我们继续向前，树杈上相继出现一些较大的长方形木箱，并用绳索捆绑固定在树干上。这些木箱做工粗糙，只是将宽窄不一的木板钉在一起，有点类似货运包装箱，没有油漆，也没有任何装饰。由于潮湿多雨，有的木箱上已经长出青苔，有的已经朽烂，木板脱落下来，其中空空如也。

根秋多吉说木箱朽坏后，他们会将散落出来的尸骨埋入土中，这时死者的灵魂已经升天。

树葬，下方还留有孩子生前用过的童车

林子里的景象，让我体会到世间没有永恒的事物。生老病死人生难免，无论曾经多么富有显贵，也无论多么贫穷低贱，当死亡来临时，曾经拥有的地位、名誉、房舍、钱财，等等，都烟消云散，而执着于这一切的肉身，最终不过是一堆白骨。

走了一阵，高大的树林中间出现一块不大的空地，中间生长着一株有些特别的树，四周用石块围了一圈，附近的树上挂满五彩经幡。次村说这是七世达赖从印度带回来种在此地的。周围的树比这株高大，可次村坚持说周围的大树是由这株发展而来的。七世达赖格桑嘉措是四川理塘人，藏地僧俗民众对他的爱戴无处不在。

次村与根秋多吉告诉我，这棵树是七世达赖喇嘛从印度带回来栽种在此的

绕过这株树，次村又指着不远处一块大石头上天然形成的手掌印说，那是莲花生大师的手印，附近还有乌金普次觉姆留在石头上的手印。走近，见乌金普次觉姆的十指纤纤，犹如兰花。次村让我把双手放在乌金普次觉姆的手印上，闭目感受来自石头的温暖。

我把双手重叠在乌金普次觉姆的手印上，感动从心中升起：一个女子，素食，独身，剃度，远离亲人朋友，孤独地在山里每日为亡灵祈福，这需要多大的勇气和信心！卓龙寺的佛堂里供有一张她的照片，圆圆的脸上荡漾着明朗的笑容。我想，她去天堂的路上也一定是清风明月相伴。我在她的手印上顶礼，她的名字不仅仅留在这片山林里。

乌金普次觉姆的手印

　　我向次村问起树葬的来由。他说树葬林与当地特殊的气候和地理环境有关。他的家乡在墨脱，由于森林密布，多雨潮湿，野兽出没，瘴气弥漫，当地人的祖先最早是在大树上搭茅屋居住的。人们采摘树上的果实充饥，捕杀林中的猎物为食，用林间的草药治病，伐树木做饭取暖。树，是他们赖以生存的物质条件，也渐渐成为精神寄托，有了树神，有了树崇拜。佛教传入以后，人们受转世轮回、因果报应观念的影响，认为将尸体置于树上，灵魂能升入天堂，转世轮回；尸骨腐烂后回归土地，则是对土地养育之恩的回报。次村又说，信仰佛教的人是不能杀生的，但是由于生存条件的限制，不得不养牛羊并杀而食之。所以，人死后让自己的身体回归土地是对大地的回馈。但是这种回归土地与汉族的土葬风俗不同。汉族讲究厚葬，皇帝耗巨资建陵墓，普通人家也要花钱修坟，无论哪一种都要占用土地，耗费财力人力。可树葬是薄葬，没有陪葬，即便是现在生活富裕了，人死后也不会大操大办，通常只有两三个人交换着将尸体裹好背来，没有花圈，没有挽联，没有出殡的队伍，也不需要殡葬仪式，让死者安静地走完最后的路。这是惜福的体现！

次村的讲述让我想起不久前参加一位长辈亲属的葬礼的情景，整个过程持续了三天，将人折腾得头昏脑涨，筋疲力尽。葬礼上既有鲜花簇拥、哀乐声声、礼炮轰鸣的西洋式追悼会，又有着道士服装念佛经、敲锣打鼓、焚香烧纸的所谓传统仪式。丧葬"一条龙"服务以各种方式巧取豪夺，还让人哑巴吃黄连——有苦说不出，因为这些服务大多被贴上"孝"的标签加以推销。当时我感受最深切的不是悲哀，而是嘈杂喧嚣，疲于应付。十余张麻将桌座无虚席，来来往往的人各怀心思，俨然一个江湖。最后各种花费耗去十多万元，逝者才入土安葬。与眼前的树葬相比，的确是惊人的浪费！

三

我们由树葬说到藏人天葬、蒙古人天葬、汉人土葬、僰人悬棺葬等，又说到人的灵魂。

次村说人死后尸体无足轻重，重要的是灵魂。生前积善的人灵魂升入天堂，而作恶的人下到地狱。无论火葬、天葬、树葬、水葬、土葬，都是为了化消尸体，不给灵魂增加负担，使灵魂迅速升天。

树葬林不接受自杀者的遗体。因为树葬的目的是让灵魂升天，转世轮回，而一个人选择自杀，表示他不想活了，既然不想活，何须来世？次村说，对于这样的人就选择土埋，他们的灵魂也就不能升天。

人都知难免一死，但死往往以其不确定性使人感到恐惧和害怕，从而成为大多数人忌讳的话题。然而次村与根秋多吉却平静地向我诠释他们对生与死的理解。也许他们正因为每天都面对死亡，面对无常，所以才能淡泊名利，在艰苦的环境里怡然自得。

根秋多吉从怀里拿出一张照片给我看，上面有根秋多吉、次村与另外几个喇嘛在树葬林中的合影。那几个喇嘛来自四川色达喇荣五明佛学院。"他们说回去要把我们所做的事告诉索达吉堪布，也许有一天我会见到堪布呢！"说这话时根秋多吉两眼放光。

转出树葬林后，次村说想请我们喝酥油茶，我谢绝了。面对他们如此艰辛的生活状态，实在不忍让他们破费。我们把车上的食品全部留下，并捐了一点钱。次村和根秋多吉推辞了一番才收下，又将几块刻有佛像和六字真言的石块赠予我们。

根秋多吉说前行五公里有一道美丽无比的瀑布，时有彩虹出现，珠玉飞溅，宛若仙境，问我们想不想去看看，他给我们当向导。可是按计划我们当天必须赶到八宿，只好告辞。

上车前我问根秋多吉这里是否通邮，根秋多吉有些茫然，我改问从外地寄东西来能否收到。没等根秋多吉回答，次村开口说了句什么，又改用生涩的汉语抢着说"不用，不用"，因为发音不准，听上去像"不弄，不弄"。根秋多吉翻译说，不用为他们的生活发愁。他们的用度极少，现存的粮食、油、盐可以吃到冬季大雪来临时，之前他们会下山背粮食和生活用品，那时几乎没有人进山了。

为了证明自己的生活还不错，根秋多吉特地向我展示了一件"奢侈品"——一块杂志大小的太阳能电池板，一位好心人赠送的礼物，

波密，神秘的树葬

使他们黑夜里有了光亮。

苦行僧的生活

简陋的小庙里唯一的"奢侈品"就是
根秋多吉（左）脚下的太阳能电池板

　　次村与根秋多吉目送我们离去，直到汽车驶入树林深处，我看见
深红色的僧衣依旧伫立。

　　一路上我都在想"卓龙"的含义。它在藏语中有不同的意思，其
一是"神圣"，其二是"到达"，无论是前者还是后者，都是结局，
不是过程。结局意味着归宿。我想，正是因为有了灵魂的归宿，人们
对世界的认识才不会停留于物的表象。而只要拥有相同的世界观，哪
怕远隔千山万水，也会殊途同归。卓龙树葬林与古代失韦人、库莫奚
人葬俗的惊人一致，就是一个例证。

扎木、边坝，生死记忆

　　正收拾去西藏的行囊，我忽然接到我先生的朋友的夫人打来的电话，称她父亲读了我写的《藏地八千里》一书，想见见我。她父亲从书中的照片上一眼就认出我父亲，连连说："这不是徐光益吗？我认识他！"朋友夫人的父亲是成都人，高中毕业后参加解放军第十八军。与他一同参军入伍的一位同学，后来与我父亲在一个团，且这位同学的妻子也曾与我母亲同在拉萨当老师，于是她父亲多次听同学谈起我父母，并看过照片。

父亲1956年在武汉汉口高级步兵学校学习期间留影

　　这个世界有时广阔无垠，有时却是天涯咫尺，让人们这般有缘相聚！

　　朋友的夫人说她父亲颅内肿瘤手术后，身体大不如以往，记忆力严重衰退，经常是刚用过的东西就忘了搁在何处，可奇怪的是他对西藏的往事记忆犹新，尤其是波密。因为从军队转业到地方后他曾在波密工作……这个孝顺的女儿深深打动了我，于是第二天我与父亲一同赶到医院去看望这位老人。

　　老人家姓李，见到我和父亲情绪十分激动，不顾家人与医生的劝阻，挣扎着从病床上撑起来与我们握手。曾经有力的大手，如今软软的，岁月抽丝剥茧一般耗去了他的能量。他说得知我们今天要去看他，昨晚一夜难眠，最后忍不住偷偷爬起来写日记。

李伯开始讲述波密往事，积蓄的感情如冰河融化，奔流不息。说到激动之处，他猛烈地咳嗽，痰憋在喉头呛得满脸通红，以至于医生出面干预，不让他说话。可是医生一走，他马上又与我父亲谈起西藏，一口一个"我们这些老西藏"。

当年徒步入藏的十八军战友许多已经离世，在世的也都八十岁以上。青年时期他们满怀激情，期盼着波澜壮阔的人生，结果半生颠沛，坎坷艰辛。如今垂垂老矣，回望几十个春秋，那些颠沛与艰辛反倒变成了最美好的回忆，最深刻的记忆。虽然李伯僵硬的关节有些颤抖，密布皱纹的脸上有老人斑，但是八十多岁的老人眼里，有时也会闪耀着八岁孩子的目光，单纯，天真。这也许是历尽沧桑后的回归！

1956年父亲（前排左二）与战友合影

俩人聊了一会，父亲问他是否认识一个叫姜华亭的人，那是解放军最危险的叛徒。李伯答：印象很深。他的妻子在贯彻中央"守点保线"方针时返回四川，当时已身怀六甲，途径雀儿山下的马尼干戈时，险些遭到土匪袭击，最大的威胁，就来自姜华亭……于是他们的话题围绕姜华亭、围绕在波密长达一个月的围歼战役展开。

姜华亭是山东莱阳人，汉族。1945年参加八路军，解放后保送到东北炮兵高级学校学习，毕业后分配到解放军第十八军五十二师一五五团，任团炮兵主任兼炮兵营长，大尉军衔。后来被土匪的美人计拉下水，1958年春叛变，化名洛桑扎西，再后来加入"四水六岗卫教志愿军"。他精于现代军事战术，又熟谙解放军战法，"卫教军"此后的一切重大战略决策均出于其手，使我军遭受重大损失，为此西藏军区曾悬赏四万大洋捉拿他。

一段从未听闻的往事徐徐展开。

一

波密是西藏的另类。温润的印度洋暖湿气流穿过雅鲁藏布大峡谷，使波密森林遍野，江河纵横，冰川密布，雨量丰沛，集江南与高原之美为一体，熔亚热带丛林与雪山峡谷之奇于一炉。

1957年，以恩珠·贡布扎西为首的土匪在西藏山南地区的竹古塘成立了一个名为"四水六岗卫教志愿军"的组织，简称"卫教军"，藏语称"曲西岗珠"，企图闹"西藏独立"。

"四水六岗"是一个地理概念。"四水"指金沙江、澜沧江、怒江、雅砻江；"六岗"指擦瓦岗、芒康岗、麻则岗、木雅绕岗、色莫岗、泽贡岗。"四水六岗"是古代藏文典籍中对青海、康巴地区的总称，而土匪使用这个词汇，意在煽动康巴、安多等地居民起来反对中央政府。

恩珠·贡布扎西是四川理塘县人氏，早年曾在拉萨经商，与各色人等交往，又不时出入印度、尼泊尔等地，练就了能说会道、察言观色、深藏不露的本事。他在拉萨的康巴人中，以及在康区巴塘、理塘等地建立了深广的社会关系，加上有财力、煽动力，不久便在西藏山南聚集了土匪两千多人。可是这些从各地来的土匪除了少部分持有步枪、猎枪，大多数人只有刀、矛与弓箭之类的冷兵器。这些武器用来在绿林中干拦路抢劫、打家劫舍的勾当或许还行，但要与训练有素、武器先进的解放军抗衡，显然是蚍蜉撼树。恩珠·贡布扎西绞尽脑汁想从解放军内部打开一道缺口，于是悄然布开一张猎网。

姜华亭是落入这张网中的第一个大猎物。引诱姜华亭落入陷阱的是拉萨附近一个土司的女儿，她不但年轻貌美，楚楚动人，而且还能讲一口汉语。千古不变的美人计，一个很落俗套的故事，在不同的时代、不同的地点又一次上演。

姜华亭在一个准备放电影的晚上，突然提出改为夜间军事演习，要部队到野外拉练。他以此为名到仓库取了一把三五式冲锋枪，以及几百发子弹。那晚月黑风高，伸手不见五指。姜华亭策马奔跑出好一段距离，悄然下马进入一片树林。

部队结束演习返回时，战士们才发现姜华亭不见了，联想起突兀的夜间军事演习，以及姜之前的反常行为，感到情况有些不妙，立刻上报并派人四处寻找。可是姜华亭如泥牛入海，杳无音信。那是1958年的春天，姜华亭四十七岁。

同年夏天，一名中尼混血的藏族女子勾搭上拉萨河南仓库警卫排排长陈柱能。事情败露后，陈自知难逃军纪处罚，投奔恩珠·贡布扎西麓下。

恩珠·贡布扎西大喜过望，立刻封陈柱能为"警卫队"队长。陈柱能毕业于重庆步兵学校，在文盲居多的土匪中的确显得鹤立鸡群。可是陈柱能很快就感到后悔。当初令他激动万分、回味无穷的美色，转眼间索然无味，甚至惊艳变成惊悚。生活艰苦，孤独无助，他开始思念父母，却无法给他们写信，这才意识到自己给父母亲人带去何等的耻辱与痛苦！他深深后悔，想逃离匪窝又怕遭遇杀身之祸。土匪极度残忍的杀人手段，令他一想起来便魂飞魄散，不寒而栗。就在他内心无比绝望之时，恩珠·贡布扎西筹划率几百人到日喀则南木林宗甘登青柯寺夺取武器，陈柱能被要求一同前往。

那是藏军的一处秘密军械库，储存着噶厦政府过去从英国购买的军火。当时噶厦政府尚未与中央决裂，无法公开给"卫教军"提供武器装备，于是准备演一出双簧。陈柱能一听，感到机会来了，便在随土匪前往曲水的途中伺机出逃，返回原来驻守的拉萨河南仓库。部队在审讯他时才意外得知：姜华亭投降了恩珠·贡布扎西，并化名洛桑扎西，做了敌人的军师，策划了一系列袭击解放军的行动。

为了追剿恩珠·贡布扎西这股土匪，抓住姜华亭，解放军连夜赶往曲水，兵分二路追着恩珠·贡布扎西向尼木方向前进。可是熟悉我军战术的姜华亭事先挑选出一些有作战经验、身体素质较好的精兵，在队伍前后组成警戒部队，与主力部队保持一定距离，要他们在行动中注意侦察和警戒，并时不时在两翼放出小股土匪展开侦察和搜索，保护大队人马不受到袭击。姜还让他们一旦发现解放军，就快速抢占制高点，采用小分队迂回的办法来进行反制。

果然，在姜华亭的指点下，恩珠·贡布扎西不但从解放军的包围圈脱逃出来，还反过来袭击解放军。土匪多是骑兵，解放军枪支多系自动武器，很少有带刺刀的步枪，在肉搏战中缺乏优势。短暂战斗后，解放军的一个排全部牺牲，排长被昔日战友姜华亭射杀。

随后，姜华亭又向恩珠·贡布扎西献计，趁夜色声东击西交替掩护撤退。恩珠·贡布扎西依计行事，悄悄从尼木东北方向翻山，迂回撤往羊八井方向。尼木突围成功后，姜华亭更受恩珠·贡布扎西的器重。不久，他们把目光投向了波密县城扎木。

二

波密气候温和，雨量丰沛，毗邻林芝、米林、察隅，是西藏不可多得的粮食主产区，又与印度、缅甸距离较近，因此恩珠·贡布扎西一伙想割据扎木，占山为王，使之成为山南之外的另一个据点。而当时驻守扎木的解放军只有一个排，加上县委机关工作人员，总计六十余人。恩珠·贡布扎西了解到这一情况后，于1959年1月以八百余人的兵力包围了扎木。经过几天激战，虽然恩珠·贡布扎西一伙没有攻下扎木，但是解放军修建的政府机关、驻军营房、物资仓库等大多被土匪烧毁。驻守的解放军和县委干部最后只好退入一幢两层楼房的大院内，一面居高临下还击固守，一面向军区发电告急。

十八军政委谭冠三闻讯后，从极其有限的兵力中抽调驻扎拉萨的一五九团三营，命该团政委董志理和副团长吴晨率领，增援扎木；同时又命驻昌都的一五七团、一五八团各抽四个连队驰援扎木。然而，最近的增援路程也有一千公里，加上土匪沿途破坏公路，烧毁桥梁，并在山野丛林中设伏，前往增援变得困难重重。我父亲当时在一五七团团部担任军务参谋。他回忆当时接到的命令是：驰援扎木！所在部队当天从一营抽出两个连，二营抽出一个连，加上团直骑兵连和迫击炮连的部分人马和武器，于第二天一早分两路向扎木奔进：一路为二营六连与骑兵连，沿旧公路前进；另一路为一营两个连加配属分队，他们徒步抄近道翻越海拔5500多米的德乌拉、各杂拉两座大雪山直奔扎木。我父亲当时跟随一营徒步抄近道。这一路所有人员必须轻装。

"轻装"的行李大约是六十斤，每人除携带武器弹药、被服外，另带七到十天的干粮——炒熟的青稞粉，装入一根细长的布袋中，与子弹带左右交错斜挎在肩上。由于扎木情况危急，增援部队不分白天黑夜地前进。最初是军车送到邦达草原，下到山谷便开始徒步急行军。晚上不安营扎寨，实在疲乏极了才选一个背风的地方，让大家打个盹，不超过一小时。

为了不暴露目标，部队由原来以连为单位吃饭改为分班吃，一是灵活方便、节约时间，二是避免大队人马集中导致暴露。到达八宿以后，又下令不动烟火，军人们只好糌粑就冷水咽下；而翻越雪山时，不得不用冰雪糕和糌粑充饥。

一月的西藏正值隆冬，部队要翻越德乌拉、各杂拉两座大雪山。当时，雪山上浓雾弥漫，大雪纷飞，极度寒冷。这里只在夏季才有少数牧民到山下放牧，一旦进入秋季四周就渺无人烟。因为要求轻装，很多军人没有带毛皮鞋，穿着单薄的胶鞋在积雪过膝的山上行走，很快就冻得脚趾麻木。在前面领队的尖兵最为艰辛，为了探路，经常不得不匍匐在地上前行，以免落入被雪掩盖的沟壑之中遭遇不幸。山上空气稀薄，寒风刺骨，不少人累得筋疲力尽，想停下来喘口气，但稍有经验的人知道，一旦坐下去，就难以再站立起来，于是战士们相互搀扶鼓劲，生拉活扯向前走。

与父亲同行的一个战友叫潘光庆，是后勤部助理员，这次被编入增援扎木的队伍中。他在翻越第一座雪山时患上雪盲，翻越第二座雪山时，头昏脑涨，气喘吁吁，加上双眼红肿，寸步难行，无奈之下只好站在雪地里，一听到远处有骡马喘息声就喊道："同志，请把马尾巴给我拉一下嘛！"

潘光庆知道，因为连续急行军，大家都疲惫不堪，再让别人搀扶实在是累赘，能借助马尾巴导盲、省一点力气就满足了。可是前面两匹骡马是驮药品的，牵马的战士担心骡马拖着人消耗体力，要是它们也瘫倒在半途，运不了药，就误事了。于是牵马战士让他等后面的骡马。潘光庆不得不一次次重复"同志，请把马尾巴给我拉一下嘛！"最后终于如愿以偿，拽着马尾翻越了大雪山。

七八天后部队赶到扎木。不少人在翻越德乌拉、各杂拉大雪山时脚趾、手指冻伤，因为到达后立刻投入战斗，没有片刻休息，贻误了最佳治疗时间，一部分人脚趾、手指神经和肌肉坏死，最后不得不截肢以保全性命。父亲随行的一营两个连被截肢的就达五十余人！另一路二营六连在途中遭遇土匪伏击，死伤十九人。后来因伤员和烈士遗体的羁绊，六连未能按时抵达扎木，但途中牵制了部分敌人，并截断了敌人向东逃窜的道路。

由于是火速增援扎木，无法提供完善的后勤保障，整个扎木之战牺牲了几十位解放军。这些军人多系伤亡而不是阵亡，因为受伤后得不到及时抢救。这也与自然环境有关。在平原生长的人在青藏高原不太适应气候，伤风感冒都难以治愈，更不用说受伤加上着凉，这导致死亡率大大增加。

从拉萨赶来的一五九团赶到通麦大桥时，土匪已经将桥烧毁，部队只好绕到桥的上游用橡皮舟渡江。一只橡皮舟每次只能载六个人，或一门迫击炮，一上午仅渡过一个连的军人。最后副团长吴晨急了，不等部队全部渡江完毕，自己先率已过江的一连，每人除枪支弹药、干粮、一人一件大衣外，其他东西全部丢下，跑步奔向扎木。

与此同时，一五七团、一五八团也接近扎木，在离扎木几公里时被土匪的哨兵发现，随后双方交火。一小时后，一五九团也赶到扎木。土匪见解放军增援大部队到达，便开始向外撤退。解放军乘胜追击，在倾多湖以及附近的山岭击毙土匪三十多人，俘虏二百余人；其余的散兵逃向倾多宗方向（倾多是地名，现为波密县辖下的一个镇，旧西藏的"宗"相当于汉地的县），有的又从倾多继续逃往偏僻的边坝山区。

扎木被土匪围攻十多天后终于解围，六十人抵挡了八百余众土匪的围攻！父亲回忆，当时中央对西藏实行"收缩精编"方针，军队与地方工作人员大量内调，地方工作由面到点，公路保留青藏线和川藏线西段（川藏线西段即岗托—怒江—林芝—拉萨），简称"守点保线"。

扎木是十四个守点之一。由于扎木无险可据，在大部队撤离之前，为防止土匪突袭，当地军民事先在县委大院之外挖了几道防御壕沟，有的壕沟里还灌满水，并在楼内准备了足够的弹药、粮食，更思虑周全地在院里挖了一口水井，这口井后来起到极大作用。这是吸取了丁青的教训。丁青地处半山，周围没有水源，土匪截断了部队取水的通道。在土匪长达几十天的围攻中，不少战士在去河边取水的途中牺牲。

扎木之战中，退守到扎木县委大院的人，采取军队与地方人员混编的方式，每人身边放几种武器和手榴弹，一旦手中武器发生故障，立刻更换另一种武器使用。在土匪发起攻击时，大家火力交叉，前后呼应，不留空隙，因此土匪数次进攻均被打退。这是生死拼搏的奇迹！

战后，我军从俘虏口中得知，是姜华亭在指挥土匪打仗。他还制定了不恋战，白天打、夜间跑，不死攻、不死守，围点打援，扎口袋等战术。

扎木之战结束后不久，拉萨以及周边地区相继发生土匪袭击驻军的事件。当解放军开始反击时，一些土匪逃亡边坝，加上从扎木逃去的土匪，边坝一时成为聚集土匪最多的地方之一。

三

边坝县地处怒江、雅鲁藏布江流域，年平均气温为零下1摄氏度，最低气温达零下40摄氏度，每年九月至次年五月许多地方大雪封山，除少数主要道路外，几乎不能通行。境内雪山绵延，峰插云霄，地形险要，易守难攻，又便于隐匿，同时也是"守点保线"的空白，再加上美国不断给土匪空投武器弹药等，一时间聚集在边坝的土匪气焰十分嚣张，经常在周围打家劫舍，抢夺牛羊和粮食，甚至奸淫妇女。

为了围剿聚集在边坝的土匪，解放军总部从内地调动一三〇、一三四两个师，分别进入昌都和拉萨。而这时父亲被下派到一五七团二营六连代职担任副连长，原西藏昌都警备区侦察科科长魏和天担任连长。之前，父亲所在的一五七团防守怒江，任务是截断土匪向北逃窜的退路。他与战友们曾多次在夜晚看见给土匪空投物资的飞机与降落伞，还从望远镜里看到地面接应的火光，他们后来缴获的空投物资中有美国的半自动步枪、电台等。

大部队开始行动后，一五七团二营的主要任务是配合南北两大集团执行穿插。穿插就是进入敌人的包围圈，一是歼灭敌人的指挥电台（306台），使敌人变为聋子、瞎子；二是将分散敌人吸引在周围，以便我军围歼。这是一个艰巨的任务。

父亲所在的二营强渡怒江生格渡口后，从边坝一个名为"金门卡"的地方进入咚达西山区。金门卡是一片高原牧场，海拔四千多米。可是在三月，这里没有一丝春意，寒冷使牧民望而却步，方圆数十公里也无定居人家。一队解放军走来，很快吸引了敌人的注意力。他们立刻对解放军前堵后追，左右夹击，走在最前面的二营七连伤亡惨重，先头排最后只剩下四人；后卫的五连也遭到伏击，仅有六连暂时还未被牵制。为了在敌人的包围圈上撕开一道口子，分散敌人火力，父亲带一个排的突击队冲入敌阵，横冲直撞，中心开花，吸引住了土匪一部分兵力。在赢得大部队对敌实施包围的时间后，他们决定突出重围。这时，突击队三面环敌，背后是一处悬崖绝壁，而他们对悬崖下的情况一无所知。经过讨论后，父亲决定破釜沉舟，冒险一搏。

突围前，父亲与战友们除了武器弹药外什么也不携带，被褥、干粮、帐篷等统统留在原地。黄昏时分突围开始，父亲与战友们解下各自的绑腿，连接成绳索，并借助凸起的岩石、藤蔓、树根往下爬。在部队，除了特务连、侦察排外，其他人大都没进行过攀岩训练。然而要想绝地逢生，只能豁出去了！他们在没有其他任何攀岩工具的状况下，爬下垂直高度近三百米的峭壁，其惊险程度难以想象。几乎每个战士身上都有不同程度的划伤，尤其是手掌。高原的冬季使人皮肤干燥，在坚硬的岩石上磨搓，很快就开裂出血。眼看快接近崖底，才发现一道深涧横在下方，水流湍急。然而此时夜幕降临，左右无路可走，不得已只好跳入水中。大汗淋漓的身体一下浸入冰冷刺骨的雪水，其痛苦程度可想而知。很多年后，包括我父亲在内的不少军人患上风湿病、胃病，病根就是当年落下的。

大家相互拉扯着上岸，又冷又饿又疲惫。虽然四周寂然无声，但不敢稍有松懈。因为摸不清敌人的方位，既不敢贸然前进，也不敢生火取暖，担心暴露目标，只能裹着湿透的衣服，浑身冷战，等待黎明。

接近半夜时分，他们忽然听到远处传来一阵声音，立刻警觉地拿起武器。一会儿，隐隐约约出现几个人影，再走近，约莫十人，但不能断定是自己人还是小股土匪。又过了一会，父亲听到对方说话的声音，终于明白是土匪，于是下令开火。突围时带的两挺机枪以及冲锋枪再次发挥作用，一阵哀嚎之后，一切又归于平静。等了一阵，几个战友小心翼翼爬过去，发现地上有五六具土匪的尸体。他们赶紧在敌人身上摸索寻找干粮袋。有的干粮袋因为血浸入，内中糌粑凝成一团团的；有的干粮袋被压在尸体下，搬动起来十分费劲。周围伸手不见五指，他们只能凭手感区分：摸到黏和成一坨的糌粑，明白有血，赶紧扔开；只要是松散的就往嘴里塞。有的还把土匪尸体上的袍子脱下，盖在自己身上。生死存亡关头，没有心思胆怯和害怕，也无法计较，唯一的心思就是活下来，活下来就有战斗力！

第二天天亮后，父亲他们先后打退了几股土匪的袭扰，终于成功突围。再次发射信号弹不久，一三〇、一三四师分别由东向西、由西向东集结过来，形成夹击之势。我方密集的枪声使土匪阵脚大乱，有的扔下武器、马匹就逃。父亲与战友们一路上收缴了十来匹马、十多支枪，其中还有英国的来福枪、望远镜等。同营的战友们见父亲一行人满载而归时，又惊又喜，说以为他们已经牺牲在敌人的包围圈里了。

可是，留守在连部的连长魏和天却牺牲了。

原来父亲带队离开后，六连连部也遭到敌人袭击。魏和天大腿中弹，血流如注，卫生员包扎时竟有些不知所措，吓得双手发抖，反倒是魏和天给他鼓劲："你抖什么抖，扎紧一点就是！"电报员见战事越来越危急，担心抵挡不住敌人，便将手榴弹、密码本一同捆绑在电台上，准备在敌人冲上来时引爆手榴弹，与敌人同归于尽，不让电台尤其是密码本落入敌人手中。

魏和天身边的人告诉父亲，连长牺牲前还挣扎着反复问："副连长有没有消息？"他虽然身负重伤，心里还一直记挂着父亲的安危，这令父亲深受感动。

父亲说魏和天有文化，爱思考，性格开朗，如果当时条件稍微好一点，也许不会牺牲。可是历史没有也许，没有假如，生与死就在瞬间，没有亲历战争的人难以体会战争的残酷！

那一夜，父亲一直守候在魏和天身边。这时他才知道五连、七连伤亡惨重，仅七连伤亡就达二十多人。而父亲率领一个排的突击队员，奋不顾身地冲入敌人腹地，将自己当诱饵，在敌人重重包围中横冲直撞，吸引敌人，分散火力，打乱敌人部署，为大部队合围赢得了时间。死神多次与他们擦肩而过，竟无一伤亡！然而，短暂的庆幸，很快被打扫战场的悲伤驱散。

四

如果不是听父亲详细讲述，我对"打扫战场"四个字的理解只能停留在字面上。简单地说，"打扫战场"就是处理死尸和收集丢弃的武器。这是战胜方的事，听起来似乎还有收缴战利品的喜悦，其实并非如此。重返战场会令许多人感到后怕。之前双方交战杀红了眼，精神高度紧张，来不及担忧和害怕；待一切结束后，看到四处散落的尸

扎木、边坝，生死记忆

体，尤其是战友们那些血肉模糊、尸骨不全的遗体，大家心中十分难过。当将自己的战友装入尸袋，一排排摆放在那里，准备运走时，即使是平时十分坚强的人也会被触动。悲从心来，欲哭无泪，无论打了多大的胜仗，大家都高兴不起来。同时，也要处理敌方留下的尸体，就地挖坑掩埋，还要将死去的马和骡子埋葬，尽量恢复战前的面貌。

他们还从俘虏口中了解到，土匪中不少人是受蒙蔽，被裹胁而来的，在之前，他们多是农夫、牧民或者小商贩，家有父母、儿女、情人，然而战争一下改变了他们的命运。父亲曾在一个死者身上见到浸满血迹的绣花包，他想，绣包的人一定望眼欲穿地等待亲人回来……

边坝剿匪战役结束后，父亲从俘虏口中得知姜华亭与恩珠·贡布扎西就在这股土匪中。不过他们又一次逃脱，率残部穿越到工布江达山区，昼伏夜出，南渡雅鲁藏布江返回了山南老巢。

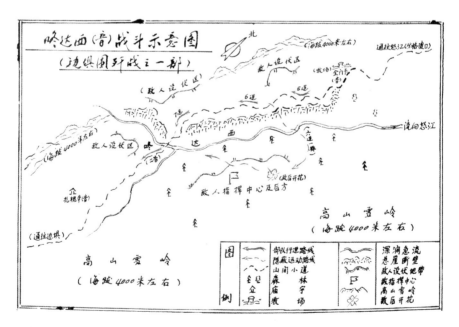

父亲绘制的西藏边坝咚达西战斗示意图

后来，当几路解放军向山南合拢时，恩珠·贡布扎西又在姜华亭的指点下突破层层包围圈，率人马翻过大雪山，越境进入不丹。追赶而来的解放军仅仅晚了一步，就在山脚眼睁睁看着土匪从山顶溜走，而姜华亭就在其中！

那时，所有解放军战士都恨不得亲手抓到这个叛徒。在他的谋划下，解放军多次失利：尼木之战牺牲五十多人；医疗队被伏击牺牲十六人；贡噶、扎朗之战死九十三人，伤三十五人；再加上泽当、扎木等战斗牺牲的人数，解放军伤亡总计六百多人，地方党政工作人员伤亡五百多人。

边坝之战结束后两个月，我父亲特地赶到那曲（当时称黑河）去祭奠魏和天。那时那曲还未建陵园，与魏和天一同安葬的还有一百多位军人，每个土堆前仅有一块木牌，上面写有牺牲者的姓名和出生年月。父亲在魏和天墓前坐了很久，最后写下一首诗：

> 朝夕相处影不离，
> 晨出征战夜不归。
> 效命疆场君先去，
> 阴阳难隔战友情。

五

从波密返回四川后，我四处查找资料，想知道姜华亭的下落。最终从零星的资料中得知，1960年初，他与逃到不丹的土匪残部通过印度边境进入了尼泊尔境内，并在美国中央情报局的资助下，在一个叫木斯塘的地方建立了秘密基地，企图东山再起，那是尼泊尔最靠近西藏的北部山区。但此时"四水六岗卫教志愿军"大势已去，美国的资助只能助其苟延残喘。其间由于美国政府有关人员更迭，资助一度中断，一些老弱病残的土匪冻饿得病而死。

1972年，中美关系改善，美国中央情报局彻底终止了对木斯塘基地的资助。1974年，尼泊尔政府出兵取缔木斯塘基地，匪首旺堆（恩珠·贡布扎西的侄子）拒不投降，最后被尼泊尔政府军打死。曾经猖獗一时的"四水六岗卫教志愿军"至此寿终正寝。而充当过土匪前敌参谋的姜华亭——洛桑扎西，1987年5月在印度南部病卒，时年七十六岁。

彼苍之迹

　　我对基督教的了解是因红色教育开始的。

　　那一年到贵州遵义参加"纪念红军长征七十周年暨中法文化年活动"，在翻阅一些关于红军的历史文献时，我忽然看到一幅与众不同的画面：一个身穿中式长袍、头戴瓜皮帽、满脸络腮胡子的外国人，显眼地夹杂在红军队伍中。然而他不是红军，而是一名瑞士籍英国传教士，名叫R. A. Bosshardt Piaget，中文名薄复礼。

　　这让我十分意外。据介绍，薄复礼最初跟随红军并非出于自愿。1934年10月的一天，在贵州镇远教堂担任牧师的薄复礼与妻子罗达从安顺返回镇远，不想在途中与从江西过来的红军第二、六军团相遇，就此跟随红军长征的队伍，转战贵州、四川、湖北、湖南、云南五个省，时间长达五百六十个日夜，行程近一万公里。薄复礼跟随红军的理由很简单：一是红军被国民党军队围追堵截，长征途中甚至找不到一张贵州地图，而薄复礼有一张法文贵州地图，不认识法文的红军需要薄复礼的帮助；二是担心薄复礼暴露红军大部队的行踪。于是薄复礼成为红军长征的一名奇特的参加者。

　　薄复礼1897年生于瑞士，后随父母移居英国。1922年，英国公派他前往中国，在贵州境内的镇远、黄平、遵义一带传教。他与红军的这段经历后来写入《神灵之手》（中文名《红军长征秘闻录》）一书，这本书成为研究红军长征史的珍贵史料。

离开遵义后，在当年红军走过的地方，我那为时不长的旅途中，听到更多有关传教士与红军的故事，这激发了我深入了解基督教的好奇心。我陆续翻阅了一些书籍，再后来又接触到关于传教士在中国西南的活动的文献资料。如最早发现大熊猫的法国传教士戴维，他在日记中不但记叙了清末进入四川腹地所见的风土人情，还记录了在邓池沟进行科学考察的奇特经历。再有，加拿大医学博士启尔德，美国汉学家、考古学家葛维汉，英国生物学家威尔逊等，他们都身兼多重身份，在近代活动于中国的西部。

这些资料让我发现自己对那一段历史有误解，有偏见，还有许多无知。于是，我开始关注那段历史，留心相关的人和事。

最让我惊讶的是西方传教士在藏族地区的经历。因为那里山高水深，人烟稀少，即使在今天也被大多数人视为畏途；并且，藏地几乎全民信仰佛教，一种外来文化如何能与当地文化交会、融合？带着许多疑问，我又一次踏上去藏地的路。

一

出发前，一位刚结识不久的朋友来拜访。聊了一会，他忽然问我："你知道磨西的麻风病院吗？"说罢，拿出一张陈旧泛黄的老照片：一位身着中式长袍的西洋人，与几个面目狰狞的麻风病人的合影。他说，磨西麻风病院最早是1921年由法国传教士创办的，名为"天主教康定教区磨西麻风院"，1951年改为"四川省泸定皮肤病防治院"，近年来在原址上改建成"海螺沟景区人民医院"。当年麻风病院是什么样子已经无从得知，但是原来医院旁边的教堂还在，这座教堂是特地为麻风病院的病人建的。说罢又拿出几张近年拍摄的教堂照片。虽然院子里杂草丛生，冷冷清清，门窗地板糟朽破败，但还是能从残留的外形遥想这座哥特式建筑当年的气势。他指点着照片介绍，哪里是过去传教士的住房，哪里是礼拜堂，等等。

我有些意外，因为我曾几次去过位于泸定县的磨西镇，本以为自己对该镇比较了解，没想到磨西镇上有两座天主教堂，我竟然遗漏了其中一座！

磨西镇地处贡嘎山下，如果没有1935年毛泽东、朱德、周恩来、王稼祥、邓小平等人在此召开的"磨西会议"，以及后来被各种影视作品浓墨重彩渲染的"十八勇士飞夺泸定桥"，恐怕至今也默默无闻。磨西会议是在磨西天主教堂召开的，法国神父还给毛泽东等人做过饭，只是这位神父似乎没有薄复礼幸运，他跟随红军长征，但是在红军攻下泸定桥后就挥手告别。可是磨西天主教堂从此地因人传，人因地传，闻名遐迩，不但成为海螺沟、燕子沟旅游景区的重要人文景点，也是红色教育基地、重点文物保护单位。

　　毛泽东长征时的警卫员陈昌奉在《跟随毛主席长征》书中对这座教堂有过详细的回忆：

　　磨西是一个四面环山的小盆地，很富裕。那里有一个很漂亮的天主教堂，像大礼堂一样。我们就在这个大礼堂似的房子靠北边的那幢房子。那幢房子坐西朝东，房前是一个大院子，有几棵树，很清静。这幢房子是牧师（注：应该是神父）住的房子，主席就住在这幢房子楼上前排靠北边的两间。还有一个地方是修女们住的，大礼堂住的负伤的伤员和红军医生。我们到磨西时，教堂里三、四个外国人都被抓起来交给国家保卫局了。次日凌晨四点我们和主席出发，走时带了几本书，我们带了不少红枣和柿饼，还有一些衣服，很大。以后就用来打草鞋了。出发后不久就接到通讯员送来的捷报，说泸定桥已打下了，我们非常高兴。

　康定城旧貌

这座教堂是清朝末年法国小裴神父所建，他的哥哥也是一位传教士，在丹巴传教时与当地人发生纠纷被杀。法国领事馆闻报后大怒，扬言出兵干预，清廷怕"教案"再次引发八国联军进京的劫难，遂赶紧处置了当地参与纠纷的人，并赔偿白银两千两。裴神父的弟弟接任了哥哥的职位，带上两千两银子辗转来到磨西，通过当地一名吴姓地主帮忙安顿下来，当地人称他为"小裴神父"。

小裴神父吸取了北方义和团风潮以及哥哥之死的教训，没有急于传教，而是先从老百姓生活最需要的地方入手：建医院。磨西麻风院收治那些被抛弃、受歧视的麻风病人，慢慢赢得了人们的好感。在磨西站稳脚跟的小裴神父开始修建教堂，后来他修的两座教堂一座闻名遐迩，另一座却荒芜废弃。闻名遐迩的这座建于1918年，荒芜废弃的在它之前。

两座教堂相距不过四公里，一座用于传教，也就是毛泽东住过的那一座；另一座主要供被隔离的麻风病人使用。教会为麻风病人提供免费的住院治疗，条件是必须加入教会，信奉天主。

麻风病是一种传染病，20世纪50年代以前在康定一带肆虐，当时康定医疗条件无法治愈麻风病，人一旦患上此病，不是被烧死或活埋，就是被驱赶到大山深处自生自灭。1951年人民政府接管麻风病院时，里面还有两百多名麻风病人。

那天与朋友聊了很久，末了他给在康定的朋友李女士打了电话，请她帮助寻找我要采访的人。

李女士做事极是认真，前往康定途中我不断接到她发来的信息，询问我到达何处。我还未到康定宾馆，她已经在门外等候，说我要采访的人已等候在教堂里，于是我放下行李立刻随她前往教堂。

康定宾馆大门外就是著名的安觉寺，康定天主教堂距离安觉寺不过两百米左右。它们隔着雅拉河相望百年，经历了相同又不同的命运，给相同又不同的人以心灵慰藉。

与康定天主教堂隔河相望的佛教寺院——安觉寺

李女士带我向河对岸走去，路上告诉我她一家四代信奉天主教，是天主教传入康定后最早的教徒之一，她的教名叫玛利亚。

黄皮肤，黑眼睛，身居内陆藏汉杂居山区的汉人，名叫玛利亚，实在让我有些惊讶！而这变化并不是发生在很久以前。那些从内地移居康定的汉人，最初在以家族、会馆维系的人际圈中生活，一代又一代，相互帮衬依靠，紧紧抓住翻山越岭带来的家乡根系。渐渐地，家族被融化，会馆也松散了，经历各种变化，在外来文明的撞击下，这里走出了一群像玛利亚这样的使用汉语、藏语，黄皮肤、黑眼睛的人。

据史料记载，1865年前后，多名法国传教士试图进入西藏受阻，于是把康定作为进入西藏的门户之一，大量购置土地，修建教堂，发展教徒，以康定为中心成立了西康教区。到1920年，西康教区共有信徒3551人，其中四川1221人，云南1554人，西藏776人。

我们穿过一个狭窄的通道，再拐上简陋的钢筋水泥楼梯，才跨进天主教堂的露台。露台并不大，却种满了五颜六色的菊花，由于地方太过狭窄拥挤，不得不种在层叠垒起的旧木箱、泡沫箱中，其中还夹杂着几箱萝卜、青菜、蒜苗。就是这简简单单的数十箱植物，为有点不伦不类的新教堂平添了不少生机与活力。

教堂地处城市中心区，但若无人指点引领很难发现，因为恢复重建的教堂在二楼，底楼又无醒目的标志。然而，在六十多年前，康定天主教堂是康定城最宏伟的建筑之一。高大的尖顶仿佛直达上天，周围还有修道院、孤儿院、女学堂、男学堂、贞女院、医院等，现在，这一切早已旧迹难寻。

康定天主教堂旧貌

露台一侧的小屋里有几个人在等我，其中有姜凤琴婆婆，教名玛加莉达；欧大爷，教名安德烈；陈女士，教名米莱尔。姜凤琴婆婆今年七十八岁，如果不是她自我介绍是藏族，仅从外貌、姓名、衣着、语言看，人们会认为她是汉族。她说自己在两岁时被母亲遗弃在康定城南门口，一个好心人把她送到教会的孤儿院，从此与教会结下七十多年的缘分。

她回忆说，孤儿院的孩子稍稍懂事后便开始梳理羊毛，后来又学习纺织羊毛，院里的十多个孩子从小就必须学会干活，小的梳毛，大的纺织。除了劳动之外，重要的是学《圣经》。她学识字就是从《圣经》开始，学做人的道理也是从《圣经》开始。在她生活的年代，大部分女性都是文盲，能识文断字的女性凤毛麟角。

在十岁那年，一个教友收养了她。她在教友家生活两年后，又返回了修道院。经过一段时间的学习，她被派往磨西天主教堂的女学堂担任老师，每天教一些老人读《圣经》。那时教会在气候温暖的泸定购置产业较多，每年粮租收入可达二千八百多石，因此教会发展比其他地方快，人员近四百名，还建起了修道院、拉丁学堂等。磨西附近的冷碛、沙坝也先后建起了教堂。姜凤琴在磨西工作到十七岁，新中国成立了，西方教会停止在中国的活动，她不得不另谋生路，不久与一位建筑工人结婚并返回康定。

姜凤琴婆婆在谈话中不断提到一位"华主教"，对他满怀感激，念念不忘。此人是法国传教士华朗廷（Pierre-Sylvain Valentin），他于1925年至1951年间在康定主持传教事务，能讲一口流利的汉语、藏语，曾参与《藏法字典》编撰，还开办法文补习班，扩建磨西麻风院等，并在抗日战争时期成立了中国天主教文化协进会康定分会。华朗廷离开康定时，西康教区教徒达到五千三百人。他启程那天，许多人在路边为他送行。姜凤琴婆婆在讲述华主教往事时，陈女士在一旁插言，说自己的姑父曾是华主教的厨子，跟随华主教不但学会了做西餐，日积月累竟也学会了拉丁语。过去，按照严谨的天主教传统，教会内通行的语言为拉丁语，每个神父必须精通。这一习惯直到1963年才改革，各国各地随语言习俗选择自己的教会语言。

陈女士话毕，七十三岁的欧大爷也讲起往事，说自己童年某一天走在街上，见几个少年玩掷铜钱正玩得起劲。不料其中一人忽然失手，一枚铜钱飞向他。由于用力很猛，铜钱一下直挺挺地插进他脑门，伤处顿时鲜血喷涌，他不省人事，醒来后才发现自己躺在教会的医院里。从那以后，他与华主教结下了不解之缘。欧大爷性情随和开朗，教堂露台上的花草和蔬菜就出自他勤快的双手。

姜凤琴婆婆说，有八九个外籍传教士客死康定，葬在当时北门外一个叫"洋人公馆"的地方。所谓公馆，是他们在异乡的安息之地，十字架形的墓碑上，一生浓缩为一行字。

姜凤琴婆婆的一生充满艰辛坎坷，但她却豁达淡然。她很怀念在磨西的日子，一直说自己年纪大了，不能到磨西去帮助病人。我追问她是在挂记何事，才知道一些好心人还在照顾当年治愈后无处可去，以及肢体残缺、丧失劳动力的麻风病患者。"麻风村在离镇上很远的大山里，里面有四十多人。为了不让病人感到自卑，照顾他们的好心人不戴手套，不戴口罩，同一桌吃饭……"姜凤琴婆婆说。

当我告别他们，准备离开时，几个人一排齐刷刷地面对教堂里耶稣的塑像跪下，神情十分虔诚，口中念念有词，最后又在胸口上画十字。待他们起身后，我问为何要如此，李女士说："我们对天主说，今天有一个远方来的姐妹明天将去更远的地方，祈求天主保佑她一路顺利平安。"

那一刻，我心里涌动着说不出的感动。我与他们素昧平生，今日又来去匆匆，他们却给我真诚的关心与祝福！

左起：玛利亚、玛加莉达、作者、安德烈、米莱尔

二

　　巴塘，地处川、藏、滇三省交界处。早在1863年法国传教士就进入巴塘，可是一直遭到抵触与反对。几年前我去巴塘时，曾向当地藏族朋友问起天主教进入巴塘的情况，一位叫丹林的朋友讲述了一个流传甚广的民间传说：清朝末年有一个传教士来到巴塘，见当地水草肥美，就想留下来，于是找到当地土司，在进献了银子、茶叶和盐巴后说自己想讨一小块地。土司问要多大地，传教士说只需要一张牛皮大小的就够了。土司一听只要牛皮大小，不假思索就满口答应了，心里还暗想：这洋人有点傻，牛皮大的地能做啥！不久，土司闻听传教士大兴土木建教堂，心中老大不快，赶去质问传教士为什么不讲信用，占了大片土地。传教士振振有词："我只用了一块牛皮大的地。"说罢用手指给土司看。土司一看，气傻了眼，原来传教士把一张牛皮剪

成细条连在一起，圈了很大一块土地。因为事先同意给"一张牛皮大的地"，土司是哑巴吃黄连——有苦说不出，只好自认倒霉……

这个传说我在川边藏族聚居的其他地方如道孚、炉霍等也听说过，大同小异，带有揶揄幽默的意味。如今川藏线北线、南线上的教堂都不复存在了，只能在历史文献中看到模糊的痕迹。根据巴塘一位老人的回忆，巴塘天主教堂在城北二营关附近，这是当年的天主教在巴塘残余的唯一一点气息。

天主教在巴塘受到的抵触，集中体现于清末震惊中外的"巴塘事件"。《巴塘县志》载："光绪三十一年（1905年），驻藏帮办大臣凤全滞留巴塘拟办垦务，限制寺院权利，与地方势力矛盾激化。三月一日，凤全与随行五十余人被杀于鹦哥嘴。""巴塘事件"中被杀的五十多个人里面，就有法国天主教神父牧守仁（Mussot）与苏仁烈（Souslie）。

光绪三十年四月（1904年5月），满族人凤全被任命为驻藏帮办大臣。凤全抵巴塘后，见土地肥沃，气候温和，遂下令：一、扩大屯垦；二、招募兵勇；三、限制寺院的僧人数目。当时在巴塘势力最大的是丁宁寺（一作"丁林寺"），有僧人一千五百余人，凤全限定名额三百人，其余一千二百多人必须在规定的时间内还俗。如此一来，凤全与当地寺院、土司产生了很大的矛盾。1905年初，七村沟百姓在丁宁寺喇嘛的煽动下焚烧垦场，驱杀垦夫，冲入法国天主教堂，赶杀教民，焚烧教堂，一时间巴塘陷入混乱。凤全惊惧之中采纳当地一土司的建议，决定返回打箭炉再作打算，哪知行至鹦哥嘴即遭遇埋伏，一行人全部被杀。

清廷得知此事后大为震怒，随即派四川提督马维骐、建昌道尹赵尔丰率兵前往。清军到达后遭到丁宁寺堪布八阁喇嘛率众阻击，于是以炮轰击，大殿中弹起火，全寺被焚毁。八阁喇嘛等被擒，余众逃往今雅哇区的鱼通卡、英古贡、党巴、措松龙、波戈溪、莫西、茶马贡七村，继续抵抗。清军分三路进剿七村，《巴塘县志》载："六月，剿办，杀大二营官及丁宁寺堪布，焚丁宁寺、剿七村沟。"寥寥二十余字，所述却是延续大半年的风暴，丁宁寺、七村沟遭血洗，还有不少人遭遇飞来横祸。

一百多年过去了，丁宁寺还在吗？如今的七村沟是一番什么景象？我向几个当地朋友打听。不料他们都一脸茫然。"丁宁寺？七村沟？没听说过哦。"其中一个豪爽的藏族女人为了不让我失望，说："你说的那个寺大概没有了，去康宁寺看看吧，就在城边上，漂亮得很！"

在朋友的陪同下，我先去了临近茶马古道的日登寺，然后再去康宁寺。二十世纪六十年代，日登寺代替康宁寺成为保留寺院，康宁寺未对外开放。到了康宁寺我才知道，这就是原来的丁宁寺！当地大多数人竟然都不知道。齐整光鲜的房舍是1988年起逐步恢复重建的，能见证丁宁寺古老历史的唯有环绕四周的几十株古柏，树冠郁郁葱葱，充满生机；然而粗壮开裂的树干，缠满了岁月灰黑色的皱纹，诉说着一段悲怆的历史。

有资料记载，丁宁寺建于明朝末年，为藏传佛教格鲁派的寺院，僧侣最多时有一千八百余人，下辖十六座小寺院，是巴塘最大的寺院。丁宁寺被毁后荒芜了多年，直到1935年刘文辉主政西康省，丁宁寺才逐步恢复，1941年更名为"康宁寺"。

丁宁寺在"巴塘事件"中扮演了重要角色，可"巴塘事件"的爆发并非只有丁宁寺一因，而是有着复杂的社会背景。清朝末年，延续了两百多年的大清王朝气数已尽，摇摇欲坠，西方列强用坚船利炮打开了长期闭关锁国的大清国门。自《南京条约》开始，西方各国不断强迫清廷签订不平等条约，屈辱感和亡国阴云笼罩中国，各种社会矛盾愈发尖锐激烈。在这种社会背景下，尤其是在席卷北方的义和团风潮中，"洋人""洋教"常常成为攻击的对象，也是许多矛盾爆发的导火线。仅四川一省，各种教案就频频发生。

这些教案的影响与波及范围，在四川历史上可谓空前绝后。仅边远的巴塘县就发生过五起教案，分别在1873年、1879年、1881年、1887年、1905年。每一次教案都是教堂被毁、人员伤亡，而结果总是外国驻华官员照会清政府，然后朝廷下令惩办肇事者；官府层层追责，最终赔偿教会损失的经济负担又大多落在当地百姓肩上。如此往复，积怨愈深，形成"百姓怕官，官怕洋人，洋人怕百姓"的怪圈。

1905年凤全以及随行人员被杀的重要原因是"仇洋"情绪蔓延导致众多百姓参与。凤全是晚清一员干吏，在川为官二十多年，以"治盗能，驭下猛"而闻名，为人执拗，刚愎自用。他初到巴塘就下令扩大屯垦，招募兵勇，限制寺院的僧侣人数，本已引起当地土司、头人、寺院几方面的强烈不满；哪知他又借法国神父蒲德元被劫案，重罚传言中与此案有关的丁宁寺僧人，借以打压丁宁寺经常左右当地政务的气焰；再加上羞辱土司"蛮狗头佩戴红顶花翎"等，积蓄已久的矛盾终于在"凤全欲将巴塘汉夷百姓僧俗尽归与洋人管辖"风闻的煽动下爆发。

似乎没有人质疑凤全是否真的袒护洋人，因为凤全所带的兵勇每日习洋操、学洋人礼仪，不着原来清兵的红色号褂战裙，而穿新式短服，随行卫士佩德国制造的九子快枪，这已让目睹者深信凤全确实"崇洋媚外"；而凤全微红的胡须，又使"凤全是洋人不是钦差"的谣言不胫而走。

1905年2月28日那天，三千五百多人包围了县城，参与者主要是鱼通卡、英古贡、党巴、措松龙、波戈溪、莫西、茶马贡七村居民。他们大多数是巴塘正、副土司和丁宁寺的佃户，又承担凤全官员和卫队的大部分差役，早对繁重的负担不满。

时隔多年，回头来看，此事件实际上是当地土司、头人、宗教上层人物为维护自身利益，利用民众"仇洋"情绪和文化冲突而煽动的一场暴乱。宗教矛盾只是表面，利益冲突才是根本。

走出丁宁寺，又想起"巴塘事件"平息后一系列变革中比较突出的是兴办教育，于是转到有百年历史的巴塘中学。挂满各种荣誉招牌的学校大门，让我想起赵尔丰。

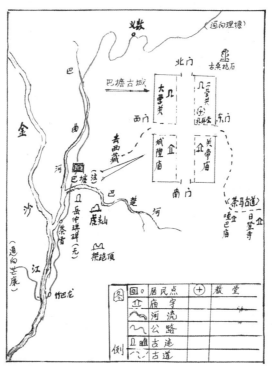

父亲绘制的老巴塘县城示意图

赵尔丰在平息"巴塘事件"后被委任为川滇边务大臣，推行屯垦、教育、开矿、招商、练兵等新政，并以巴塘为基础，开始在康区实施"改土归流"。他除了兴办官话学校外，还让美籍医生史德文、基督教牧师浩格登来到巴塘设立基督教堂，开办巴塘基督教会小学。这些举措为康区带来了最早的新式教育。这种教育最初并不为当地的大多数人所接受，多数家长不愿意送孩子入学，但是迫于政府的强硬规定，有钱的土司、头人便变花样躲避，出钱雇人替自己子女上学，叫"学差"，有服徭役的意味。

穷人家的孩子却由于当"学差"因祸得福。他们像撒到田野里的种子，在知识的阳光雨露中生根发芽，渐渐成长起来。父亲曾回忆，十八军进藏时，在巴塘招收了一些藏族青年入伍，那些青年大多在赵尔丰兴办的学校里受过教育，懂汉、藏两种语言，为部队入藏后的翻译和宣传起到了较大作用。

父亲当年有一位藏族战友叫益西次仁，就是巴塘人，曾当过"学差"，在巴塘中学念书，十八军到巴塘后参军入伍。后来父亲担任军务参谋时，益西次仁担任侦察参谋。当时军务参谋有两个人，一个是我父亲，另一个姓刘。刘参谋体质较差，在低海拔地区还无大碍，可是到达海拔四千多米的安多、边坝等地时，就出现强烈的高山反应，心悸气喘，唇青面紫，有时甚至晕厥。因此，外出侦察和其他军务大部分都落到益西次仁和父亲肩上。

父亲说益西次仁相貌堂堂，性格开朗，是典型的康巴汉子，汉语不但好，而且还是一口标准的普通话。在普通话尚未得推广的五十年代，来自五湖四海的军人多操一口浓重的乡音，一开口，别人就大致知道是哪儿的人。可是益西次仁常常让人摸不着头脑，因为他所在的学校使用"官话"教学，孩子们也被要求讲"官话"，也就是几十年以后才在全国大力推广的普通话的雏形。他讲普通话有一种说不出的魅力，似乎能把各种乡音构成的屏障消融。于是，大家对他的称呼从"益西次仁"到"益西"，再到"老益"，亲切自然，如乡邻老友。

赵尔丰虽然尚用武力，被一些人称为"赵屠户"，但事实上对百姓的生计还是较为关心的，在兴学之外还废除无偿劳役和各种杂派，鼓励垦荒，兴厂开矿，改善交通，发展邮政等。传说他到成都就任四川总督时，有一位崇敬他的年轻藏族女子随行。1911年辛亥革命爆发后，尹昌衡指挥大部队包围赵尔丰的住所，这位藏族女子奋不顾身地拔枪保护赵尔丰，以致惨死在乱枪之下。大约尹昌衡自己也没想到，当上四川都督仅仅半年，他就奉命西征平定康藏之乱，重蹈赵尔丰当年的足迹。尹昌衡虽然战功卓著，甚至连西藏工布江达的太昭古城都以他的号命名，但事后却被袁世凯骗至北京软禁。同时被骗到北京的还有后来的护国军第一军总司令蔡锷。蔡锷在京城名妓小凤仙的帮助下逃出虎口，可尹昌衡却没有那么幸运，险些被杀害，直到袁世凯死后，才被黎元洪特赦出狱。

尹昌衡在京期间结识了青楼女子良玉楼，演绎了一段与蔡锷、小凤仙相似的爱情故事。小凤仙与良玉楼是好友。良玉楼比小凤仙幸运的是她与尹昌衡结为了夫妻，是尹昌衡的第二个太太，被尊称为尹夫人。在尹昌衡脱离军界、淡泊闲居、潜心著书的后半生中，良玉楼一直相伴左右。

命运有时就是如此不可捉摸！恩与怨，情与仇，在人间世代演绎，经久不绝。

一群背书包的孩子从我身边蹦蹦跳跳地经过，叽叽喳喳的说笑声将我的思绪拉回。我忽然想到一位忘年之交的藏族朋友——八十三岁的降边加措，于是立刻给在北京居住的他打电话，告诉他我在巴塘。

电话那头，他开心一笑："哈哈，你又去巴塘了！快告诉我又有什么变化！"

降边加措退休前是中国社会科学院少数民族文学研究所研究员，著名藏学家，主要从事《格萨尔》研究，是我国少数几位为十四世达赖和十世班禅担任过翻译的人之一。

"您小时候当过学差吧？"我问。

"对呀，我当过学差，我哥哥也当过学差。为了帮妈妈挣钱养家，我七岁那年就作为头人的学差被送到赵尔丰办的巴安小学去读书。十八军到巴塘时我只有十二岁，因为我有文化，他们就收下了我。学差让我因祸得福。"

我们在电话里聊了好一阵，这时我才知道降边加措的哥哥与益西次仁是同班学差，可惜他们两位都不在人世了。

巴塘，川边难得的风水宝地，气候温和，物产丰富。可是这里也是一个地震频发的地区。在清代大将岳钟琪、四川总督吴棠的奏折中均可看到 7 级以上大地震给当地造成的深重灾难。巴塘最近的一次地震是在1989年，震级为6.7级。这里地震频繁，是因地处喜马拉雅断裂带上，受印度洋板块活动影响强烈，大量的能量在此聚集和释放。巴塘的人文环境与自然环境有相似之处。不同的文化、不同的价值观在这里激烈碰撞、大起大落，在激起动荡的同时也将巴塘造就成甘孜藏族自治州人才最多的地方之一。

离开巴塘时，朋友特地送来一包葡萄："这是野生葡萄，甜得很，没有用过化肥农药！"

青紫色的小果实稀疏地坠在细长的藤上，我试着放了一粒在嘴里，果然很甜，籽实较多，与以往吃过的酸涩的野生葡萄大不相同。我心里有些疑惑，但当时并没有在意，直到在盐井走了一番，品尝了山民们自酿的葡萄酒，看了绵延于梅里雪山山谷里的葡萄后，才回过神来：原来巴塘的野葡萄与盐井酿酒的葡萄是近亲，都是由法国传教士带来的，只是在"巴塘事件"后受到冷落，渐至埋没，最终退化为"野生葡萄"。而新引进再加以改良的高产葡萄正在巴塘推广，颇受欢迎。同为外来文明，在不同的时代却有着截然不同的结果。

三

到芒康县城后，我跟盐井的鲁仁弟通了电话。他刚从康定学习返回，我与他约好见面的时间，准备采访几个与盐井教堂有关的人。

盐井教堂是目前西藏仅存的仍在持续使用的天主教堂。主持教堂事务的鲁仁弟是位藏族人，其祖上是天主教传入盐井后最早的教徒之一。他曾担任过盐井教堂的神父，后来虽然还俗成家，但大部分精力依然集中在教堂的事务上。

第二天一早，我们赶往盐井。翻过海拔4448米的红拉山垭口后，一路下坡，气温越来越高，接近盐井时仿佛一下进入仲春时节。极大的落差，使得山谷中奔流的澜沧江汹涌澎湃。这一带澜沧江谷底盛产盐卤，古时当地人凿井取卤，背卤水到木架搭起的盐田里，借助阳光和风力蒸发干燥而获得食盐，盐井便由此得名。至今澜沧江两岸还密密麻麻地分布着数千个用木头搭起的晒盐田，蔚为壮观。

除了奇特的盐田景观，盐井另一奇观大约要数天主教堂了。这里的居民以藏族为主，其次是纳西族，汉族很少。天主教的足迹在一百多年前就到达了这里。

还没有到镇上，远远就看见天主教堂顶端高高的十字架。正值午饭时间，教堂的大门紧闭，四周安安静静，大门外一棵无花果树枝繁

从江边抽上来的盐卤

盐田下方盐柱林立

叶茂,缀满了青色的果实。我正准备打电话给鲁仁弟,忽见三个衣着朴素、面容和蔼的村民走来。我向他们询问鲁仁弟,三个人有些抱歉地笑了笑,但没说话,其中一个费劲地吐出一个字:"等。"我明白了,他们不会汉语。

　　这时,其中最年长的老大爷转过身去摘无花果。我正纳闷,青色的果实有何用,难道做药?或者能吃?老大爷双手捧着无花果过来,示意请我们吃。我犹犹豫豫掰开试探着咬了一小口,竟然很甜。

老大爷一直在观察我的表情，当看到我大口地吃起来时，他开心地笑了。示意我跟他走近树旁，指点着树上的果实。我大致明白他在告诉我哪些果实可以吃，哪些还未成熟。

几分钟后，一个五十多岁的妇女背着小孩快步走来，先来的三个村民如释重负。来者汉语流利，自我介绍教名叫加拉，退休前是一名小学教师，如今在家含饴弄孙。加拉为人热情开朗，如果没有她翻译，我很难在盐井教堂顺利采访。我们刚聊了几句，便听她说："来了，来了。"我顺着她的目光望去，见一个中年妇女推着轮椅走来，轮椅上坐着一位清瘦的长者，头戴一顶黑色的帽子，身着深咖啡色的呢上衣。加拉对我说："她是阿尼，我们盐井最受尊重的修女！"语气极是恭敬。

盐井天主教堂94岁的修女阿尼（左）

阿尼是藏族，今年九十四岁，我来之前就听说过一些关于她的故事。轮椅靠近，阿尼在那位中年妇女的搀扶下拄着拐杖下来，衣着整洁，皮肤白皙，神情从容，微笑中透着慈祥。她颤巍巍地走了一步，我赶紧上前扶她，她拉着我的手说了一句话，我没有听懂。加拉在一旁翻译道："她问你，路上累了吧？"加拉告诉我，阿尼不懂汉语，可听老辈们说阿尼会拉丁语。我再次惊讶。

我搀扶着阿尼跨进教堂大门，一座外部呈梯形的高大建筑映入眼帘，如果不是外墙正中的十字架提醒人这是一座天主教堂，看上去与普通藏族民居并无多大区别，尤其是五彩缤纷的屋顶和门窗装饰，充满了藏文化气息。院子里收拾得很干净，栽种了几株松柏，并在四周点缀了一些菊花和金盏花。

西藏唯一还在使用的盐井天主教堂

　　我请阿尼稍坐，说自己先到教堂里看看，回头再聊。登上石阶进入教堂，才发现外部是藏族民居风格的建筑，内部却是典型的哥特式拱顶。正对大门的墙上高高悬挂着耶稣巨像，天花板上绘满了圣经题材的壁画，下方有十字架和圣水，周围墙上张贴了一些圣经题材的绘画印刷品，更让人称奇的是，蜡烛、哈达等藏传佛教寺院里的供品也赫然摆放在祭台上。

　　我正张望，忽然见加拉径直走向祭台，在读经台前跪下，手在胸前画十字。起初我并不以为奇，可是就在眼睛扫过读经台的瞬间，我发现读经台前有一张镶嵌在玻璃镜框里的老旧黑白照片，这张老照片与新修不久的教堂形成强烈的反差。走近一看，照片上竟是一个身着中式长褂的外国人！他面容清瘦，高高的鼻梁上架一副深色边的圆框眼镜，嘴边和下巴上留有胡须。或许由于拍摄时间太久远，或许因为

彼苍之迹

103

瑞士籍神父杜仲贤

多次翻拍，照片有些模糊，四周还有一些斑点和颗粒，但是那双流露出自信与坚定的眼睛却让人难以忘怀。加拉祷告完，起身对我说："这是杜爷神父，他是为我们盐井教堂死的。"

我这才意识到，照片上这个人就是瑞士籍神父杜仲贤（B. Maurice Tornay），当地天主教徒尊称他为"杜爷"。我来之前看过一些有关杜仲贤的资料，却从来没有见过他的照片。他曾经三次到盐井，坚持传播自己的信仰，但不同信仰引发的冲突致使他三次被逐出盐井，最终被杀死在西藏察隅县的舒拉山口，年仅三十九岁。与他同行的仆人也未能幸免于难。

这张照片让那些关于他的文字描述一下变得鲜活起来。一个人究竟需要多大的勇气和毅力才能做到他所做的那些事？我感到不可思议。加拉说每天来教堂做弥撒的人，都会到杜爷神父的像前祈祷；又说当年杜爷神父被杀的消息传到盐井后，几个教友历尽千辛万苦把他的遗体运回了盐井，并按天主教的仪式安葬于上盐井的旧墓地，那里还安葬了另外几个外国神父。

盐井分上盐井、下盐井两个村，其中上盐井百分之八十的藏民信奉天主教。面对这张照片，我想，故去的人有几个能留在活人心中？杜仲贤神父的在天之灵会感到欣慰。

走下石阶，我与阿尼坐在大门右侧的长凳上，舒适凉爽的风不时拂面而来。她给我讲起盐井教堂的往事。

盐井先后来过十七位不同国籍的传教士，其中有一位四川的汉人。杜仲贤是第十六位神父，他不是唯一的遇难者。共有七位神父先后在盐井殉道，有的在横跨澜沧江的溜索上中枪坠江而死，有的被乱石打死，还有的被火烧死。仅巴塘闹得最厉害那一年，风波传到盐井，教徒中被杀的就有十多个人。"那时盐井归巴塘管辖，巴塘那边一有风吹草动，盐井这边接着就会出事。"阿尼说。

据史料记载，早在1716年就有外国传教士进入西藏，但不久就被驱逐。一百多年后，又有法国传教士申请进入西藏传教，并在清政府言明不提供保护的情况下执着前往。1846年3月，一名叫罗勒拿（Charles Rene Alexis Ronall）的法国传教士装扮成商贩进入藏东芒康，

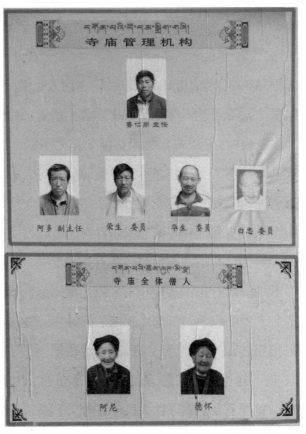

如今盐井天主教堂神职人员都是当地藏族

打算在昌都一带传教，被昌都地方官发现后立刻押回四川。三年后他仍不死心，改道云南，从离盐井较近的维西进入当时属西藏噶厦政府管辖的察瓦博木噶，并在此建立了天主教在藏地的第一个传教点。此后他多次从察瓦博木噶出发，经澜沧江与怒江间的扎那、门孔、碧土、扎玉等察瓦岗诸地由南向北来到芒康、昌都等地。由于清朝中央政府和西藏地方政府对传教士入藏有所警惕并强烈抵制，1865年9月，罗勒拿等被迫离开经营了十多年的察瓦博木噶传教据点。他们沿古商道逃到澜沧江西岸，一直在寻找新的落脚点，可是没有人愿意收留他们，无奈之下只好先渡过澜沧江。江这边便是上盐井村。传教士进村时，恰逢村中一人病危，众人束手无策，懂医术的传教士使病人起死回生，于是得以在盐井暂且安身。不久有两三个村民皈依，成为盐井的首批信徒。

随后，邓德亮和毕天荣（Bishop Félix Biet）两人克服种种难以想象的困难，在盐井兴建起占地六千多平方米的天主教堂。后来又开办卫生所和学校，发展教徒，以图站稳脚跟，再次进入西藏。

可是要在盐井传播天主教相当不易。当时周边有二十多座藏传佛教寺院，佛教是主流信仰，连历史上曾经主宰盐井多年的纳西族也大多信仰佛教，剩余的少数人信仰苯教与东巴教。苯教与东巴教都产生于本土，在意识形态、价值观方面与佛教有相同之处，所以没有太多的冲突。天主教的进入打破了这种相对平衡，不同的价值观、官民之间的矛盾、各种利益的纷争，等等，不断引发冲突。在这一不成比例的抗衡中，外来宗教常处于弱势，而国家当时在外国列强面前又处于弱势，官府不得不屈服于外来势力。这种内外扭曲、上下矛盾的状态，往往使事态更加复杂。每一次人民驱逐神父、捣毁教堂后，官府便出面惩办肇事者，赔偿教堂的损失，结果是积怨日深，民众与教堂双方越来越敌对。

《盐井县志》载：

> 城北三里许有法国教堂。在未设治以前其教民借势凌人，百姓怀怨尤。……至光绪三十四年腊翁寺喇嘛作乱，扬言战胜汉人，先诛教堂。教民大惧，即求救汉官保护。时统领为赵渊，即令驻防军队保护，并发告示晓谕百姓云：无论汉番有损坏者格杀毋论。由此司铎丁成莫竟将此文翻印，每教民赠一张佩带于身，以为安慰。至宣统二年，此告示悬挂教堂。

从这段描述可以一窥当时天主教在盐井的状况。

阿尼十四岁开始当修女（修女是天主教中离家进修会的女教徒，通常须发三愿，即绝财、绝色、绝意，从事祈祷和协助神父进行传教的工作）。先后到盐井的十七位传教士（罗勒拿、邓德亮、毕天荣、梅玉林、丁成莫、华朗廷、倪德隆、彭茂美、蒲德元、魏雅丰、穆宗文、叶葱郁、吕项、卜尔定、罗维义、杜仲贤、古纯仁）中，她协助过七八位。阿尼告诉我，如今教友们诵读的经文，是八十多年前康定教会翻译并印刷而成的，这大约是全世界唯一的藏文版《圣经》，弥足珍贵。

阿尼是那一段特殊时期中西文化碰撞的见证者、参与者，如今她还是西藏昌都地区最年长的政协委员。

"文化大革命"中，教堂被认作帝国主义侵略中国的罪证。阿尼遭到批斗，甚至被威逼还俗，可是她表示"打死也不从！"于是她被"扫地出门"，教堂先后被用作仓库和学校。为了生存，阿尼干过各种各样的活，但她没有被苦难压倒，而是从苦难中挺了过来。她坚强的意志和善良的品行赢得了许多人的称赞。阿尼用自己的行为诠释了善良、宽容、奉献和仁爱的要义。

德怀修女

我们说话间，有一位年长的婆婆拄着拐杖走进教堂大门，轻轻坐在阿尼旁边，参与我们的谈话。她叫德怀，今年八十七岁，曾经也是教堂里的一名修女，"文化大革命"中被迫还俗，但是内心从未断绝自己的信仰。

"文革"中，佛教与天主教同样遭遇磨难，有天主教徒在山里藏经书圣像时，发现佛教徒也在偷偷做同样的事。大家相视无言，心有所悟。

二十世纪八十年代，阿尼、德怀等人重返教堂。可是由于当时教堂没有神父，很长一段时间都是由阿尼负责教堂的日常事务。直到1997年，年轻的鲁仁弟从北京中国神哲学院完成学业归来，成为盐井第一位身着藏袍、手捧藏文版《圣经》的藏族神父，盐井的天主教再次呈现新的面貌。

如今，盐井天主教信徒把藏历新年当作一年的起始。在天主教传统节日里，教堂会邀请附近教友、乡政府领导以及寺院住持、村里的佛教徒前来观礼，最后还一同跳藏族锅庄和弦子舞。而每年藏传佛教传统的"跳神节"到来时，神父与天主教教民也会受到寺院的邀请，一同欢庆佛教节日。一些家庭分别有信仰佛教与天主教的人，但彼此并无矛盾，往往是夫妻一同出门，一个到教堂做礼拜，一个到村头的佛塔转经，完毕后一同回家。不少家里是佛像与十字架一起供奉，把释迦牟尼、耶稣、毛泽东的画像一起贴在客堂墙壁上。村里很多教徒取名叫保罗、亚纳、玛利亚、德丽萨等，多数取了教名后就不再另取藏族名字。但不是所有取了教名的村民都是天主教徒，有的由神父或信奉天主教的父母取了教名，但他长大后并不信天主教；有的老年教徒尽管一字不识，却能背诵大段《圣经》。

风和日丽的下午，宁静安详的教堂内，一个世纪的光阴从我眼前流淌而过，令人叹息、令人哽咽、令人感慨、令人动容……

盐井天主教堂是东西方文明融合的见证

据统计，1949年盐井有天主教徒342人，到2013年发展到650多人。在人口众多的中国，这个数据微不足道，然而对位于川边的盐井而言，却有不同寻常的意义，它是不同文化碰撞、融合，共同生存发展的见证与结果。

四

告别了阿尼、德怀、加拉等人，我们在下盐井路边一个小饭馆吃饭。老板娘自称是纳西族，可是语言和生活习惯完全如同藏族，她家墙上挂着一幅巨大的布达拉宫图，那是他们心目中的神殿，她最大的愿望是能前去朝拜布达拉宫。她家里每天打酥油茶，茶里加的是盐井出产的红盐。

澜沧江峡谷的盐卤颇为奇特。西岸地势低缓，盐田较宽，所产的盐为淡红色，因采盐高峰期多在三至五月，俗称桃花盐，又名红盐；江东地方较窄，盐田较小，但出产的盐却是纯白色，称为白盐。

老板娘说，这里的纳西族最早是从云南丽江过来做盐生意的，但现在大多数年轻人已不会讲纳西语，甚至连老年人也多穿藏装，说藏语，建藏式房子，摇转经筒。而二十世纪五十年代初情况却大为不同，当地居民开会，每一句要翻译两次，先讲汉语，然后翻译成藏语，再翻译成纳西语。越翻译到后面越省略，有些话连翻译的人也没弄明白，便连蒙带猜，有时意思完全弄反了，闹了不少笑话。

"盐井纳西民族乡这个名称只是对纳西人历史的纪念而已。"她丈夫说，神情有点失落。又说，纳西人祖先的祖先的祖先，曾经管辖到芒康、巴塘、理塘一带，那时的首领叫"木王"，厉害得很，可是后代败落下来，从盐田的主人沦为盐田的佃户……

说话间，有人进来吃"加加面"，这是当地一道名食。留心一看，原来所谓"加加面"其实是一种加肉末的汤面，碗大如斗，面不够吃可以再加，不另收费。身临其境，才能真切地感受食物是否好吃，这主要是由饥饿程度决定的，而非食物本身。

从下盐井赶到云南德钦已是黑夜，第二天去了梅里雪山峡谷间的一个小村。正是葡萄收获的季节，两个妇女背着沉重的大背篓吃力地行走在山间小路上。我上前打招呼，她们俩放下背篓只笑不语，我明白她们也不懂汉语。背篓里的葡萄与我在邦达昌故乡品尝过的外形颜色一样。我拿出十元给其中一位，对方立刻明白，从背篓里取了好几串葡萄给我，末了在衣服口袋里摸索了一阵，掏出一张皱巴巴的名片，上面有电话和名字。她特地指了指背面，上面写着出售自酿葡萄酒。我点头表示明白，她笑了笑，背起背篓上路。

山谷里，几乎家家都在出售自己酿造的葡萄酒。我们正犹豫买哪一家酿的，忽见核桃树荫下搭了个卖酒小棚，一个六十出头的老汉悠然自得地跷着二郎腿坐在其中，一手拿酒杯，一手拿烟，并不出来招揽生意。我上前问他有无冰酒出售，只是想试探一下，心里却没有把握，只因为满山的葡萄让我联想起最喜爱的冰酒。不料他满不在乎地说有冰酒，只是卖完了，要明年再酿了。

这让我有些意外。冰酒是一种甜葡萄酒，是在气温降至零下时利用在葡萄树上自然冰冻的葡萄酿造而成的。相传两百年以前，德国的某葡萄园突然遭遇了一场始料不及的雪灾，挂在枝头的葡萄全部受冻。眼看一年的收成付诸东流，众人无不伤悲。可是有一个酿酒师不甘心，试着将冰冻的葡萄摘下一部分，依然按传统的方法发酵酿酒，结果酿造出的葡萄酒意外地清香扑鼻，醇和甘甜，酿酒师大喜，给这种酒取名叫"冰酒"。葡萄园因祸得福，新创出一款备受欢迎的好酒。再后来，冰酒酿造技术被德国移民带入加拿大，经进一步改良，产品更加醇香，成为世界知名葡萄酒。

冰酒不但对原料和制作技术要求较高，而且产量低，价格高，在中国并不为大众所知，想不到这个边远的小山谷里竟然可以自己酿造冰酒！于是我决定到老汉家里去看看。

老汉家的院子四周被盛开的紫色三角梅簇拥，灿烂如彩霞。两层木楼为藏式建筑，门窗廊柱五颜六色。我们在供奉着佛像、唐卡的客厅坐下，老汉端出几种葡萄酒请我们品尝，说每公斤四十至一百元不等，而冰酒大约每公斤两百元。我各样喝了一点，不一会儿就感到有点发热，晕乎乎的，于是起身到客厅外的走廊，寻一条小凳靠着廊柱坐下。

阳光明媚，空气明净，微风吹拂。我正半眯着眼睛发呆，忽然感到背后被轻轻捅了一下，转身一看是位年纪很大的老人，与卖酒的老汉相貌有些相似，大约是他父亲。只见他笑眯眯的，一手拿保温杯，一手拿一只大木瓢。我忙问他有什么事，他没有说话，只是用木瓢指了指院子一角，那里摆放了十多个大塑料桶。我明白他不懂汉语，于是跟他走过去，猜想他大约需要我帮忙。走近，他示意我打开其中一个塑料桶盖。我一拧盖，浓烈的葡萄酒香弥漫而出。我小心翼翼帮他倒满木瓢，他笑呵呵地先将手中的保温杯装满，又就着木瓢满饮一大口，然后将保温杯递给我，示意我喝酒。

我从未见过喝葡萄酒是如此豪饮的！惊讶之余，不禁端详这位老人。只见他背有些佝偻，胸前戴着围腰，赤脚趿拉一双旧棉拖鞋，后跟处还粘了一些泥土和草屑，看样子似乎才从田野里归来。

我向他摆摆手，表明自己不能再喝酒，老人家也不勉强，在我旁边席地而坐，惬意地一口接一口喝酒，就像品茶一般。喝了一会儿，他摸摸索索从怀里拿出一个小盒子打开，取出一点灰褐色的粉末，小心地放在左手指甲盖上。这时他好像突然想起什么，把手伸到我面前，似乎在说："你要么？"我看了看，一下明白了，这东西我童年时在西藏见过，是鼻烟，于是对老人家做了一个很夸张的打喷嚏的动作。老人开心地大笑起来，对我能理解他的嗜好竖起大拇指。

鼻烟是由鼻孔吸入的粉末状烟草制品，讲究一些的人会在烟粉中加入名贵药材和花瓣，经一定时间的陈化后使用。据说，鼻烟最初是在明朝末年由意大利传教士利玛窦带到中国的。他将此物进献给中国皇帝，宣称其可以醒脑提神，驱秽避疫，治头痛，开鼻塞，明目活血等。后来雍正皇帝嫌外国音译名称拗口，便将其命名为"鼻烟"，并赏赐给大臣们，鼻烟于是逐步在上层社会流传开。那时鼻烟只有法国、德国、西班牙、泰国等地出产，价格昂贵，一般人不敢问津。

老人家吸了鼻烟兴致更好，对着二楼高喊了两声。一个七八岁模样的小姑娘应声跑下来，后面跟着一个穿开裆裤的小男孩。原来老人家是四世同堂，卖酒的老汉是他儿子，媳妇在厨房里忙碌，孙子在山里收核桃。他叫重孙女下楼来，是要让她当翻译。在上小学的重孙女能讲一口流利的汉语，一会儿用汉语帮曾祖父翻译，一会儿又用藏语哄小弟弟，在两种语言之间转换得快速自如。

我给鲁仁弟打电话，问这一带的葡萄最初是否由法国人带来，鲁仁弟回答肯定，说因为天主教做弥撒时需要红葡萄酒，在过去交通运输不便的情况下，不少传教士都会尝试引种葡萄，以解决做弥撒时需用红葡萄酒的问题。

弥撒，是天主教的重要仪式，意在向天主表达崇拜、感恩、祈求和赎罪。这一仪式来源于《圣经》中"最后的晚餐"的故事。根据《福音书》记载，耶稣在受难前夕的晚餐中，分别拿起麦面饼和葡萄酒，感谢祝福，把饼和酒变成自己的圣体圣血，交给门徒们吃喝，并命门徒们以后这样来纪念他。晚餐后，耶稣在加尔瓦略山上被钉上十字架，牺牲了自己的生命。

鲁仁弟还说，为了保持弥撒的神圣，盐井教堂一直坚持自己酿造不掺杂任何其他成分的纯葡萄酒，其制作工艺是二十世纪法国传教士传下来的。

老人家的媳妇为我们做好了午餐。为了减少苍蝇的侵扰，点了两支蜡烛。餐桌上面饼、土豆、加盐的稀饭就着红葡萄酒，土洋结合，似乎有点不伦不类，可我们吃得酣畅淋漓。

清末由法国传教士带来的葡萄，经过不断的发展改良，如今已经布满山谷

　　卖酒的老汉点燃一支烟，在一旁陪我们吃饭，有一搭没一搭地闲聊。他的两个孙子在院子里玩一个用核桃做的类似空竹的玩具，并不吵闹着纠缠大人。主人等客人用餐后再吃似乎是这个家不成文的规矩。老汉说法国北部冬季干燥寒冷，出上等冰酒，而梅里雪山下的气候与那里差不多，所以冰酒品质极好。这番话如果出自一个常年漂泊在外的人之口倒不足为奇，可老汉连德钦县城都极少去，传教士带来了遥远地方的信息，人们口耳相传，梅里雪山下的老汉才知道了这样的事。

　　我忍不住又品尝了一点红葡萄酒，微醺间竟有些不知身在何处。"物质富足在使人舒适的同时，是否也容易让人懈怠、慵懒，甚至堕落？"我不断问自己。

理塘，云上的翅膀

理塘，川藏线南线的必经之地，但许多行者并不愿意在此停留，4200多米的海拔让不少人胸闷气喘，头疼恶心，彻夜难眠。于是人们不是早早在雅砻江边的雅江城驻足，就是连夜赶往金沙江边的巴塘县城歇息。对于理塘，大多是匆匆一瞥。

我多次入藏，曾因冒失，在理塘遭遇过人生最严重的一次高山反应。那次教训令我终生难忘，同时也对理塘有几分忌惮。而这次我却在理塘停留了几天，发现这里是深入了解藏文化的一个门径，里面长长的隧道上，绵延着一个古老民族的脚印。

一

因为卡子拉山修路，我们被堵在半途，到达理塘时已经是晚上八点多，寒风萧瑟，星光黯淡。不想，扎西一直在城外几公里的地方等候，藏族人的热情豪爽在他身上可见一斑。扎西是理塘县农牧局局长，四十出头，具有康巴汉子的典型特征：身材魁梧，黑发卷曲，古铜色的脸上浓眉大眼，鼻梁挺直，是一位标准的帅哥。

康巴地区包含西藏昌都、四川甘孜以及青海玉树、云南迪庆的部分地方，是我国藏域三地之一（另外两个是安多、卫藏）。该地区男子大多体型剽悍，相貌英俊，能歌善舞，热情奔放，被人誉为"康巴汉子"。

第二天一早，一阵叽叽喳喳的鸟叫声将我吵醒。拉开窗帘，金黄色的阳光倾泻而来，光影中两只硕大的乌鸦在对面的树上叫个不停。乌鸦浑身乌黑，叫声也不动听，世界上许多民族都视其为不祥之物，但它在藏地却被奉为预卜吉凶的神鸟。藏族许多古代神话都表现了对鸟类活动的独特观察和无限神往，大鹏与乌鸦两种鸟尤其受青睐。

开窗的响动声惊飞了树上的乌鸦。我收回目光，浏览扎西家的院子。昨晚夜色中匆匆而来，生怕狂吠不止的巨犬从笼中冲出，哪敢多加张望！此刻才看清，四周收拾得井井有条，姹紫嫣红的格桑花、金盏花把院子点缀得生机盎然。

我下楼走到院子里，空气中弥漫着浓浓的寒意，花草上覆盖着薄薄的白霜。不一会，阳光投射到花上，薄霜慢慢融化，变成一颗颗晶莹剔透的露珠。微风吹来，露珠在花瓣上、草叶上轻轻颤动，有的顺势滑落下来，无声地融入泥土。阳光带来了新的一天，更重要的是，植物光合作用释放出的氧气似乎缓解了我昨夜的不适。笼子里的巨犬好像已经把我当朋友，嗓子里轻轻哼了两声便安静下来——可是一到天黑它就翻脸，我刚接近大门它就狂吠不止，将铁链挣得丁零咣当乱响。

扎西的母亲正在厨房里做糌粑，见我下楼便招呼吃早饭。她老人家已经为我们打好酥油茶，还做了包子。她将酥油溶化在热奶茶中，然后加入炒熟的青稞粉，再用手捏成团状。见我顺畅地喝酥油茶，而不像不少初到藏地的汉人那样不能接受酥油的腥膻味，她露出开心的笑容。她问我，要不要一点刚揉好的糌粑？如今居住在城里的藏族人，尤其是年轻人，更偏爱大米和面粉，只有一些老人对糌粑情有独钟。"糌粑是菩萨赐予的食物，吃了不会得糖尿病、高血压，身体壮壮的。"她拍了拍自己壮硕的身体，鼓励我吃糌粑。我在她老人家眼里显得有些单薄，她担心我不能适应理塘的高海拔环境。

她由糌粑说起故乡老家。原来她并非理塘人氏，家乡在义敦县茶洛乡，以农耕为生。1978年义敦县被撤销，分别并入巴塘、理塘两县，他们一家从此迁到了理塘。

俯瞰理塘县城

巴塘与理塘相邻，但巴塘因地处金沙江边，海拔低，气候温和，适合农业生产。清朝末年传教士从国外带来苹果苗和种子，在当地传播开来，后来巴塘几乎家家种苹果。每到秋天，红艳艳的苹果挂满枝头，越过屋顶，伸出土墙。由于阳光充足、昼夜温差大的缘故，巴塘的苹果又甜又脆。可是过去道路艰险，苹果又难经长途颠簸，老乡们只得变着法儿吃苹果，掉地上的或者稍小一点的都拿来喂猪，最后连猪也挑三拣四，爱理不理了。

当我试图说巴塘的气候好，留在原籍也许会更好时，扎西跨进门来说："理塘是个宝地！"他说，当初一同从义敦迁到理塘来的三百多户乡邻，如今生活普遍比留在当地的村民好。"人挪活，树挪死。

理塘海拔高不适合农作物，却是放牧的好地方，而且还有虫草。"言语中对理塘充满感情。

扎西的成长经历与理塘息息相关。他十四岁随父母来到理塘，中学毕业后，考入四川藏文学校。这所设在四川省甘孜藏族自治州道孚县的学校，是康巴地区有名的藏文化传播基地，学制四年。扎西在学校前两年主要学习藏文，第三年学习藏医、藏药、天文等，尔后又接触有关农业、畜牧业的知识，甚至学习了绘制唐卡。1993年，十九岁的扎西回到理塘参加工作，前后经历了九个岗位，从一名基层乡干部成长为农牧局局长。其间曾在西南民族学院接受函授教育，还脱产在四川师范大学学习。

"我年轻时有点像牛场娃，放荡不羁，喜欢唱歌，喜欢喝酒，喜欢和一大帮朋友玩。用你们汉人的话来说就是二杆子，曾因酒后打架闯下大祸。不过我有幸遇到一位好领导，他在我人生最灰暗的日子里鼓励我看书学习，使我重新振作起来。"回忆往事，扎西不掩饰，不矫情，真诚坦荡。

可当我问起他的家庭婚姻时，他竟然有些羞涩局促。我本以为英俊潇洒的扎西年轻时必有不少浪漫的经历，哪知却比同龄汉人更恪守传统的"父母之命，媒妁之言"。我忽然想起康定的一位藏族朋友。他在电影公司工作，曾在成都一次会议上发言抵制爱情电影，尤其是西方爱情片，理由是观众怕羞。他说电影里的男女之事太多，动不动就亲吻拥抱，男女老少聚在一起看，大家都觉得尴尬难堪，经常有人把自己的脸蒙起来，或者低着头不看。如今不少影视剧中将藏族的爱情故事写得自由奔放，无拘无束，其实在现实生活中并非如此。

吃罢早饭，扎西驱车带我们去参观"高城肉食品开发有限公司"，那是县里最大的牦牛屠宰加工基地。一行人正在临街的产品陈列室参观，我独自走进对面加工基地的院墙。不想一跨进去，几十只肥硕的大狗迎面飞奔而来，吓得我一声惊呼。一个男子闻声从左侧一道门里出来，一边挥手驱赶狗，一边对我说："不怕，不怕，不咬人的。"

热情豪爽的扎西

大狗们果然迅速止步，张望了一会便转身走了。我定了定神，问："为什么有这么多狗？"他笑了笑说，因为屠宰场的垃圾坑里经常有扔弃的动物内脏，城里的流浪狗喜欢前来觅食。又说前段时间附近各县创建卫生城市，清理流浪狗，而当地老乡有不杀狗的习俗，得知理塘屠宰场不缺狗食，便设法半夜里偷偷把流浪狗弄到理塘来。最多时县城里有上千只狗出没，泛滥成灾，甚至出现抢夺餐馆食物、攻击小孩的事，后来经过整治，现在已经很少了。

我松了口气，这才看清院墙内是一个很大的坝子，用于停放运输来的活畜，左边门里是加工坊，右边为仓库，而坝子尽头则是垃圾场，刚才迎面飞奔而来的几十只流浪狗此刻正在那里嬉戏打闹。

加工坊里的状况让我意外。几乎所有工序都是手工操作，切肉、过秤、封装等，看上去效率颇低。理塘的牦牛是生态养殖，一般需要四五年才能出栏，肉质极佳。我问公司总经理为什么不引进先进的流水线作业，既清洁卫生，快速准确，也便于管理，节约人力。总经理答："为了尊重民族习惯，我们只能用传统方式宰杀。"

据他介绍，屠场每年宰杀两万多头牦牛。为此，不但每年要请寺院的喇嘛前来念经，为被宰杀的牦牛超度，还要买一些小牦牛放生。总经理来自汉地，可外貌已与当地人无二。他善于吸取别人的经验教训，使事业得以稳步发展。异地有位与他一样从事肉类宰杀加工的同行，因为没有采用传统方式屠宰，结果引起当地牧民的强烈不满，最终导致生产流水线全部报废。

理塘优质牧草基地

离开肉食品加工基地，扎西带我们前去雄坝乡，途中远远看到一片绿色在天边展开，一眼望不到尽头，绿浪随风起伏，极是壮观。扎西告诉我那是新建的"康南优质牧草基地",栽种了两千多亩燕麦,是雪灾发生时牦牛的救命饲料。

理塘地方高寒,每到冬季白雪皑皑,尤其在冬末春初常会遭遇大雪,有时数天连降暴雪,造成严重的冰雪灾害,河流封冻,草场上积雪达40～50厘米,大批牦牛因找不到牧草冻饿而死。当地牧民中流传着这样的谚语:"夏饱,秋肥,冬瘦,春死。"春天原该是人们最向往的季节,万物复苏,生机盎然,鸟语花香,然而理塘的早春二月却是最严酷的季节,让人最揪心的日子。过去一头牦牛能否长大很多时候要看天意,在理塘的历史档案里,有关冰雪灾害的记载触目惊心。当雪灾来临时,不少牧民眼睁睁看着牦牛冻死却束手无策,只能仰天痛哭。如今终于有了优质牧草基地,牧民的牲畜有了过冬的基本保障。

燕麦俗称莜麦、玉麦、野麦,在麦类中最为耐寒,且对土壤的适应性很强,不但麦粒是家畜家禽的优质饲料,麦秆也是最好的草料之一,可以说燕麦通身是宝。但是燕麦生长地区的海拔一般在1000～2700米,而理塘地区的海拔大多在3600～4600米之间,最高海拔达到6204米,从理论上讲并不适合燕麦生长。当地农牧部门经过反复努力,无数次实验,终于使燕麦在海拔3500米左右的雄坝茁壮生长。其间的艰难,一言难尽!

我曾采访过一位援助理塘的畜牧专家。他说初到理塘时整天都晕乎乎的,"吃没有吃饱不知道,睡没有睡着不知道,生没有生病也不知道"。可就在这样的状态下,他还要开拖拉机翻耕土地、施肥、下种、观察;种植燕麦的土壤需要精细整地,施足基肥,保持墒情;还要在分蘖初期或中期追肥、浇水,后期控制徒长,等等。这位专家在理塘工作了两年,离开时,牧民们依依不舍,接二连三地请他到各家

农牧局为牧民存储的越冬牧草

吃牦牛肉、喝酥油茶以及参加婚礼、"耍坝子"等活动。他说，最受牧民欢迎的是两种职业的人，一是医生，一是畜牧技术人员，因为他们最直接地让当地老百姓受益。

走进齐人高的燕麦地里，惊起了在麦田中觅食的鸟儿。扎西告诉我，这些优质燕麦每亩能收获鲜麦草8000斤，晒干后约2000斤。如今全县新旧牧草基地总计有3500多亩，牦牛存栏30多万头，冬季最严重的雪灾一般在10天左右，按每头牦牛每天消耗10斤干草计算，基本能解决全县的抗雪保畜用草，而且这些草都是免费发放给牧民的。

燕麦地一侧有一个巨大的仓库，里面齐整地堆放着打捆成长方形的干燕麦草，整座库房里弥漫着麦草的清香。扎西说燕麦秆中所含的粗蛋白、粗脂肪比谷草、小麦草、玉米秆高，而难以消化的纤维却比小麦、玉米低。

平时言语并不多的扎西说起自己工作立刻充满激情。他在草料仓库旁边建了一个鸡场，原本想繁殖本地优质藏鸡，可是藏鸡野性难驯。"简直就是野鸡！偷跑出去好多。一两只藏狗可以看守好一大群牛羊，这藏鸡没办法，因为它们会飞，眼看狗追近了，它们一拍翅膀就飞很远。"扎西指着铁丝网里所剩无几的藏鸡说。

这种藏鸡体型瘦小，羽毛艳丽，奔跑速度极快，一旦有人靠近，拍拍翅膀，轻而易举便飞上墙头，示威般"咕咕"直叫。

一方山水，一方风物。

身体瘦小、羽翼发达的藏鸡

二

甲洼乡距县城三十多公里，因为海拔比县城低五百多米，村庄附近有了田园景象。县农科所培育、引进优良品种的实验基地就设在这里。

如果不是扎西亲口告诉我，我实在无法把破旧土墙围成的院落与科研所联系在一起。洛泽仁到门口来迎接我们，他是埋塘县农牧局副局长，身材高大壮硕，一头自然卷发，与三年前见到他时相比瘦了不少。听我这样一说，他故作严肃："哦呀，落膘了！我现在只有180斤。"说罢哈哈大笑，声如洪钟，极富感染力。我们大家都忍不住笑起来。

与破旧土墙形成鲜明对比的是院落中无限的生机，似乎浓缩了高原未来的春光。温室里的黄瓜青翠欲滴，有的顶端还缀着黄色的花瓣。洛泽仁摘下几个请我们品尝。这些黄瓜个头不大，瓜身上有些白刺，吃起来又脆又香，还带有一丝甜味。

黄瓜最初是西汉时由张骞从西域带回中原的，原称胡瓜，因十六国时后赵皇帝石勒忌讳"胡"字，改为"黄瓜"。如今黄瓜已经广泛分布于中国各地，但它喜温暖，不耐寒冷，因此在高寒的理塘吃到本地培育的黄瓜，不能不让人欣喜！

温室外面种植了元根，外形和味道与萝卜相似，只是很小，像袖珍萝卜，皮色有白、粉红、紫红、青绿等几种。元根是高原特色植物，藏药中把它列为解毒药，而更多的藏族老乡喜欢把元根叶子做成酸菜，在腊肉汤、土豆汤或者鸡汤中放进少许，不但开胃消食，还能解醉醒酒。与元根形成强烈反差的是大白萝卜，又粗又长，重达20～30斤！

作者（左）与理塘农牧局副局长洛泽仁（右），手中的萝卜重22斤

看着这些丰富的蔬菜，我又想起自己的母亲。她最喜欢蔬菜，当年却去了最缺乏蔬菜的西藏拉萨，那时蔬菜是奢侈品，甚至连望梅止渴的安慰也难有。有一年，一个年轻军官受我父亲之托来看望我母亲

以及同为援藏教师的另外两位军属。酒酣之际，军官拍着胸脯夸口道，他有一个朋友在某某兵站，最近要从四川运货物到西藏，可以托他帮三位女士买到十听极为稀罕的红烧肉罐头，以及少量新鲜蔬菜。

三位女士闻言大喜，立马商量如何分配这十听罐头。当时正值"文化大革命"，学校一位领导正在挨斗，几个女教师同情他，准备分两听给他，又说等新鲜蔬菜到了，她们就聚在一起好好吃一顿。哪知后来此事竟没了下文，很久以后才知道，原来某某兵站运货的车在途中遭遇不幸。可见，看似普通的蔬菜那时在高原上是何等珍贵！

母亲初到西藏很不适应气候，高山反应十分强烈，再加上没有蔬菜，经常牙龈出血。家乡的蔬菜经常勾起她浓浓的思乡之情，以至于每三年回四川探亲时，经常一大早就去逛菜市场，并非是要买，就是想看看。她特别喜欢黄瓜、青菜、芹菜，她说，带露水的蔬菜有土地的气息、童年的味道，是留在骨子深处的记忆。

母亲如果还健在，看到藏地这些蔬菜不知有多开心！今日藏地已经发生了翻天覆地的变化。就以理塘甲洼基地为例，除了上述蔬菜，还有紫皮土豆、药材苗、小麦种等，林林总总，一个简陋的院落里异彩纷呈。而且，这些种苗也都是免费向当地农牧民推广普及的。

不过，最让我赞叹的是新培育的青稞——"康青8号"。青稞是大麦的一种，又称裸大麦、元麦，主要产于我国西藏、青海、四川、云南等地，是藏族的主要粮食。糌粑，就是青稞炒面的藏语译音。"康青8号"比我以往见到的青稞颗粒更饱满，麦秆更粗壮，可是麦芒又多又长又尖利，十分扎人，我身着毛衣也没能阻挡它的威力。

我问扎西，为什么不在培育过程中减少麦芒？这样收割时人也可以免遭麦芒刺伤。扎西说长而多的麦芒不但可以阻挡鸟儿的袭击，还能减轻霜冻的危害。原来如此！扎西给我讲解了许多高原农牧业知识。他说青藏高原种植青稞已有悠久的历史，并从物质文化领域延伸到精神文化领域，形成了内涵丰富、有民族特色的青稞文化。寺院以及很多家庭都会供奉青稞，在重大节日里藏族百姓还会抛撒糌粑，以示祝福。藏民不打狗、不杀狗、不食狗肉，也与青稞种子来历的神话有关。

理塘县农科所试验地里的"康青8号"青稞

中午时分，我们与所里几个技术员在一间简陋的小屋里午餐。两张简易桌子临时拼在一起，能找到的高低不同的凳子全部搬来围成一圈。午餐有炖大白萝卜、土豆烧肉、凉拌黄瓜，大家其乐融融。

技术员由于长年从事户外作业，容貌几近农牧民，区别更多地体现在眉宇间的精神气质。他们使我想到袁隆平。他们虽然没有取得袁隆平那样震撼世界的成就，但从事着和袁隆平培育水稻同样具体而又质朴的事业。他们没有窗明几净的实验室，没有先进的设备，没有助手，工资也不高，但既然在理塘与百姓生计关系最密切的是农牧业，那么他们就必须成为理论联系实际的科技人员。繁重的工作将他们锻炼成了多面手——操作、维修机械，耕地、育种、播种、除草、收割，等等。他们的工作是默默无闻的，但是带给当地百姓的好处是至善至美的。这一切就如同无量河的水，清澈无声，苍天可鉴！

第二天一早，洛泽仁将一本我需要的书送到扎西家，马上又赶去甲洼。他与那些技术员就像一个个老农，在农科所基地劳作。扎西也一样，若不是因为我们的到来，通常也在乡下奔忙。他心里有一个愿望：引进小型乳酪机，让每家牧民都有一台，这样就能将牛奶制成奶酪，提高牦牛奶的附加值，增加广大牧民的收入。谈起牧民增收计划，扎西两眼放光。理塘的畜牧业产值已占全县经济总量的百分之三十以上，他们为此付出了很多，很多！

我离开理塘的前一天晚上，扎西的歌声引来了几位藏族朋友，他们分别来自格木乡、村戈乡、德巫乡等地，为人甚是豪爽彪悍。其中有人头上缠着大把红丝线，身着康巴服装，热情邀请我到他们所在的乡间去看看。藏族人天生能歌善舞，藏族谚语"能说话就能唱歌，会走路就会跳舞"就是他们的写照。他们的歌声深深打动了我，尤其是分别时那一曲《昨天的太阳》：

你走过茫茫的原野，

冰雪消融，

满怀欢喜也满怀虔诚，

那春天总要飘然降临。

哦——

昨天的太阳，

属于昨天。

哦——

今天的日子，

有一个崭新的姿颜。

这是他们的期盼，也是我的祝福。

三

七世达赖喇嘛的出生地令我十分意外。据介绍那是一个牛圈，在理塘泽马村，称为"仁康古屋"。

七世达赖名叫格桑嘉措（1708—1757），一生颇为传奇。他八岁在理塘寺出家，九岁到青海西宁塔尔寺，十二岁被清廷认证为第七世达赖喇嘛。七世达赖的认证与西藏最具传奇色彩的六世达赖喇嘛——仓央嘉措有关。我读过一些仓央嘉措的诗，被他的才情深深感动，通过格桑嘉措的身世一窥仓央嘉措的足迹成为我此行的心愿之一。

七世达赖喇嘛诞生地——理塘仁康古屋

泽马村在离县城不远的小山坡上，一大早就有藏民在故居门前跪拜，并在墙上唯一一个仅有两个巴掌大的三角形窗口顶礼。如果不是仁康扎西活佛向我介绍那是一个窗口，我实在无法将它与通风、透气、采光的"窗"联系在一起。七世达赖认证后，这附近被划为达赖家的庄园，也称"仁康庄园"。

　　仁康扎西是活佛的小名，意为"出生在仁康的扎西"，扎西出家后法名为洛桑丹增·确吉帕巴，但故乡的人还是喜欢称呼他的小名"扎西"。仁康扎西七岁出家，十四岁进入理塘寺（即长青春科尔寺）佛学院，以后又相继在中国佛学院、北京大学等高等学府学习深造。如今他是宗巴寺的负责人，能讲一口流利的汉语。

仁康古屋一角，传说七世达赖喇嘛就出生在这间屋里

　　仁康古屋在宗巴寺院内。宗巴寺是理塘寺的分寺，现有一百七十多位僧人，新修的大殿与古屋相邻。仁康扎西活佛打开上锁的古屋木门，屋外强烈的日照与屋内的昏暗形成巨大的反差，走进去站了一会

儿，我才逐步适应了里面的暗淡光线。古屋几乎是半陷在地下，弓腰才能进入，而里面空间也很低，四壁满是烟熏火燎的痕迹。

藏民居大致分碉房、帐房两类。帐房为游牧使用，没有多大差异。碉房则因外观像碉堡而得名，一般从外观就能判断主人的贫富。碉房大多数是石木结构，用石块垒砌或土筑而成，墙体下厚上薄，外形下大上小，一般分两层，以木柱计算房间数。底层为牲畜圈和储藏室，层高较低。二层为居住层，大间作堂屋、卧室、厨房，小间为储藏室或楼梯间。富裕人家才有可能建三层，最上一层作经堂和晒台之用。从这个半陷在地下的仁康古屋，大约能推断出格桑嘉措童年的家庭状况：一个贫困的农牧人家。

屋内一根木柱上缠满哈达，仁康扎西掀起哈达，指点着上面依稀能辨识的白色斑块说："七世达赖的母亲是在木柱下的石板上生下格桑嘉措的，孩子出生后，木柱上突然流下了白色的狮子奶，并且还显出佛教经文和法器，这些都是祥瑞。"中国人历来把狮子视为吉祥动物，尊之为"瑞兽"。又传说佛祖释迦牟尼降生时，一手指天，一手指地，作狮子吼曰："天上地下，唯我独尊。"故后人就把佛家说法的声音比喻为"狮子吼"。

传说七世达赖喇嘛出生时这根木柱上流下了狮子奶，至今还能看到白色的痕迹

接着，仁康扎西又讲述了一个有趣的传说。当年的理塘寺隶属西

藏拉萨三大寺之一的哲蚌寺。有一年，哲蚌寺大活佛来理塘寺讲经，随行人员中有一位叫索南达结的青年喇嘛，负责照顾大活佛的起居。大活佛到理塘寺后，附近一位土司为了表达自己的敬意，令管家每天派人给大活佛送新鲜牦牛奶。管家不敢怠慢，立刻选庄园里一个端庄清丽的女奴，如此这般仔细吩咐一番。从此女奴每天一早就将牦牛奶送到索

仁康扎西活佛讲述泽马村历史

南达结手上，索南达结烧好后再端给大活佛。无论刮风下雪，女奴风雨无阻，尽心尽责，从无耽误。天长日久，女奴与索南达结产生了恋情，最后经大活佛同意，索南达结还俗，与女奴结为夫妻，住在距理塘寺不远的泽马村。不久女奴生下了格桑嘉措，也就是后来的七世达赖，那时村里只有三户人家……

这个传说的真伪无从考证，但是七世达赖获得认证是因为六世达赖的一首诗，倒是确实的。而六世达赖的故事，又要从五世达赖说起。

1682年2月，五世达赖喇嘛罗桑嘉措在布达拉宫去世。他的亲信弟子摄政桑结嘉措根据罗桑嘉措的心愿和当时西藏的局势，秘不发丧，向僧侣、百姓以及康熙皇帝隐瞒此事长达十五年之久，其间也在秘密寻访五世达赖的转世灵童。

1696年，康熙皇帝在平定准噶尔叛乱时，才偶然得知五世达赖已故多年的消息，大为震怒，严厉斥责桑结嘉措。桑结嘉措一面向康熙承认错误，一面将多年前寻找到并隐藏转世灵童之事上奏。这个转世灵童就是仓央嘉措。1697年，十四岁的仓央嘉措被选定为五世达赖的转世灵童，这位灵童后来成为西藏历史上身世最扑朔迷离、最具才华也最受争议的一任达赖喇嘛。

在仓央嘉措成长的年代，西藏政局动荡，矛盾重重。十七世纪后半叶，青海卫拉特蒙古和硕特部首领固始汗建立和硕特汗国，表面上拥立五世达赖喇嘛，实则暗中控制西藏。1701年，固始汗的曾孙拉藏汗继承汗位，与桑结嘉措的矛盾日益尖锐，达到白热化状态。

1705年，桑结嘉措买通汗府内侍，在拉藏汗饮食中下毒，不料被拉藏汗发觉，引爆了双方战争。桑结嘉措战败，被处死。拉藏汗派人赴京向康熙帝进谗言，称桑结嘉措勾结准噶尔部，蓄意谋反，还称六世达赖仓央嘉措不守戒律，请予废立。

康熙帝准奏，决定将仓央嘉措解送北京，宣布废黜。解送中的仓央嘉措在哲蚌寺前与众人告别时，哲蚌寺僧人忽然将他抢至寺内并关闭大门。拉藏汗闻报，立即派兵包围了哲蚌寺，要他们交出仓央嘉措，否则兵戎相见。寺僧准备誓死抵抗，但仓央嘉措不忍发生流血冲突，坚持独自走到蒙古军中，平息了这场一触即发的战斗。

1706年，仓央嘉措在解送途中，行至青海湖畔，不幸染病去世，年仅二十五岁。正史记载到这里就结束了，但民间对仓央嘉措的去向有各种传说，有的说他逃脱后去了四川峨眉山，还有的说他去了内蒙古、青海、尼泊尔等地。总之，有关仓央嘉措的生死，留下许多未解之谜。

不管传说如何，在宣布了仓央嘉措去世的消息后，寻找他的转世

灵童就成为当务之急。西藏三大寺的头领从仓央嘉措的一首诗中得到
了启示：

洁白的仙鹤啊，

请把你的翅膀借我，

我不会飞到很远的地方，

只到理塘转转就回。

于是头领前往理塘寻找仓央嘉措的转
世灵童，最终找到了格桑嘉措。

格桑嘉措成长期间，西藏依旧处于动
荡之中。1720年，清朝正式颁发给格桑嘉
措金印，印文是"弘法觉众第六世达赖喇
嘛之印"（当时朝廷不承认六世达赖，后
来乾隆皇帝封强白嘉措为八世达赖，等于

乾隆皇帝赐给七世达赖喇嘛的
金印

默认了格桑嘉措为七世达赖，仓央嘉措为六世达赖）。那时，格桑嘉
措才十三岁，一个不谙世事的少年，于是大多数事务由其父索南达结
代为处理。

格桑嘉措入藏后，其家属随同前往拉萨。清廷封其父为公爵，西
藏地方政府又给了很多庄园和农奴，格桑嘉措家遂一跃由贫民跻身大
贵族之列，社会关系也跟着发生了巨大的变化，后来既成为噶伦阿尔
布巴的母舅，又纳噶伦隆布鼐之女为妾。噶伦，是官名的藏语音译。
清朝中央政府规定西藏地方政府设噶伦四名，官阶三品，总办西藏行
政事务，受驻藏大臣及达赖喇嘛管辖。此官职直到西藏解放初期仍然
存在。

1727年，噶伦阿尔布巴、隆布鼐、扎尔鼐等忌恨清朝所封的首席噶伦康济鼐掌权，联合暗杀康济鼐，并出兵后藏，引起一片混乱。清政府派查朗阿率兵分三路入藏平叛。次年，阿尔布巴等人兵败被杀。

在此之前，青海卫拉特蒙古和硕特部首领罗卜藏丹津率部叛乱，勾结准噶尔部，欲借青海为基地对抗朝廷。在被清军击溃后，罗卜藏丹津便逃往新疆准噶尔部。阿尔布巴、隆布鼐与罗卜藏丹津有姻亲关系，因此雍正皇帝深虑准噶尔部有乘机侵扰西藏之企图，于是乘平定阿尔布巴叛乱之机，将西藏各种与准噶尔部有关的势力尽数扫除，断绝他们与准噶尔部的联系。

为防止再起事端，雍正皇帝下令将年少的七世达赖移往理塘，以免其父等人操纵政务，不久又迎请七世达赖到泰宁（属今道孚县）惠远寺安置，以防被准噶尔部劫持。直到七年后，也就是1735年，准噶尔罢兵求和，果亲王允礼才奉诏至惠远寺，率副都统、兵部郎中以及驻防泰宁官兵五百余人，护送七世达赖返回拉萨。一行人沿南路经理塘、巴塘、芒康、昌都等地，再由类乌齐转北路经那曲，当年八月（藏历七月）抵达拉萨。

果亲王允礼是康熙帝第十七子，雍正皇帝的异母兄弟，比雍正小十九岁，原本并不为大家所熟悉，可是一部《甄嬛传》使他成为家喻户晓的人物。剧中英俊潇洒、玉树临风，对爱情忠贞不渝的允礼成为无数青年男女的偶像。

允礼在雍正元年就开始负责理藩院事务。他生性聪明，性格沉稳，善诗词，好游历。由于负责处置理藩院的事务，经常在外奔波，倒也遂了他不愿意参与皇权之争的心愿。他在奉命赴泰宁护送七世达赖喇嘛回西藏往返途中，还要检阅各省驻防及绿营兵，再后来又忙于办理苗疆事务，可以说既无可能也无机会与雍正皇帝的嫔妃有太多接触甚至萌生恋情。

允礼与四川关系特别密切，不少地方至今还有他的遗迹。二十世纪三十年代，我国著名民族史学家任乃强到川边藏地考察，在今泸定县境内察看了被山洪暴发冲毁的果亲王行宫。在成都也有一些关于果亲王的传说和他留下的诗文。而惠远寺至今还在，两年前我跟随著名佛教考古学家、龙门石窟研究所所长温玉成先生带领的"蒙古史记调查组"，在甘孜藏族自治州考察成吉思汗死亡地时，曾两次去惠远寺，并有幸目睹了那块有些漫漶不清的御制石碑。

惠远寺，藏语"噶达强巴林"，是清朝皇帝在甘孜唯一钦定修建的寺院，目的是安置七世达赖。为此，朝廷特地发帑金四十万两，划地五百余亩，建殿宇、楼房千余间。此后由于地震、人员大量减少等诸种原因，以及"文化大革命"中的严重破坏，惠远寺早不复当年景象。

惠远寺紧邻的协德乡政府所在地，依然被一些老乡称为"噶达城""年羹尧城""大脚印"。"噶达"是藏语，七世达赖到达后雍正皇帝赐名为"泰宁"；因为年羹尧的大军曾在此驻守，又被称为"年羹尧城"；还有人说当时的城池是依照年羹尧的脚印而建，故又名"大脚印"。当时城中有衙门、石碉楼、商店、酒馆等，我去时还见到少数残垣断壁，当地一些具有明显汉人特征的老乡也称自己祖上是屯垦戍边的清兵。

七世达赖回到拉萨亲政以后，把主

七世达赖喇嘛塑像

要精力放在宗教事务方面，积极弘扬佛法。其父索南达结因参与阿尔布巴之乱，被清廷下令常驻桑耶寺，每年只许到拉萨一次，期限一个月，以防其干预藏政。七世达赖一生谦逊俭朴，颇得僧俗爱戴，在他管理西藏佛教事务的二十多年中，西藏社会一直安定而繁荣。1757年，七世达赖在布达拉宫去世。

此后，十世达赖楚臣嘉措又诞生在理塘，可惜英年早逝，二十二岁就走完了人生路程。

从仁康古屋出来，仁康扎西又带我到宗巴寺楼上看他收藏的佛教文物，其中有察察（一种藏药制成的佛像、佛塔之类）、唐卡、佛像、手工印制的《大藏经》等，一些收藏品背后的故事非常有意思。仁康扎西与我聊了很久，不知怎么的，话题从七世达赖说到六世达赖、十三世达赖，又说到与十三世达赖密切相关、也是西藏最有名的大藏商邦达昌。

"邦达昌"是藏语，意思是"邦达家族"，是邦达·阳佩、邦达·热嘎、邦达·多吉三兄弟在国内外产业的总称。我在写《藏茶秘事》一书时，曾经收集过许多与邦达昌有关的资料。邦达昌是西藏第一个通过经商而获得贵族地位的家族，几乎可以与汉地的"红顶商人"胡雪岩相提并论，在西藏的地位不言而喻。

正说着，仁康扎西忽然邀请我去见见他的母亲，说他母亲正是邦达昌的后人。这再一次让我意外！据我所知，邦达昌的直系亲属大都在国外，在国内的邦达·多吉已经过世，而他的后人似乎应该不是仁康扎西母亲的年龄。

我问仁康扎西母亲是邦达家哪一房的后人，仁康扎西说自己不清楚，要问母亲。我们边聊边走出宗巴寺大门，一个中年男子迎上来，说某某著名电视台马上要到，想采访他一下。仁康扎西礼貌地回绝了。能让母亲开心远比在媒体上抛头露面更重要，他是一个孝子。

仁康扎西的母亲叫阿珍，七十岁出头，慈眉善目，几乎全白的头发梳成两条辫子垂到腰部以下，身着藏袍、五彩围裙。儿子是她容貌的翻版，母子俩十分相像。她听我讲述邦达昌的往事，显得十分激动。她大致能听懂汉语，只有个别地方需要儿子翻译一下。

阿珍婆婆说她父亲叫邦达·格列朗加，母亲是父亲的第二个太太，父亲在她五岁时就过世了。记忆里最深刻的就是邦达家运送货物的马帮，一直绵延到眼睛看不到的地方，那景象从童年到现在一直无法忘却。

1942年，在抗日战争的艰苦岁月里，邦达昌在康定成立了"康藏贸易股份有限公司"，接着又在理塘设邦达昌临时总号，动员各地商人全力支援西南大后方，前往拉萨或印度噶伦堡办货，再分别贩运到康定、成都、丽江等地。去时驮运茶叶、毛皮等，回来驮运棉纱、染料、毛料、西药、布匹、香烟等。阿珍婆婆就是邦达昌在理塘设临时总号时出生在理塘的。

邦达昌的生意大约在二十世纪五十年代末停止，但老人对童年到家族设在康定的贸易公司玩耍的情景还记忆犹新。不过少女时代的阿珍就开始了牧场劳作生涯，从贵族到平民，几乎是一夜之间。后来她嫁给了贫穷的邓珠泽仁，也就是仁康扎西的父亲。

回忆往事，阿珍婆婆心潮起伏

我问阿珍婆婆："一个富有的贵族小姐嫁给放牛娃有没有感到委屈？"阿珍婆婆连连摇头，说丈夫有力气、勤快、老实，对自己很好，还是党员，曾担任泽马村党支部书记。最让她感到欣慰的是丈夫给她带来一个好儿子，三个好女儿。尤其是儿子，他出家成了活佛，能给很多人带去祝福，种下善根，如今还全力帮助一些家境特别困难的孩子上学。

仁康扎西把我送到山下，指着身后的大山说：托莫拉卡山像一只大象，理塘寺就建在鼻子上，而对面的小山则像一座佛塔，这些都是殊荣的象征，所以理塘出过很多名人。除七世达赖、十世达赖外，这里还是七、八、九世帕巴拉呼图克图，以及十世帕巴拉呼图克图、全国政协副主席帕巴拉·格列朗杰，拉卜楞寺第五世嘉木样活佛等高僧大师的故乡。

我想起另一位扎西的话：理塘是块宝地！

四

理塘县最恢宏的建筑当数理塘寺，又称长青春科尔寺。"长青春科尔"为藏语译音，"长青"意为弥勒佛，"春科尔"意为法轮，"长青春科尔"意为弥勒佛法轮常转，妙谛永存。

我曾几次去理塘寺，每一次去都看到明显变化。不断的扩建维修、新的建筑材料使其越来越艳，四百多年的历史似乎已被雨打风吹去。

跨进大门，见宽敞的大坝子尽头的中心大殿石阶下，有几个年轻的僧人正往拖拉机上搬东西。走过去一打听，才知道明天要为重建的白塔举行盛大的开光仪式，眼下正准备将座椅、地毯等运送过去布置妥当。我见其中一个喇嘛皮肤很白，猜测他不是藏族，便问他从何而来。他推了推鼻梁上的眼镜，做出一副夸张的痛苦表情，说："你说我不是藏族，我好伤心哦！"

旁边的僧人呵呵笑起来，其中一人做出抹眼泪的样子，憋着嗓子拉长声音说："呜呜，我不是藏族，我不是藏族……"

一唱一和的即兴表演让众人哈哈大笑。稍后，有人称戴眼镜的喇嘛确实是藏族，他可以作证，只是高原的阳光似乎特别眷顾他，怎么晒也不黑。几个僧人很开朗，干活间休息时就在石阶上席地而坐，相互说笑，或追赶打闹，如同世俗的阳光少年一般。在他们脸上找不到沉重的考试负担造成的忧虑神情，也没有疲惫不堪、少年老成。他们并不会故意板起脸，以显示宗教高高在上的神圣感、庄严感、神秘感，而是将宗教自然而然地融合在生活的衣食住行中，使之有了烟火气。

他们邀请我一道去看白塔，说白塔周围很漂亮，是一个新建的公园，耍坝子的好地方。

"耍坝子"大约是康巴地区特有的词汇。每当农历七、八月，山花盛开，绿草茵茵，藏民们便阖家而出，邀亲约友，在溪畔林间品茶、唱歌、喝酒、玩棋牌、跳锅庄、促膝聊天。有一年，我在道孚一片草原，见耍坝子的藏民们搭了好些白色帐篷，三块大石头垒砌成灶，烧茶、烤肉、煮土豆。那些人带着浓浓的醉意一路踏歌而行的景象至今历历在目，是我对耍坝子最深刻的记忆。

我问及这座白塔的来历，僧人们说原来白塔很古老，似乎与松赞干布有关。他为弘传佛法，在理塘县城、理塘的毛垭草原、康定的新都桥各建了一座佛塔。三座佛塔内佛经分别用白布、花布、黑布包裹，而理塘县城这座佛塔内经文是用白布裹的，所以人们习惯称之为

理塘，云上的翅膀

"白塔"。不幸的是，白塔在"文化大革命"中被毁，最近才修复重建。

长青春科尔寺

　　藏族人把造佛塔视为修德积福的途径之一，十分虔诚，这与佛教的教义有关。佛塔起源于印度，最早用来供奉和安置舍利、经卷和各种法物。根据佛教文献记载，佛陀释迦牟尼涅槃后的舍利被分成八万四千份，在世界各地建塔供奉。佛教传入中国后，中国工匠们结合各地不同的建筑与文化特点，建造了各具特色的佛塔，从此佛塔成为中国建筑艺术的代表之一。理塘这座塔叫菩提塔，周围有119座小塔环绕，代表全县119个村子。

　　他们在离开之前，委托一位年纪稍长的僧人带我们到中心大殿参观。这是1996年恢复重建的，殿里弥漫着浓浓的酥油味，但见五彩缤纷的经幢从大殿顶端垂下，长达数米。殿内壁画丰富，柱头、柱身装饰着各色各样的雕镂或彩画，有莲花、祥云、海螺、火焰及宝轮等，横梁、梁头均施以重彩，与室内木柱连成整体。

理塘寺历史悠久，注重学业，设密宗学院与显宗学院。这些经学院，藏语称"扎仓"，隶属于寺庙最高管理机构。扎仓的建筑由经堂、佛殿和前院组成，并设供应喇嘛饮食茶水的灶房、辩经场。扎仓下面又设若干个"康村"，"康村"是藏语对寺庙的基层学经僧团的称谓。康村的建筑由僧舍、厨房、小经堂、内院辩经场、库房等组成。而这座中心大殿则是全寺的中心，寺庙大集会就在此举行。

我踏着厚厚的木地板登上大殿顶楼的露台。屋外强烈的阳光刺得我有些睁不开眼睛，空明澄碧的蓝天仿佛就在身边，双脚如同站在云端，似乎伸开双臂就能飞翔。极目远望，四周群山环绕，蓝天白云之下的县城恰似一个聚宝盆。那一天我清楚地记得是9月17日，却无论如何没有想到这座恢宏的大殿在两个月后的同一个日子，被一场意外的大火吞噬！

这次途经理塘，我还有一个心愿，就是拜访香根活佛。如今理塘寺的香根活佛全名香根·巴登多吉，1949年4月生于理塘，1953年由理塘寺认定为三世香根活佛，现在是理塘寺负责人，身兼全国政协民宗委副主任、中国佛教协会副会长、四川省甘孜藏族自治州人大常委会副主任、省政协常委等多个职位。因为公务繁忙，香根活佛很多时候在外奔波。

那天晚上九点多，香根活佛从康定赶回来。接到电话，我们驱车飞驰而去。在内地，晚上九点正是灯红酒绿、喧嚣无比的时刻，而高原夜色中的理塘已经关门闭户。

香根活佛的管家敦真在门口等我们，是一个长得像弥勒菩萨一般的中年僧人。我穿着两件毛衣还觉得有些冷，而他赤着两条胳膊却丝

拜见香根活佛（左）

毫没有寒意袭人的样子。

没有想到香根活佛身材如此高大壮硕，个头至少在一米八五以上，腰围不下三尺。他强大的气场和高大壮硕的身躯，使我感到自己有如来自小人国。更让我意外的是与他有同样身材的另一位活佛，竟是他的兄弟，名叫洛容曲比。一个家庭出两位活佛，在藏地也很少见。

香根活佛的客堂金碧辉煌，侍者为我们端来酥油茶和月饼。中秋节临近，活佛说请我们提前过中秋。谈话中，香根活佛问起几位峨眉山的法师，他们既是道友，也是朋友。临走时活佛又赠送我一串佛珠作为纪念，并祝福我们一路平安。

理塘与乐山有特殊的渊源。"长青春科尔"意思是弥勒佛法轮常转，理塘寺的大殿供奉着弥勒佛，而闻名世界的乐山大佛也是弥勒佛。同为弥勒菩萨道场，加上这些年乐山对口援助理塘，两地关系更加紧密。

理塘寺活佛名号"香根"的来历颇为奇特。清朝道光十八年（1838年），出生于理塘县火竹卓冬村的昂旺罗绒益西登比吉成作为十一世达赖喇嘛的转世灵童候选者之一由众人迎至西藏。当时从各地找到的灵童共有三人。经"金瓶掣签"，昂旺罗绒益西登比吉成落选，但被朝廷册封为"香根"（藏语意为"达赖的师弟"）。以后昂旺罗绒益西登比吉成在拉萨哲蚌寺学习，获得格西学位后，返回理塘任长青春科尔寺第五十一任堪布，临终前获十三世达赖土登嘉措册封为康南最高活佛，并被授权统管康南教务。从此，理塘长青春科尔寺历代袭用"香根"活佛名号。

二世香根活佛昂旺罗绒登增次来嘉措于1908年出生于理塘县火竹卓冬乃麦罗布村，十岁举行了坐床典礼，被确定为长青春科尔寺香根活佛转世灵童。1931年，二世香根活佛从西藏学经返回理塘后，在"敦睦友邻，亲汉近藏"的方略下，采取一系列重大措施，使理塘寺得到迅速发展。

尤其值得一提的是，1944年二世香根活佛在寺内建立了"汉僧院"，直属重庆汉藏教理院领导，成为汉藏文化交流的重要窗口之一。设在重庆缙云山缙云寺的汉藏教理院，是1932年由佛学大师、时任中国佛学会主席的太虚法师倡议，川军军长刘湘等人出资赞助创办的四川第一所开展高等佛学教育的学府，课程以藏文、佛学为主，兼授历史、地理、法律、农业、伦理、国文、卫生、体育等学科，为汉藏两地培养了大批人才。其中邢肃芝（汉族，藏名洛桑珍珠）就是代表之一。他一生的活动横跨汉藏两地，涵盖僧俗二界，拉萨最早的西式小学就由他担任校长。二世香根活佛的远见由此可见一斑。如今理塘寺依旧保持注重教育的风格，学者层出不穷，是整个康巴地区仅有的两个能够授予格西学位的寺院之一。

离开理塘寺，返回扎西家，万籁俱寂，高原的星空分外纯净明亮。这般景象如梦如幻，宛若仙境。回到房间一夜难眠，浮想联翩，满脑子都是关于理塘的人和事。

第二天黎明前，我们便动身，为了一睹毛垭草原的晨曦。我站在萧瑟的寒风中，看见朝霞穿破黎明前的黑暗，慢慢染红天空，金色的太阳带着刺目的光芒在天际渐渐升起，远山近水半明半暗，被光影流畅地分割。那景象美得令人心醉，泪水不觉奔涌而出。渐渐地，又看见自己的身体在草地上拉成长长的影子，禁不住伸开双臂想拥抱天空和大地。顺着自己身影看，它像一只飞翔的鸟儿，不由再一次想起仓央嘉措的诗句：

> 洁白的仙鹤啊，
>
> 请把你的翅膀借我，
>
> 我不会飞到很远的地方，
>
> 只到理塘转转就回。

理塘，云上的翅膀，给你一片辽阔飞翔的天空。

红顶藏商邦达昌

在理塘拜访了邦达昌后人阿珍婆婆后，我决定要去邦达昌故居所在地西藏芒康县交呷古秀邦达乡看看。邦达昌是二十世纪西藏的著名商号，"昌"的藏语意思是"家族"，其发迹经历与清代汉地著名的"红顶商人"胡雪岩相似，是西藏第一个通过经商而获得贵族地位的家族。胡雪岩的最大靠山是左宗棠，而邦达昌的最大靠山是十三世达赖，其在西藏的地位不言而喻。

藏地有这样的民谣："天是邦达昌的天，地是邦达昌的地。"据说，当时邦达昌的马帮在途中遇到劫匪就会亮出招牌："我们是邦达昌的。"江湖上的各路人马听闻也会给面子。甚至邦达家远亲的仆人在外惹事也气壮如牛："我与邦达家有关系！"言下之意，敢把我如何？足见邦达昌在西藏的势力。

邦达昌生意鼎盛时期发展到拉萨、西宁、兰州、康定、成都、上海、北京、南京，以及印度加尔各答、噶伦堡等地，直到二十世纪五十年代末才停止经营。他们家族最初的庄园如今是什么样子？我手里有一张早年的黑白照片，是典型的藏式两层楼房群，稳健厚重，透着霸气，在那个以土石小屋、帐篷为主要居所的年代，这不知是多少人的梦想。

我们在西藏昌都八宿县到邦达镇途中的业拉山停下拍照，山口海拔4658多米，大风将挂在山口的五彩经幡吹得哗哗作响。我见附近有一个简易厕所，便走进去，比我想象的干净，有些意外。通常情况下荒郊野外厕所总是肮脏不堪，让人进退两难。出门来，一个头发蓬乱、面皮紫黑、衣衫单薄的男子上前收费，一人一元，他用不流畅的汉语声明厕所是他修的。这里每天进出厕所的人能有多少？在海拔如此高的地方寻一点碎银实属不易。我心里可怜他，随口问他，是否知道邦达昌？哪知他直愣愣地看了我一眼，一字一句地说："我，是，邦达家的！"

这实在太让人感到意外了！我不禁仔细打量他，四十多岁，还是五十多岁？我难以断定。一身污渍斑斑的现代服装，双眼有些发红，又高又直的鼻梁是瘦长脸上最突出的标志；由于长时间强紫外线照射以及风吹雨打，脸上皮肤干燥，嘴唇上一道道开裂的小口，甚至还有血丝；赤足趿一双旧军用胶鞋，裸露在外的脚踝有些发紫；青黄粗糙的双手上布满细小的裂纹，每个指甲缝里都积满黑色的污垢。这一切都难以与曾经声名显赫的大藏商邦达昌联系在一起。我试着问他邦达昌故居在哪里，他用手指着远处山下一片有房舍的地方，说就在那里。

我有些哭笑不得。他所指的地方是邦达镇，我来回走过多次，附近是远近闻名的邦达草原，水草肥美，绵延八十多公里。十多年前在草原尽头的山下建起了世界上海拔最高、飞行难度最大的机场之一——邦达机场。邦达机场是我认知范围内最"牛"的机场，一票难求，不但要早早提前预订，而且从来不打折，航班延误如家常便饭，但既无人投诉，也不会有人起哄闹事。机场海拔4334米，气候恶劣，冬天风速常在每秒30米以上，冬春气温常在零下30摄氏度以下，能建机场让飞机平安起降已是惊人。

邦达草原、邦达镇、邦达机场所在地原来是邦达家的领地，如今的地名也是这个家族曾经兴旺的见证之一，但并非邦达昌的故居。

那汉子却仍坚持说那就是邦达昌的故居，还说老人们告诉他，过去每到秋天，附近的土司、头人都要来此给邦达家交钱粮、牛羊，并商议来年的赋税、差役等。他说自己从小在邦达草原长大，如今还住在邦达镇上，听老人讲述过很多关于邦达昌的故事。末了，又说自己夏秋两季的晴天就来此摆摊，出售经幡、蘑菇、草药、小纪念品，并经营收费厕所。他有些得意地告诉我，他每天是开车来的，说着指了一下不远处停放的一辆银灰色小面包车，还有意无意地从口袋里掏出手机看一眼又放回去，那神情似乎在说，不要小觑了他，日子还是挺滋润的，康巴人过去就以善经商著称，邦达家族的人更是当仁不让！

我不由对这个自称邦达昌后人的汉子另眼相看。

下山后又行驶一阵，到达位于如美镇的竹卡大桥，早过了午饭时间。桥头一侧有家温泉饭店，门可罗雀，垂柳更添几分冷清，空敞的房屋似无声地诉说着曾经有过的热闹。怒江大峡谷通公路后，在此停留食宿的人大大减少。饭店厨师是一对四川夫妇，一来二去与我成了熟人，见面寒暄几句就赶紧到厨房里张罗。这里煮饭还是需要高压锅，一时半会儿上不了桌。

趁这个空当，我沿竹卡大桥向竹卡兵站走去。站在桥上放眼看去，汹涌澎湃的澜沧江在狭窄的绝壁间激荡奔腾，浊浪滔天，拍打着刀劈斧砍般陡峭的岩石，发出雷鸣般的声响。两岸岩石寸草不生，在强烈阳光照射下，赭色、灰黑色、灰白色的岩石刺得人眼睛发胀。

位于澜沧江畔的竹卡兵站

　　父亲曾多次给我讲述发生在这里的往事。他随十八军进藏到达这里时，澜沧江上还没有桥，往来行人、骡马都是靠溜索渡江。溜索是一种最原始的渡江工具，大多数人只在电视里见识过，一般是两条用牦牛毛、藤、竹等编成的绳索，分别系于河流两岸的岩石、树桩或其他固定物上，一头高，一头低，形成斜度，人或物挂在上面滑过去。

　　竹卡本是一个交通要道，解放军进藏以后大量军需物资与人员由此经过，显得更加繁忙。为了保障竹卡溜索渡口的安全，部队派一个排守卫在此。哪知明枪易躲，暗箭难防，竹卡溜索渡口被土匪头子盯上了，这个土匪头子就是芒康（当时称宁静，如今的芒康是由宁静、盐井两县合并而成的）一个叫普巴·次旺多吉的土司，当时芒康的"十八土司"之一。此人诡计多端，凶狠残忍。他先让土匪轮流扮作马帮、商人、农民，经常在渡口周围转悠，装成看热闹的样子，逐渐摸清了守卫渡口的解放军的生活规律。而驻守的解放军看来来往往的"老乡"都很友好，也了解到当地人有席地而坐晒太阳聊天的习惯，慢慢放松了警惕，有时甚至还送馒头给他们吃。

1956年底的一天，解放军战士们正在吃饭，几个面孔比较熟悉的"老乡"又出现了，并笑嘻嘻地靠近他们。战士们并没有在意，以为又是来看热闹的，等感到情况不妙时，几个貌似厚道的"老乡"已变了面孔，眨眼间抽出藏在长袍里的锋利砍刀，迎面一阵疯狂砍杀。战士们猝不及防，扔下饭碗去拿武器，但为时已晚，普巴·次旺多吉与埋伏在附近的其他土匪一拥而上，连打带杀，血肉横飞，二十一名解放军战士不幸全部遇难，其中一个是副连长。

普巴·次旺多吉不但劫走了全部武器弹药，还袭击了距离不远的荣许军需物资仓库。事后，普巴·次旺多吉多次恐吓周围的老百姓：不准卖粮草给解放军，不准给解放军运送物资，否则烧房子杀人！事后有被抓的土匪交代，守卫竹卡的解放军当时并未全部死亡，有两个身负重伤，因为不愿意做俘虏，被投入波涛汹涌的澜沧江。

澜沧江过去只能靠溜索过江，二十世纪五十年代解放军修建了大桥

如今的竹卡早不是当年景象。一座横跨澜沧江的新桥正在建设，竹卡兵站里几个朝气蓬勃的军人正在打球，脸上的阳光与晴朗的天空融为一体。我在门外给父亲打了电话，告诉他眼前的一切，电话那头他感叹道："现在的日子真好！"

二

到达芒康县城已接近黄昏，澜沧江峡谷的炎热早被一阵接一阵的寒风吹散。宾馆里的自来水只有筷子粗细，而且浑浊不堪。问老板咋回事，老板眼皮也不抬一下，说："芒康缺水，停电停水，家常便饭，今天有电已经是好运气了！"

芒康县地处川、滇、藏三省交界处，虽有金沙江、澜沧江，但由于纵横交错的横断山阻隔，芒康是近水也解不了近渴。

出门去买矿泉水途中，向几个人打听"老燃寺"（音），都摇头道不知。父亲说普巴·次旺多吉在老燃寺附近有一个巢穴，老燃寺位于澜沧江与金沙江之间南北走向的宁静山半坡，地处达马拉山尾端，居高临下，且地形复杂，易守难攻。当年部队剿匪，攻打老燃寺颇费了一番周折，待部队冲上去，普巴·次旺多吉与手下的土匪倚仗复杂地形作掩护，逃出了包围圈。父亲他们连夜追击，翻过一座被他们称为"摸天岭"的高山，天亮时下到金沙江峡谷一个叫"三岩宗"的地方，当地有一些类似羌族碉楼的民居，可是搜遍了也没有发现普巴·次旺多吉的踪影。他又一次逃脱了。

三岩宗气候干热，在摸天岭穿棉衣还冷，而到三岩宗穿一件衬衣倒直冒汗。这里太阳火辣灼人，干旱贫穷，苍蝇特别多，成群结队向人脸上袭来，甚至有小孩被苍蝇叮到眼睛，哇哇大哭。

为了抓到普巴·次旺多吉，父亲与战友们在澜沧江、金沙江之间的宁静、贡觉、青泥洞、妥坝、江达、岗托一带方圆几百公里范围内来回搜索。可普巴·次旺多吉并不出来正面交锋，而是采取游击战术与解放军周旋，在悬崖、路口或渡口等险要地段伏击解放军，多则二三十人，少则七八人，居高临下排成一线射击，给部队造成较大的伤亡。而一旦部队快攻上山，他们又从后山迅速撤离。父亲说，那时经常昼夜兼程，风餐露宿，有时后勤补给跟不上，又要严格遵守纪律，不打扰当地老乡，只好忍饥挨饿。

部队派出几个小分队分头化装出去侦察。可是其中一支小分队出去后便没了音信，直到一次战斗结束，才从俘虏口中得知，那个侦察小分队全部牺牲，领队的排长受了重伤，被普巴·次旺多吉剜去双目后又五马分尸……时隔五十多年，父亲对发生在老燃寺一带的往事依然记忆犹新，也很想知道那里的现状，让我到芒康后打听一下。问了一路，还是无人知晓，只得作罢。

我走在芒康街头，一路上行人稀少，店铺灯光暗淡。走了一会儿，正犹豫去哪一家餐馆解决晚饭问题，忽听背后一声高叫，声音甚为奇特。转过身一看，竟然是一头壮实的花斑奶牛。我急忙避开，牛从我身边奔跑过去，边跑边叫，声音拖得很长。奶牛跑了大约三十米，"轰"的一下拱翻路边一个很大的铁制垃圾桶，在其中翻捡食物。过往行人以及店铺老板都熟视无睹，似乎早已见惯不惊。打翻的垃圾桶引来好几只流浪狗，它们并不惧怕牛，灵巧的身体使躲闪与逃跑变得轻而易举。

我接连向几个当地人打听邦达昌故居，不想都指向我来的方向。我继续追问，他们不是指向邦达镇，就是指向邦达草原，而问到"交呷古秀邦达乡"，皆是摇头不知。最终，派出所透出的灯光提示了

芒康县城

我，警察应该对当地情况比较了解。推门进去说明来意，一个年轻的警察想了一会儿说：大约是在通往云南德钦的路上。不过为了慎重起见，他建议我上路后再问问，因为他也不是十分有把握，只是听人提起过而已。

没想到邦达昌故乡人对邦达昌故居竟然如此陌生！

返回宾馆途中停电了，烛光和应急灯使街道更加暗淡，模糊不清。走到一家藏式工艺品店门口，一个藏族汉子起身拦住我们问："你们从哪里来的？"我有些意外，但见他神情露出友好，就如实相告。他听罢开心大笑，竖起大拇指对一旁另外三个藏族人说："看，我就说她们是四川来的，我们四川的人就是白净！人才好！"原来我们先前路过时他们几个就打赌猜我们来自何方，这位来自四川阿坝的藏族汉子猜对了，所以很得意。他已经在此经商多年，与三个本地藏族人是好朋友。我又一次问起邦达昌故居，回答依然令我失望，但是他们的乐观单纯感染了我，使我回到黑灯瞎火的宾馆里能够安然入睡。

睡到后半夜，我被冻醒，还是没有电。电热毯形同虚设，也许早就坏了。一路走来，插头松动、水龙头破裂、窗户无法开关、厕所漏水，各种状况层出不穷，但想想那些常年生活在高原的人，自己对这艰苦的条件不过是稍有体验，有什么可抱怨？裹紧被子又躺了一阵，忽然发现窗外有异样的光亮，掀开窗帘一角看出去，四周山头全部变成了白色。原来夜里下雪了！白雪掩盖了污浊与凌乱，将四周变得干净而又生动。

我起身穿好衣裳，用昨夜买的矿泉水胡乱抹一把脸就出门去了。风刮得脸有些刺痛，不一会儿手脚也僵了，但是天边的彩霞深深吸引了我，一抹淡黄转成深黄，不一会儿变成金色，再逐渐变为橘红色，层层叠叠，在起伏的山峦上闪闪发光。最后，太阳从白雪皑皑的山头冉冉升起，新的一天在蓝天白云下悄然拉开序幕。

四周静静的，没有长龙般的汽车、疲于奔命的上班族、行色匆匆去学校的孩子、揽生意的吆喝声，大自然就在身边，触手可及，妙不可言。亲切的感动在身体里轻轻流淌，我默念道：唵嘛呢叭咪吽。这是观世音菩萨咒，源于梵文，在藏地无处不在，寄托了人们

邦达家的扎西（左）

美好的愿望与祝福。

　　驾车行驶上通往云南德钦方向的滇藏公路，走到芒康县公安局设在城南的便民服务站，我向一名女警打听去邦达昌故居的路。她用藏语向身边两个警察询问了一番，然后高声向另一间屋里喊道："扎西，出来！"一个黑铁塔般的男警察应声出来。女警用汉语对我说："他叫扎西，知道那儿的路。"

　　又是一个扎西，这个名字在藏地比比皆是。这位扎西听了我的来意，边说边用一张纸画了示意图，注明沿途村庄、岔路等。我喜出望外，问他为什么如此了解邦达昌，他竟回答说他就是邦达昌的后人。

　　又是一个邦达昌后人！

　　似乎是为了证明自己话的真实性，扎西从手机里翻出一张照片。一家三口，一个壮得像牦牛一般的汉子与妻子拥着出生不久的婴儿。他说这也是邦达昌的后人，又说邦达昌的亲属大部分在国外。我们聊了一会儿，他有些遗憾地说自己今天当班，不然可以带我去邦达昌故居。说着，他让我等等，一阵风似的冲出门外，站在公路中间左右张望，不一会儿，挥手招呼一个骑摩托车的藏民停下。两人用藏语说了一些什么，骑摩托的藏民频频点头，嘴里不断"哦呀，哦呀"地应承。

　　扎西转身对我说："我跟他说好了，他带你去。他就是那个乡的。"并说此去四十多公里，需要一个多小时，叮嘱我车开慢一点，紧跟在摩托车后面，如果到达后有什么需要可以找乡里的派出所。扎西的热情周到令我大为感动，不停道谢，而他反复说不用谢，可惜今天没有时间陪我前去。直到

　为我们带路的藏民

把我送上车，我们启动上路，他才返回警务室。

　　骑摩托的藏民不时转过头来看我们是否跟上，缠在头上的红丝带成为醒目的标志。两山之间的田野越来越宽阔，星星点点的藏式房屋炊烟袅袅，猪、狗、牛其乐融融地在收割过青稞的田野中玩耍，清澈的小溪穿过黑油油的土地，透着富足与丰饶。

　　我曾几次过往芒康，但印象并不好，觉巴山、东达山、澜沧江峡谷、怒江峡谷，穷山秃岭，寸草不生，塌方滑坡时常发生。现在看来是自己认识片面，一叶障目。

邦达乡秋收之后

　　途中我们尽量忍住不停下来拍照，以免耽误领路人的时间，实在忍不住才停下抓紧在车上抢拍几张。我们每次停车，骑摩托的藏民就停下来等待，从不催促。到了毛尼村，他停下来与一个站在路边的藏民说起了话。两人说得很起劲，对方指点着公路旁边一块刚收完青稞的田地，中间有几只肥羊，一大群人在地边看，脸上带着兴奋的神情。他朝我示意，用手指了一下公路一侧一条拐进去的小路，又接着聊天。我不知他们要做什么，语言又不通，无法询问，只好停车等待。

这时，三个坐在路边晒太阳的少年挥手招呼我，并指了指我手里的照相机。他们每个人都剪了时尚新潮的发型，有一个甚至还将垂到眉骨的一撮头发染成黄色。我试探地问："想照相？"他们笑着点头，并立刻做出剪刀手摆姿势。拍完照，他们问我要去哪里，得知我要去邦达昌故居，三个少年拍着胸口称自己是邦达昌亲戚。我问他们是邦达昌哪个的后人，邦达昌除了商号外，也指邦达三兄弟，即邦达·阳佩、邦达·热嘎，邦达·多吉。三个少年似乎没太听懂，只是嘻嘻笑，没有答话。

自称是邦达昌后人的邦达乡藏族少年

骑摩托的藏民继续与朋友聊天，我猜测他可能是找不到，正向朋友打听；可是又不像，打听地址也用不了那么长时间。二十分钟过去了，我又猜他是不是让我们沿小路去。正准备独自前往，他忽然挥手招呼我们继续上路。我哑然一笑。

他们对时间没太多概念，有时候坐在门口晒太阳一整天没事，就望着远处出神。遇到朋友聊天是多么愉快的事！却被我们几个不相识的外来人给耽误了。他守信用，承诺扎西的事一定要做到，哪怕耽误自己愉快的时光。

他拐下公路，驶入一条弯弯曲曲的乡村泥土路。路大约很久没有维护过了，坑坑洼洼的，往前走路越窄，还有些泥泞。不久，出现山间景象，谷地是农田，山坡上点缀着为数不多的牛羊，很少看到有人。我甚至怀疑是不是走错了方向，邦达昌故居怎么会在这样僻静的山谷中？在路上颠簸了大约半小时后终于看到房舍，地势变得平坦，田地在远处展开。

摩托车冲到一道大门前停下，领路的藏民转身对我指了指门口的牌子，又指了指半山坡。牌子上写着邦达乡政府，我大致明白邦达昌故居也许就在半山。我给他五十元钱补贴油费，他推辞了一阵才收下，笑了笑，一溜烟消失在阡陌之间，远远还能看见他头发上束着的大把红丝线。

三

乡政府里没有人，收发室一个女子热情地给我指点去邦达昌故居的路，并把手上的葡萄分给我吃。紫黑色的小粒葡萄竟然很甜，籽实较多。她告诉我这是亲戚从盐井带来的，那里几乎家家都种葡萄，还自己酿造葡萄酒。

我沿村口那条路往里走。这时出现了两辆摩托车，每辆后座上都搭了人，他们打量我一下就消失在巷子里。不一会儿，更多的摩托出现，但是转了一下又不见了。我暗暗感到有些奇怪，一边想一边继续前行。刚到村中一块小平地，忽然从两条路上一下涌出一串摩托，大约二十辆，似乎要把我们围起来。每一辆摩托后座上都搭了人，有的甚至三人挤在一起，清一色是中青年男人，其中还有喇嘛。他们以我们为圆心，骑着摩托绕了一圈又一圈，并不时发出"哦、哦"的尖叫声。如果不是我多次行走藏地，对他们的习俗有些了解，这景象会让人有些发怵，不知所措。

作者（中）与邦达乡的藏民

我见其中有人手上拿了一块小木板，有点类似古代的令牌，便问他们今天有什么活动。他们终于停下车，面面相觑，没有出声。我根据以往在藏地的经验，手指木牌，尽量放慢语速问："青稞，丰收，庆贺？"手拿木牌的小伙子大约听懂了一两个词，点头说："对的！

对的！"我再问，大家没吱声，表情懵懂，相互张望。我说了句："哈莫果？"（藏语：不懂？）他们如同一下找到知音，顿时轻松了，脸上有了笑意，应道："哦呀，哦呀。"隔了一会，一个小伙子从后座上站起来，手指我们来的方向，费力地用汉语说："杀羊，哦，那——"这时我才明白刚才公路边聚集的人以及几只肥羊是怎么回事，也知道了身边这群骑摩托的男人正是要去同乐。

我问：知道邦达昌吗？几个人口里重复着"邦达、邦达"，手指前面一所废弃的院落。当他们明白我是来看邦达昌故居的，便没再说笑。几个汉人专程来看废弃的邦达昌故居，一个连本地藏人也极少光顾的地方，这让他们感到费解。他们愣了愣，没出声，拨转车头，结队离开了村子。一阵轰鸣声之后，四周安静下来，转眼间连一个人影也看不到了。

将去参加秋收庆贺的邦达乡居民们

走进邦达昌故居大院，我实在没有想到竟然是这般破败不堪、荒凉冷寂的景象！简直是一座废墟！院子里杂草丛生，了无生气，似乎已经很久没有人踏入。曾经壮观霸气的楼房大部分已经坍塌，还矗立在中间的一幢也是一副苟延残喘的模样，四处积满尘埃，门窗脱落，屋内空敞，一片狼藉，泥土石块中残留着不知是何种动物留下的粪便。我试图从残余的楼梯走上去，可是没走两步就被破门板、烂石块阻拦，向上看去，墙壁已有很粗的裂缝，似乎稍大一点动静就会带来垮塌的危险。

我无奈地返回，见一只精瘦的野狗跑来，张望了一下，转身又跑出大门。不一会，一只满身泥土的小黑猪一摇一摆地过来，四处嗅了嗅，在墙角找了个向阳的地方躺下，很快响起鼾声。

邦达昌故居

我小心翼翼踏上左边废墟顶端，举目四望，除了苍凉还是苍凉。从残垣断壁可以看出墙基部分厚达一米，镶嵌在土墙中的木板、石块裸露出来，日晒雨淋，已经糟朽发黑，枯萎的小草在石缝中瑟瑟发抖。我正出神，忽然传来几声刺耳的鸟鸣，几只乌鸦扑打着翅膀飞来，站在光秃秃的断墙上。正对故居大门的一排杨树是它们的巢穴，我们的到来惊扰了平时的安静。

尽管阳光强烈，但院子里还是有些阴冷。微风吹来，我一下联想起邦达家后人阿珍婆婆、扎西，还有前些年采访过的与邦达家族有关的人，以及收集到的各种与邦达家族有关的零星资料。那些散落的片段、形形色色的人物、扑朔迷离的事件，此刻似乎一下子连缀在一起，邦达家族的故事犹如一部电影，一幕幕映现在眼前。

邦达昌故居

邦达昌最兴盛的有两代人，跻身贵族之列始于邦达·列江，正是他走出这个老宅，走出山村，在万水千山之间跋涉奔波，以过人的才智在拉萨等地建起自己的商业帝国。

二十世纪五十年代以前，西藏贵族大致由这样几部分组成：吐蕃王室和大臣的后裔，元、明、清历代中央政府赐封的公爵、土司后裔，历代达赖喇嘛所封的贵族、历代班禅家属以及所辖后藏贵族，萨迦法王等呼图克图的家属以及所属官员。这个群体人虽然很少，却掌握了西藏的大部分资源。

清朝末年，邦达·列江生活的地方正是萨迦法王后裔的封地，名交呷。萨迦法王是藏传佛教萨迦派"萨迦宝座之持者"，出身于西藏昆氏家族。元朝忽必烈称帝时即封萨迦派第五代祖师八思巴为国师，让他统领全国佛教以及吐蕃僧俗政务，那是萨迦法王的全盛时期。元以后萨迦法王势力减弱，但影响犹在，故在藏族地区有不少封地，当年芒康、八宿就在其中。

萨迦法王后裔派一名僧人来管理封地，僧人具有双重身份，既是出家人，又有官职，称"僧官"，藏语里"本"就是"官"，所以这名僧官也叫"交呷本"。交呷本住在交呷寺中，管理周围的佃户和农奴，邦达·列江的祖上就是佃户之一。

芒康县乡间随处可见的信仰表达

芒康地处藏、滇、川三省交界处，而交呷恰好处在云南入藏的途中，往来做生意的马帮不绝于途。藏地不少寺院有经商的传统，以换取僧人生活用度和寺院建设费用。据称，邦达·列江祖父就是交呷寺马帮中的一员，往来于拉萨、云南等地贩运货物，其后儿子也加入了马帮。

从为主子跑腿，到成为马帮的领队，再到自己可以赚钱，经历了大约两三代人的时间，到邦达·列江父亲四朗巴金时，家里开始有了一些积蓄，并且娶了与萨迦家族远房亲戚的后裔沾亲带故的女子为妻，就此与萨迦家族有了进一步的关系。父祖经商得来的眼界、经历，比任何书本都来得实在、直接，更多书本上学不到的知识在父祖一辈受用之后又潜移默化，传给了后人。

邦达·列江就在这样的家庭环境中出生并成长。由于从小听父亲、祖父讲述外面广阔的天地，他内心对权力与声誉的渴望随年龄增长而越发强烈。这时，四朗巴金已经取代原来的交呷本，成为这一地区新的统治者，除向萨迦交税外，也代拉萨支差或征收地区税。家族也是这时才有了"邦达"的称谓。

藏族一般平民没有姓，只有名字。只有贵族、有功之臣及其后裔才有封号，封号在前，名字在后，中间间隔一个"·"。这起源于松赞干布建立吐蕃王朝时，当时分封有功之臣，人们将领地名称冠在名字前面，以显示地位和官位，后来一直沿用。

邦达·列江长大后，时值清末民初，社会动荡，东西方文化碰撞加剧，虽然相对封闭的藏地大部分地方还处于蒙昧之中，但地处三省交界处的芒康较早接触到时局的变化。成年的邦达·列江来到拉萨，在贵族云集、商人众多的拉萨，一个普通康巴商人毫不起眼，但他做了一件令人惊讶的事情，使自己成为舆论的焦点：他将自己的全部资财捐给了拉萨最有名的三座寺院——色拉寺、哲蚌寺、甘丹寺。这三座寺院在藏传佛教格鲁派的几百座寺院中居于领导地位，当时每一座都有几千人，最多达万人，在藏地有很大的影响力。

邦达·列江的行为吸引了拉萨人的注意，不少人谈论他的乐善好施，寺院方面也认为邦达·列江是一个康巴富商，具有经商天赋。当时西藏没有银行，人们必须自己保管财物，而寺院又不愿意将大笔的资金存放在寺院中，而是通常将资金存放在他们信任的施主家中，委托施主使资金运转增值。邦达·列江的举措和从事的行业显示出他是一个能够委以重托的人，因此寺院请他管理资财。邦达·列江将这些资金作为原始资本来发展生意，取得了极大的成功。

这是一个近乎冒险的举动。在藏地捐助供奉寺院虽然被视为一种美德，也是一种由来已久的传统，但并不一定能获得立竿见影的回报，也就是说寺院不一定就能认可并选供奉人作大笔资金的保管者。对一个随时需要资金周转的商人来说，这样的举措很可能使他一下陷入绝境。但是邦达·列江这一步险棋获胜了，一个外来的康巴商人不但在藏族权贵中心拉萨找到立足之地，并且获得了三大寺的认可与保护，加上他聪明能干，善于把握机会，财富就像滚雪球一般越来越多。

这期间西藏发生了一件事，这件事使邦达·列江与十三世达赖建立了紧密的私人关系，也给邦达家族带来了无法估量的财富与社会影响力。

清朝末年，十三世达赖土登嘉措与当时的驻藏大臣联豫发生矛盾，清廷根据联豫的请求派川军入藏，引起了社会动荡，土登嘉措于1910年2月率众出走印度。而正在印度做生意的邦达·列江得知此事后，立刻前往拜见土登嘉措，竭尽全力提供各种帮助，不因清政府宣布革去土登嘉措达赖喇嘛的名号而稍有怠慢。虽然之前土登嘉措也召见过邦达·列江，但此时身处困境中的土登嘉措才对邦达·列江的真诚留下了深刻的好印象。

土登嘉措在印度流亡了三年，与邦达·列江建立了友情。不久，清王朝灭亡，土登嘉措于1912年返回西藏，首先拿与英国人关系密切的噶伦兼藏军总司令擦绒·旺秋杰布开刀，不但枪杀了旺秋杰布父子，还将其家产、名号、庄园赏给亲随达桑占堆。

达桑占堆本是西藏南部彭波县一个寺院农奴的儿子，一次放羊时有两只羊被狼吃了，他担心受到严厉惩罚，只得逃跑到拉萨出家为僧，后来成为十三世达赖身边的一名侍者。十三世达赖出逃印度时，达桑占堆组织了一支十五人的护卫队，在曲水的铁桥渡一举击溃了追击的清军，并用身体为达赖挡箭，从此深得宠信。十三世达赖返回拉萨后立刻让还是喇嘛身份的达桑占堆还了俗，并入赘擦绒家为婿，更名为擦绒·达桑占堆。后来，此人成了西藏第一个农奴出身而执掌兵权的人。

接着，十三世达赖不同程度地惩罚了一些官员，随后在西藏推行一系列改革，包括创编新军，设置警察，建立邮政，开办电厂、学校等。为了对传统羊毛出口贸易加强管理，他任命邦达·列江为政府商贸官，并指定邦达家为西藏羊毛进出口贸易的唯一代理商。邦达·列江不但由此获得了丰厚的利润，更重要的是跻身官场，与达赖身边的亲信建立了关系，使家族的生意有了官府、僧侣的保护。而十三世达赖本人那时也得到了南京国民政府的认可。

这时邦达·列江不但自己在拉萨如鱼得水，而且三个儿子也成长顺利，与后来十三世达赖的宠臣土登贡培建立了友谊。政治、社会、经济领域的特权，为邦达家族提供了后续发展的基础。

可正当事业如日中天时，邦达·列江却在一个野餐聚会上遇刺身亡。对其遇刺原因，有不同说法，有的认为是商业竞争，有的认为是政治原因，还有的认为是旧仇。事后好些人受牵连被捕、受审甚至入狱，但是案子始终未破，成为一桩悬案。

那是1921年夏天。邦达·列江应邀去参加一个野餐聚会，但遭到夫人阻止，因为有人预测这个月对邦达·列江来说是一个凶月，关系到他家族的兴衰，警告他不要参加野餐、不要饮酒等。而这一天的野餐会似乎规格很高，有许多贵族要人光临，邦达·列江有些按捺不住。他虽然知道给他预测的人极为灵验，但心存侥幸，一再向夫人保证多带几个仆人，自己少喝酒，也不会在那儿过夜，等等。夫人无奈，只得惶惶不安地目送丈夫出门。

邦达·列江在野餐聚会上玩得很开心，餐后又与人在帐篷里玩掷骰子（一种赌博游戏）。正在兴头上，忽然下起大雨，天空又黑又暗，雷雨交加，守候在帐篷外的仆人们忙不迭地寻找避雨之处。就在黑暗和混乱之中，毫无防备的邦达·列江被人刺杀。等仆人聚拢点亮蜡烛，邦达·列江已经在血泊中断气了。

关于邦达·列江遇刺身亡一事，西藏有关文献中只有很少一点记载，传说却是各色各样，甚至有人信誓旦旦地指出凶手是谁，声称目睹了凶手如何掀开帐篷挥舞利刀云云。不过更多的说法是把他的死与其经济与社会权力的迅速膨胀联系起来。

康巴商人在拉萨并不特别，然而一个能够积聚大量财富，并且在封闭甚至有些排外的拉萨走出一条大路的商人却是奇特的。因此，邦达·列江遭到不少人羡慕、嫉妒甚至仇恨。他的死从某一个角度反映了西藏当地新生的资产阶级与世袭贵族之间的尖锐矛盾。邦达·列江咄咄逼人的气势令许多人感到害怕和不安，他影响的不只是几个大家族的利益，甚至触动了一个阶层，于是一些明明可以提供破案线索的人也三缄其口，或顾左右而言他，使邦达·列江遇刺身亡一事变得扑朔迷离，甚至有些诡异。

邦达·列江死后，他的三个儿子继承了家业，也继承了父亲经商的才能。长子邦达·阳佩坐镇拉萨，次子邦达·热嘎在印度，最小的儿子邦达·多吉固守昌都。邦达家的商贸网络绵延千里，纵横交错，除了原来的拉萨、成都、西宁、兰州及印度加尔各答、噶伦堡等地外，还发展到上海、北京、南京。比父亲受到更好教育的三个儿子也比父亲眼界更开阔，除了涉足西藏的经济、政治领域，还与国民政府及英印当局建立了各种联系。

正当邦达昌的事业又一次达到高峰时，十三世达赖圆寂，使邦达家族一下陷入政权纷争的漩涡，险遭灭顶之灾。这一切与十三世达赖的贴身侍卫、邦达兄弟的好友土登贡培戏剧般的人生有关。

1933年，十三世达赖去世，西藏地方统治阶级内部争权夺利的斗争愈加激烈，龙厦与土登贡培之间的矛盾日趋尖锐。龙厦更善于驾驭官场，通过召开仲孜扩大会议，讨论了摄政人选问题，并依规矩向国民党中央政府呈报人选，最终委任热振·土登强巴益西为摄政，而原来炙手可热的土登贡培大权旁落。接着，摄政与龙厦唆使仲译钦波、孜本、三大寺代表活捉了土登贡培，并把他流放至工布地区，家族财产一并没收，父亲沦为农奴。处理了土登贡培后，摄政派人包围了在拉萨的邦达·阳佩家，但又担心其在藏东昌都的兄弟邦达·多吉起兵对抗，暂时未动手。

那时，邦达·多吉手握重兵，在藏东一带颇有势力。原来，邦达·多吉二十五岁时，就通过哥哥邦达·阳佩和土登贡培的帮助，谋得芒康交呷本一职，逐渐成为芒康十八土司之首，三十岁就获得"察雅如本"（营长）之职，领兵三百多名，同时又兼宁静一个职位，属下一百五十多人，拥有英式马枪五百多支。

摄政为了先稳住邦达·多吉，派人给芒康的尼金里巴代本和邦达·多吉各写了一封信。"尼金里巴"是人名，"代本"是官职，相当于团长。哪知鬼使神差，阴差阳错，信使竟然在芒康递错了信，将给邦达·多吉的信交给了尼金里巴代本，给尼金里巴代本的信又交给了邦达·多吉。于是事情一下发生了戏剧性的变化！

写给邦达·多吉的信，内容是表扬其在藏东的贡献、对噶厦政府的忠心等，这些客套话让尼金里巴代本一头雾水。而给尼金里巴代本的信，内容是命他率军消灭邦达·多吉。邦达·多吉一看，顿时如五雷轰顶，惊出一身冷汗。本来他正为哥哥忧心如焚，但还心存侥幸，觉得噶厦政府或许还会顾念萨迦家族、十三世达赖的面子，对与之关系深厚的邦达家族还不至于斩尽杀绝，但一看写给尼金里巴代本的信，他彻底绝望了！思前想后，越想越怕，心想如果不先下手为强，自己与哥哥甚至家族所有亲人都会落得土登贡培一样的下场，甚至会更惨！于是他与芒康十八土司合谋，在尼金里巴代本没有准备的情况下，突然发兵袭击驻扎宁静的尼金里巴代本统领的藏军，并迅速占据了芒康、盐井等地。

邦达·多吉攻打宁静驻军之事传到拉萨，噶厦政府大惊，慌忙派大批藏军进攻芒康，企图以人多势众迅速解决邦达·多吉。可邦达·多吉避实就虚，采取运动战术，率兵前往江东巴塘一带，向驻防西康的国民革命军第二十四军军长、陆军上将刘文辉寻求帮助。双方展开拉锯战，相持不下。

在拉萨的邦达·阳佩见时机成熟，于是出面一边向噶厦政府认罪求饶，一边四处斡旋打点。邦达家族巨额的财富，在噶厦政府对外贸易中的垄断地位和深广的社会关系，使得家族最终幸免于难。

而历史似乎经常戏弄后人，让人啼笑皆非。几个月前将土登贡培扳倒的龙厦并没想到，他很快又被新政敌赤门噶伦送进了大狱。螳螂捕蝉，黄雀在后，大多数人只有到事后才看能清自己所处的位置。

　　土登贡培在狱中遇到了遭革职的龙厦的秘书俗官江乐金·索朗杰波，同处流放的境遇和改革西藏的共同抱负让两人冰释前嫌。后来，同样遭受流放的其他官员上书请求恢复原职，都获得准许，唯他们二人得到的是严加管束的禁令。1937年，他们以做买卖为由，经锡金逃往印度，与在印度经商的邦达·热嘎不期而遇。

　　此时，邦达·热嘎已在国民政府蒙藏委员会任职，他热情安顿了两位落难的昔日好友。患难见真情，他们的友谊更进一步。邦达·热嘎性格开朗活跃，在印度接触到各种新思潮，逐渐成为孙中山政治思想的虔诚信仰者、追随者，希望将西藏从当时的专制体制下解放出来，为此还将孙中山的《三民主义》翻译成藏文，广为传播。

　　于是，三个对西藏现状不满，胸怀改天换地理想的人一拍即合，再加上一个名叫更敦群培的醉心于马列主义、反殖民主义，精通英文和梵文的放荡不羁的喇嘛。四人成立了"西藏革命党"，旨在"使西藏从现存的专制政府下解放出来"。他们活动的范围主要在中印边境的噶伦堡、大吉岭一带，目的是要把英国人从印度赶出去，以及在西藏进行改革等，雄心勃勃，气冲霄汉，激进叛逆。

　　如果不是阅读过有关资料，并亲见了西藏革命党首领以及党徽的照片，我实在难以相信早在二十世纪三十年代马克思主义的踪迹就已到达相对封闭的藏地。他们设计的党徽与苏联共产党的党徽极为相似，镰刀斧头相交，只是多了雪山与手工羊毛纺织工具的图案，而西藏革命党的入党申请书上印有藏汉两种文字。

　　邦达·热嘎与土登贡培、江乐金·索朗杰波的活动后来遭到英国人的破坏，源于一件看似不起眼的小事。1945年，英国侵占了西藏边境的达旺地区，邦达·热嘎让精于绘图的更敦群培化装成托钵僧，借道不丹去达旺侦察。更敦群培沿途考察了中印边境措拉的地理环境，并绘制了有关地图（包括所谓的"麦克马洪线"）。可是事后更敦群培粗心大意，犯了一个低级错误。他在江孜通过英国人开办的邮局，将绘制的地图寄给身在印度噶伦堡的邦达·热嘎，而那时邦达·热嘎已被英国警察秘密监视。

假如更敦群培将地图寄给另外的人转交，或者寄到一个未公开的地址，大约就不会发生后来一系列的事了。然而失之毫厘，谬以千里，一个小小的细节断送了邦达·热嘎等人谋划已久的行动。

英国驻西藏江孜的商务代办黎吉生，其实是英国派驻西藏的情报人员。他见有寄给邦达·热嘎的信，立刻警觉，马上拆开来看，内中绘制的边境地图令他大吃一惊。而就在这时，邦达·热嘎印制四千份西藏革命党党员申请表、两千张党员登记卡的事也被印刷所报告了印度警方。

西藏革命党彻底暴露了。英印警方查抄了邦达·热嘎等六人的居所。邦达·热嘎被视为主谋，好在中华民国驻德里的官员提前通知，使他得以脱身逃往上海。不久，土登贡培遭到驱逐，离开印度。江乐金·索朗杰波由于是不丹王族的经师，经不丹王族出面交涉，仍然留在印度。在拉萨的更敦群培最为不幸，遭到逮捕，没收全部财产，其中还有一部正在撰写的西藏历史专著的草稿以及相关笔记和论文。他在狱中受到了多次审讯，还遭受了鞭笞。1951年，哲蚌寺里来自他所在的康村的全体喇嘛为他担保，请求噶厦政府放人，他才获释出狱。虽然有些人觉得他的行为有些偏执怪异，比如抽烟、嗜酒，还有点好色，但他才华横溢，博学多才，有近二十部著作，现在大都是非常重要的藏传佛教文献，如《中观因明之深义》《印度八大圣地志》《欲望论》《微尘辨析》《三自性定》《无我问》等。他最大的成就是《白史》，这是继《红史》《青史》之后又一部藏族历史巨著，对藏传佛教各教派都有论述。由于在狱中身心饱受折磨，更敦群培出狱两个月后便离开了人世，年仅四十六岁。用于公开指控他的罪名是伪造钱币。

与哥哥邦达·热嘎同样有抱负的邦达·多吉却有不同的命运。红军长征路过甘孜时，他与红军建立了友好关系，曾担任过博巴政府的财政部部长。抗日战争时期，他与哥哥邦达·阳佩在拉萨、昌都、玉树、甘孜、成都、重庆、丽江、昆明、南京、上海和香港等地建立物资转运站，通过茶马古道为西南大后方运送了价值1.5亿美元的物资，为抗日战争的胜利做出了较大的贡献。

1949年新中国成立时，邦达·多吉受毛主席的邀请，到北京参加了开国大典。1950年，他积极协助解放军进藏，先后担任中华人民共和国昌都人民解放委员会副主任、主任，西藏自治区筹备委员会副秘书长，自治区政协副主席等职务。据我父亲回忆，他在参加昌都之战时就听说了关于邦达·多吉的许多传奇故事。可是在"文化大革命"中，邦达·多吉因拒绝批斗班禅额尔德尼而受到冲击，于1974年忧愤离世。

我走出大门，才从几块废弃的木牌上得知，这里曾是乡党委、乡政府、乡人大的办公地点，大门一侧还有一块倾斜破损的水泥牌，如果不留心细看，很难发现上面已褪色的文字：文物保护单位邦达昌故居。

邦达昌故居曾作为乡党委、乡政府的所在地

四

走出邦达昌故居大门，我忽然想起扎西说有什么需要可以找当地派出所，于是向乡政府旁的派出所走去。

派出所里很安静，几个年轻的民警正在晒太阳，从他们柔和轻松的表情可以推测这里治安状况不错，因此他们才有时间与我这个远方来客聊邦达昌的陈年往事。他们告诉我由于没有资金维修，邦达昌故居已经荒废了很长时间了，而且旧式藏房维修费工费时，大多需采用手工技术，比新建一座现代的钢筋水泥楼房更花钱。

我们聊天时，一个民警端来一个盆子，其中有些白色的粉末，他用白色的粉末不停地揉搓一张小羊皮。我问他做何用，他掩饰不住喜悦，告诉我，他妻子怀孕了，想给未来的孩子做一件小皮袄，这里是用面粉加盐鞣制皮革。"那就不是妈妈的羊皮袄，而是爸爸的羊皮袄！"他说。《妈妈的羊皮袄》是一首有名的藏族歌曲。他轻声唱起来，把歌曲中"妈妈"都改为"爸爸"。另外几个民警打趣他小心遭老婆惩罚，他非但不恼，反而提高了嗓门。

我忽然想起扎西，便问他是否知道扎西是邦达昌的后人。鞣羊皮的警察一听哈哈大笑说："他是邦达昌奴隶的后人！"又说如今邦达乡有许多人祖上都是邦达家的奴隶，或者是跑马帮的商奴，包括他自己在内。其他几个警察赞同他的说法，说扎西就是从这里出去的，曾经在乡派出所工作过。大家七嘴八舌，谈起许多有关邦达昌的逸闻趣事，最后说邦达·列江自从定居拉萨后，便很少返回老家故居，家乡的一切多是由亲戚和管家打理，邦达昌那时已有更广阔的天空。

邦达乡的藏民

邦达家的老宅成了废墟，但是他们家族在拉萨的宅子依然还在。这所宅子位于八角街转经道东南拐角处，是拉萨老城区保存最完整的贵族宅院。在邦达昌之前，它的前一任主人是由奴隶到藏军司令的擦绒·达桑占堆，而擦绒·达桑占堆之前，主人是世袭贵族擦绒·旺秋杰布。当擦绒·达桑占堆在拉萨河边盖了一座崭新宅第后，邦达昌从他手中买过了这所古老的宅院。

邦达兄弟最后的结局是：老大邦达·阳佩去了瑞士，老二邦达·热嘎去了印度，老三邦达·多吉留在了中国。如今弟兄三人都已不在人世，但是有关他们、他们家族的故事一直在流传，邦达家族的经历是西藏近现代历史变迁的一个缩影。想到此，我也不觉得眼前的废墟有多么沧桑、悲凉了。生命起始，哪一个不走向废墟；废墟荒颓，哪一个没孕育新生？

邦达乡的藏民

千年迷雾东女国

东女国，一个在新旧《唐书》中只有几百字记载的边远部落。这个以女性为主宰的母系氏族群体，信奉西藏原始宗教——苯教，以农耕为主要生产方式，兴起于南北朝，淡出于宋代，《旧唐书》卷一九七《南蛮西南蛮传》中对东女国记载如下：

> 东女国，西羌之别种，以西海中复有女国，故称东女焉。俗以女为王。东与茂州、党项接，东南与雅州接，界隔罗女蛮及白狼夷。其境东西九日行，南北二十日行。有大小八十余城。其王所居名康延川，中有弱水南流，用牛皮为船以渡。

东女国曾是著名的"西山八国"之一，却在清代经历了长达二十九年的大小金川之战后，被历史的滚滚烽烟淹没了。

一

位于金川县嘎达山下的独角沟村，被学界推测为当年东女国王城所在地，是我们这次考察的重点。

蜿蜒曲折的山间小路，是近些年才开辟不久的村道，而在几年前进入独角沟村只能骑马或者徒步。沿大渡河行走到马尔邦乡嘎达山脚，再穿过极其狭窄、两面陡峭、光线暗淡的山谷——"一线天"，才能进入村子。

独角沟村的村口叫"卡西"，藏语意为"敞坝子"。清澈见底的潺潺溪流从坝子中间蜿蜒而过，白色、黄色、紫色的小野花点缀在坝子上，四周树木丰茂，郁郁葱葱，鸡、狗、马悠闲地四处游荡，不时发出欢快的鸣叫。卡西是山里最大的一块平地，也是村民的主要居住地，村子里的重大活动，如锅庄庆典，甚至有的家庭婚丧嫁娶之事都在这里举行。

热情好客的独角沟村民手捧哈达到村口迎接我们考察组一行，口中反复念着："扎西德勒！"简单地寒暄后，村民们便陪同我们一道进嘎达山。村长是一位长者，不断叮嘱村民：照顾好老师哦！

卓玛与另外四个妇女跟在我身后，其中一个妇女还背着五岁的孩子，我被她们视为照顾的对象。卓玛四年前嫁到独角沟村，现有两个儿子，可是今天才第一次上嘎达山，原因是丈夫担心她上山会莫名其

热情好客的村民手捧哈达在村口迎接我们

妙地头疼。据说，当地女人不能上嘎达山，违规者将遭到山神的惩罚，头疼不止。

我们穿过卡西坝开始登山，一路上都能看到绵延不绝的残垣断壁，整个遗址状如鸟蛋，其间分布着废弃的寺院、马道、哨所、房舍等，加上残留在嘎达山的苯教寺院壁画，使遗址弥漫着一股神秘的气息。

村民们告诉我，山坡上的石屋、石墙原来更多，后来因为当地居民用牦牛将石头驮运到山下建造房屋、修水渠，遗迹大量减少。相对完好的是废弃的寺院，在老乡的观念里，即使是废弃的寺院也不能从中取一砖一瓦。据说，也有个别不信邪的人，将寺院的石块运回山下建屋，结果不是家里人生病，就是接连出现怪事，于是赶紧将寺院的石块运走，才重获安宁。

东女国遗迹

行至半山，前方树丛里出现一座坍塌废弃的寺院。几个妇女驻足指点，说墙壁上原来有些壁画，近年来屋顶垮塌，遭雨水冲刷，逐渐看不清了，说罢准备绕开，她们似乎不愿意走近。我想过去看看，几个妇女你看看我，我看看你，大概取得一致意见后便随我前行，但接近寺院时又踟蹰不前了。

寺院残余的断墙高达数米，墙上的壁画已经看不出任何痕迹，抹过黄泥的墙壁斑驳陆离，露出后面灰褐色的石块。窗口内大外小，与当地碉楼窗户相同。在石缝中还能见到木片、木棍，这是建造者为了增强石屋的应力而设置的。

东女国遗迹

　　返回卡西，村民们已经在宽敞的草地上围成圆圈跳起锅庄，载歌载舞，沿弧线前行，时而旋转，时而后退。圆圈中间有一坛新开的匜酒，坛口插了几根麦秸，供大家畅饮。来考察的专家们坐在一旁观看，面前放着烧好的酥油茶、鸡蛋和土豆。

　　我看过许多锅庄，有的锅庄经过不断改进，已经发展演变成融歌舞、服饰、音乐、灯光等为一体的综合性表演艺术。锅庄表演者，男子头戴皮帽，身着边镶獭皮、腰宽袖长的华贵藏袍，腰佩鞘嵌珊瑚、银缕花纹的短刀，脚穿做工考究的藏式皮靴；女子环佩叮咚，头戴绣花头帕，身着艳丽长衫，腰缠花带，前缀彩色围裙。虽然十分华丽，但过多的化妆、舞台化的服饰，以及经过专业人士指点编排的舞蹈似乎千人一面，少了点生动。而独角沟这种原生态的锅庄透出一派天然淳朴，它的灵魂就属于这片土地。

　　独角沟村是马尔邦乡几个自然村中的一个，也是离嘎达山最近的村庄。如今已经是国家非物质文化遗产的"马奈锅庄"，就出自同乡的马奈村。二十世纪八十年代，由于人口增加，马奈村升格为马奈乡。因为靠近大渡河，交通相对发达，于是"马奈锅庄"走出了大山，马奈乡也随之声名远扬，而同出一源的独角沟村锅庄却因闭塞而默默无闻。

锅　庄

　　卓玛邀我加入跳锅庄的行列。锅庄学起来比较容易：每两步用力
跺一下脚，发出很重的踢踏声，接着两手交替向天上舞动。

　　同行的阿旺·丹贝降参活佛告诉我，独角沟村民的锅庄舞蹈深受
苯教祭祀仪式的影响，后来在采访中，他一一为我作了示范讲解。

二

　　晚上卢先生赶到宾馆来看我，上一次去金川我就得到过他的大力
帮助。卢先生是当地藏族，十多年前曾担任马尔邦乡乡长，几次带人
登上人迹罕至的嘎达山顶，并攀入废弃已久、岌岌可危的悬空古寺，
是最早目睹悬空寺壁画、经书的人之一。

　　卢先生回忆，当年第一次进入嘎达山时，很多地方没有路，需用
砍刀劈开荆棘，最后还要将绳子系在腰间攀岩。陡峭的山崖上分布着
许多用石块建成的小屋，大的五六平方米，小的仅有一两平方米，因

嘎达山山洞中的壁画

为长年无人居住，大都坍塌荒芜，杂草丛生。一些山洞也有人住过的痕迹，留有垒砌的灶台、扔弃的破碗等。

当年那些人是如何在悬崖峭壁上搭建起房屋的？食物与水源来自何处？为什么会选择隐居在远离人群的高山峻岭之上？根据壁画上的内容，他们推测，原来的居住者是出家人，因其墙壁以红色为主，便随口称之为"红庙"，后来才改名为"悬空寺"。

其实，悬空寺不是一座寺院，而是一个庞大的建筑群，大约有108处大小不同的洞穴和小屋，像修行人闭关的关房。内中除了色彩鲜艳的壁画，还有一些不知其意的文字、符号，有的洞穴、小屋里的地上还残留着一些写有文字的布片、纸片。

有一次，卢先生他们试图穿越被称为"东巴石佛"的巨石后面的石缝，到另一边去探索，却发现石缝阴暗潮湿，深不见底，初入几步，一条大蛇横在中间，探头探脑。他们担心遭遇不测，决定先放一只猎狗去前方探路，可是猎狗半道返回，满眼惊恐，他们只好放弃探险。

卢先生说马尔邦乡一带女人极是勤劳能干，承揽了家里家外的主要劳动，耕地、放牛、带孩子，在家中的地位也比较高，尤其是上了年纪的妇女，吃饭通常坐上位。

"那里的女子疯狂得很！惹不起！惹不起！我是吃过她们的罚帖

（方言：苦头）……"说起当地风俗民情，卢先生一边笑，一边连连摇头，露出害羞的神情。

"我刚去时不知道那里的风俗。几个女子上来敬酒，她们开了一大坛匝酒，又生火煮腊肉、土豆、野菜。喝着喝着，忽然身后两个女子一下把我扳倒在地，接着围上来好几个女子把我按住脱下裤子，前面一个女子把刮下的锅烟灰拌上猪油往我下身抹……哎呀，我那时还没结婚，羞死了！拼命挣扎着爬起来，她们一边叫，一边笑，把我的裤子扔很远，害得我光着屁股逃跑，她们在后面哈哈大笑仍不肯罢休。几个女子追上来把我抓住，扯成一个'大'字形去撞那个酒坛。唉，把我大腿内侧撞得好痛，第二天青一块紫一块的。"

"那里的女子疯狂得很！尤其是那些结婚生了娃儿，三四十岁的妇女！后来我才晓得，她们只对熟悉的男人，或者她们尊重的男人才这样做。未婚的女子倒不参加。而且那些妇女彼此有暗号，啥子时候敬酒，啥子时候弄翻你，啥子时候脱你裤子，根本不需要张口，领头的一个眼神大家就心领神会！"

马尔邦乡一带妇女头饰

据卢先生讲，那时山民很穷，全村只有三百多人，气候正常时基本能解决温饱，若遇天旱或者冰雹，就需要政府救济。不过老乡对人很热情，有客人来会倾其所有招待，用野菜、菌子、腊肉煮火锅，做麦面烤馍馍，或者做酸菜玉米糊糊。因为环境比较封闭，他们很少与外界通婚，村民们大都沾亲带故，服装以青色和藏青色为主，银首饰极少见。

东女国社会组织以女性为中心，《新唐书》中载其"俗轻男子，女贵者咸有侍男"。古风如此，故现实生活中女性在家中也有较高的地位。比如在汉地一些地方，少数妇女会因为生女孩受到歧视，甚至挨骂挨打，而在这里恰恰相反，如果一个女人接连生女孩，遭到责骂或者痛打的却是丈夫，参与谴责的有时还有女方家的长辈和亲戚。按现代社会文明的标准来看，当然不提倡区别对待生男或生女，但生了女孩后妇女和丈夫遭遇的对比，确实也能说明东女国女性在家庭中的地位。

独角沟村因为长年封闭，保留了一些奇特的习俗，比如八十岁以上的老人自然死亡后，要先在家里停放七天，然后用绳索固定成出家人盘腿趺坐的样子，放入提前在山崖上掏好的洞穴里，用泥土封上，再用白色的石头放在上面做上记号，方便后人祭拜。另外，每年全村上山祭拜山神时，要带一只雄壮的大公鸡，但是并不宰杀，而是放入山里，如同放生。

卢先生说"马尔邦"一词在藏语里是暖和、一年四季不结冰之意，这与藏族传说中"东女国处在炎热的弱水河谷地域"的说法有相近之处。

三

　　阿旺·丹贝降参是一位有些奇特的苯教活佛，古铜色的大方脸上架一副近视眼镜，喜欢收藏各种文物，如书籍、铜器、瓷器、服饰等，其中，仅有关红军的文物就达三千二百多件，包括红军布告、标语、书籍、衣物等。在几天的接触中，他对我谈论最多的是象雄文化在嘉绒地区的传承与演变。他还带来一些嘉绒文化中有代表性的文物，如绘有大鹏金翅鸟、羊、乌鸦等图腾的器物，并向我讲述了其与东女国的关联。

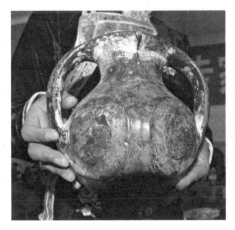

形似羊头的古器物　　　　形似碉楼的古器物

　　"嘉绒"一名因嘉莫墨尔多神山而得名，指墨尔多神山四周地区，意为"女王的河谷"。当佛教在吐蕃兴起时，受到压制和打击的苯教徒们，便不得不离开阿里、拉萨这些中心地带，远走他乡，有的甚至躲入人迹罕至的深山之中。相对边远的嘉绒地区便成为苯教徒的避难地，因此，象雄文化在这里得到比较完整的保存。嘉绒地区两大古老氏族"虢""穆"，过去总会在氏族封号前加上"阿里来的"。

阿里在冈底斯山下，是象雄文化的发源地，苯教是象雄文化的重要组成部分。嘉绒文化包含了象雄文化，是象雄文化的延续。比如独角沟村的锅庄，两手交替向天挥舞，是祈求上天赐福，而铿锵有力的踏地动作，是要将妖魔鬼怪和厄运踩在脚下，这些都借鉴了苯教祭祀活动中的动作。

作者（左）采访苯教活佛阿旺·丹贝降参（右）

阿旺·丹贝降参是阿坝甲秀村人，身世颇为传奇。据说，他父母结婚多年一直没有孩子，为此经常唉声叹气，闷闷不乐。在他母亲三十九岁那年，家门口忽然出现了几个喇嘛，他们对她的丈夫说：你们家要来远客，赶紧收拾一下。

丈夫一头雾水，他的亲戚不多，与外界几乎没有往来，远客是何许人也？虽然想不明白，但他还是遵照喇嘛的话，与妻子一道将家里收拾了一番，四处打扫干净。夫妻二人等了很久，连附近的亲戚也没来，更别说远客了。正在失望之际，妻子却惊喜地发现：自己怀孕了！夫妻俩激动万分，喜极而泣。

十个月后，阿旺·丹贝降参就要出生了。这一年是1968年，母亲四十岁，高龄初产，体弱多病，即便是现在在医疗条件很好的大城市，这个年龄生育也有很大的风险，何况在缺医少药的边远山区！丈夫的心弦一直紧绷着。

这天一大早，一个喇嘛悄悄上门来，送上一条哈达，说今天有一个大活佛要来。丈夫问：是哪一位？喇嘛答：就是即将出生的孩子。丈夫听得一惊，孩子还未出生，不知是男是女，活佛从何谈起？对方说，必定会生男孩！此时正值"文化大革命"，寺院遭破坏，僧人被迫还俗，他不愿未降生的孩子注定遭受厄运，于是拒收哈达。喇嘛也不多言，悄然离去。

不久，阿旺·丹贝降参出生，母子平安。全家上下还沉浸在开心幸福中时，阿旺·丹贝降参却变得面色发黄，很快蔓延到全身，最后连四肢、粪便也成了这种病态的黄色。父亲心慌了，赶紧请几位有经验的老阿婆来看。有的说是新生儿黄疸，过些日子会自然痊愈；有的说这个孩子需要很长时间才能恢复；还有的甚至暗示他性命难保。

半年过去了，阿旺·丹贝降参的身体状况不见任何起色，瘦得皮包骨头。父母忧心如焚，不知哭了多少遍。忽然有一天，母亲想起孩子出生那天上门送哈达的喇嘛，责怪父亲不该拒绝。父亲猛醒，连夜赶去祈求菩萨保佑。八个月后，阿旺·丹贝降参才渐渐康复。

阿旺·丹贝降参到了该上学的年龄，可是村子里没有学校。大人们见四十多个孩子整天撒野，便商议请来一个老婆婆教孩子们读书，至少别成文盲。老婆婆来后就教孩子们数数，1、2、3、4、5、6、7、8、9。开始，阿旺·丹贝降参还感到新鲜，可是日子久了，翻过来倒过去都是数数,他腻烦了,不想学,跑出去漫山遍野玩耍,无师自通地学会了唢呐、笛子等乐器。最后才知道,老婆婆自己都数不到100,更别说教孩子们其他的知识了。

阿旺·丹贝降参失学了。家里很穷,半饥半饱,连出门穿的衣服都需要向别人借。十三岁那年,为了生计,阿妈给儿子寻了一门娃娃亲,女孩比儿子长一岁,家境好一些,可以吃饱穿暖。

两年后,阿旺·丹贝降参对女孩说自己想出家,不料女孩说也想出家,但是她的愿望无法实现,她流着泪劝说阿旺·丹贝降参留下。然而,阿旺·丹贝降参还是硬起心肠去了郎衣寺,17岁时又转到位于大金河畔的巴底黑经寺。这是一座苯教寺院,藏语称雍忠达吉林。在这里,阿旺·丹贝降参开始了苯教的修习生涯。

苯教起源于西藏阿里地区的冈底斯山一带,是古象雄文化的一部分,内容包含藏医、天文、历算、地理、占卜、绘画、因明、哲学等。苯教又分为原始苯教与雍忠苯教两大类,是佛教传入西藏以前的早期信仰。

雍忠苯教以显密大圆满的理论为基础,以皈依三宝为根本,济世救人,导人向善。阿旺·丹贝降参说转神山,拜神湖,插风马旗,挂五彩经幡,石头上刻经文,放置玛尼堆,打卦,供奉朵玛盘、酥油花,甚至使用转经筒,都是苯教的遗俗,而佛教在传入中国时是没有这些的。藏传佛教中宁玛教派与苯教有许多相似之处,这是不同文化相互融合、吸纳的见证。

我问阿旺·丹贝降参为什么选择苯教,他说这要讲缘分。修习苯教,要经过多年磨砺、考验,才能得到上师传法。传法极为隐秘,上师就给你一个眼神,要你半夜到荒山野岭废弃的碉楼里去,他在那里向你传授秘法,而对其他人严格保密。

当地密集的石碉楼与苯教有关。高耸入云的石碉能接近天神，也象征着权力、财富等。碉楼在对抗清军的大小金川之战中发挥了重要防御作用，因而被许多人认为是为战争而建的，但事实上在清代以前嘉绒地区就修筑石碉楼，汉人的史书上称其为"邛笼"。"邛"是音译，亦作"琼"，即大鹏鸟，是象雄文化和嘉绒文化的图腾。

碉楼

"假如没出家，你现在会是一个什么状态？"我问他。他想了想，用不流畅的汉语答："烂龙，二杆子。"这让我有些意外。他说自己小时候很调皮，爱打架，是上师的教导和书籍开拓了他的视野，规范了他的行为，使他成为顶果山寺第三十九代苯教活佛。他说自己现在最大的心愿，除了修行，就是能解读收集到的古象雄文典籍——他收藏有近五万页的古象雄典籍。

四

第二天我们来到安宁乡。正午的阳光耀眼灼人，天气干燥炎热，可是一旦走到树荫下便凉爽宜人，山风带来大渡河的气息，清新纯净，夹杂着甜樱桃诱人的香味。村民们三三两两聚在巨大的核桃树树荫下闲聊，或者玩扑克。

安宁，古称噶喇依，清朝大小金川之战与之密切相关。点燃这场战争导火线的祖孙三代莎罗奔、郎卡、索诺木的官寨曾在这里，乾隆皇帝为纪念平定大小金川而立的御碑也立在这里。

当年战争结束后，乾隆皇帝在大小金川设立懋功、章谷、抚边、绥靖、崇化五屯，驻军屯垦。噶喇依更名为崇化屯，管辖广法、卡撒、曾达、马尔邦、马奈等地。1935年红军到达此地后曾设立崇化

碉楼

县，建立红色政权，直到1940年才更名为安宁。

同行的陕西师范大学王欣教授，是从事西北民族学研究的知名学者，其导师是我国著名的民族学家、社会学家和历史学家马长寿的弟子周伟洲，故王欣尊称马先生为"祖师爷"。马长寿的《康藏民族之分类体质种属及社会组织》《嘉戎民族社会史》《苯教源流》等研究成果，在学术界有较大的影响。

此次考察出发前，王欣教授整理了马长寿二十世纪四十年代先后两次深入嘉绒地区考察的资料，从成都到金川，一路他都在实地对照马长寿先生的行程。我们从马先生的笔记中得知，1941年11月他们到达崇化（即噶喇依）时索诺木官寨还在，他们不但考察了索诺木官寨、武侯祠以及当地山川形势，还从民间获得珍贵的《两征金川浅论》一书。

可是我们到达安宁后，问了几个老乡，皆不知索诺木官寨在何处。我不由再次惊讶于时光对历史的冲刷！因为早已看过乾隆御碑，所以我没有再上山，而是在山下等候。同行的前龙门石窟研究所所长温玉成教授、中央民族大学马沙教授是考察组中年纪较大的两位，一位七十五岁，一位七十二岁，虽然老当益壮，但长途奔波，难免疲惫，也在山坡下歇息。

附近一对老年夫妇见状，热情地搬出几条小木凳请大家到他们家门口的树荫下坐。老汉姓陈，自称是藏族，可是聊了一会，又说自己祖籍陕西，大约爷爷的爷爷的上一辈就来到金川，落地生根，繁衍后代。我说："那时候陕西并没有藏族，你应该是汉族，而且你的容貌也像汉族。"陈大爷笑着说："当藏族好，不但可以多生娃娃，娃儿上学还有很多优惠，比当汉族划得来。"陈大爷说的是实话，也代表了当地很多居民的想法。

长达二十九年的战争给大小金川带来灭顶之灾，战争中，当地居民不是逃走，就是死亡，几乎不复存在。战后清廷在此驻军屯垦，又从各地大量移民，故眼下金川的居民大多是当年移民的后裔，形成藏、羌、回、汉等多民族杂居的格局；也因为多民族融合带来的优势，这里的女子都颇有姿色。

聊了一会，几个当地人凑过来。我问其中一人是否知道索诺木，对方一脸茫然，其他人也摇头不知。

第一次大金川之战于乾隆十四年（1749年）以大金川土司莎罗奔请降平息。乾隆三十六年（1771年），继任土司索诺木（莎罗奔侄孙）与莎罗奔曾经攻打的小金川土司后代僧格桑（泽旺子）联手，同清军对抗，使清军深陷重围，屡遭失败。

嘎达山下的村民们

乾隆皇帝恼羞成怒，令阿桂为定西大将军，在剿平小金川之后，全力征伐大金川。战争历时一年，清军逼近大金川索诺木官寨之一勒乌围。索诺木出于无奈，杀死僧格桑求降。清军不允，就如乾隆皇帝在御碑中所写："向不云乎，弗加征而自臣属，谓之归顺。始逆命而终徕服，谓之归降。若今索诺木之穷蹙，率弟兄出碉献印，不但不可谓之归顺，即归降亦不可得。"

索诺木逃至噶喇依。噶喇依官寨依山而建，四周碉楼林立，多深堑高墙，易守难攻。清军包围官寨，切断水源，以炮火猛攻。乾隆御碑中描写了当时的情景："而方彼其抗命相拒，历五年之长，兹已密围巢穴，火器团攻，腹心溃内，羽翼失傍。"最终，索诺木不得不率众出寨投降，清军千里迢迢将他押解到京城，凌迟处死。

乾隆御碑

五

  广法寺距安宁镇不远，黄红相间的高大石墙矗立在一片青色麦地中，金光灿烂的屋顶在蓝天下发出耀眼的光芒。寺院里很清静，也很干净，一条狭窄摇晃的铁索桥将车轮与喧闹阻隔在对岸，环绕的河流更增添了几分宁静。

　　雍仲拉顶广法寺大门

广法寺是清代四大皇家寺院之一，故其建筑采用了皇家特有的明黄色。一个边远闭塞的小地方为什么会有皇家寺院？这也与大小金川之战有关。广法寺原名"雍忠拉顶"，"雍忠"是藏语音译，为"金刚降魔神"之意。雍忠拉顶原是嘉绒地区有名的苯教寺院，相传清军进入大小金川时，雍忠拉顶寺住持曾率三千喇嘛顽强对抗，令乾隆皇帝深恶痛绝，故战事结束后不但将寺院住持与索诺木一同押解进京处以极刑，还下令消灭苯教，大力扶植藏传佛教格鲁派，并于乾隆四十一年（1776年）将雍忠拉顶更名为"广法寺"，拨重金修复，御书"正教恒宣"匾额，令其管辖嘉绒地区十八土司领地。

岁月悠悠，两百多年过去了，如今广法寺的大门上悬挂着"雍忠拉顶广法大寺"的匾额，无声地告诉人们苯教又回到曾经的寺院，与佛教融合发展。

走进寺内，灵幡宝盖密布，五彩缤纷的大殿的墙上，不但有佛教祖师的画像，也有苯教大师的肖像。一位上年纪的老喇嘛在宽敞的大殿里一边敲鼓，一边诵经，心无旁骛。

雍忠拉顶广法寺大殿内景象

大殿左右两旁的偏殿里，一边供有千手千眼观音，另一边摆放着南海观音。这一切显示了藏传佛教、汉传佛教、苯教的相互兼容，正如乾隆皇帝所书"正教恒宣"。生活在这片土地上的人们，依据自己内心的需求，自由选择自己的信仰与追求。

离开时，已先到公路边迎接我们的小喇嘛送上一本《班玛仁清活佛传》，书中写道："大小金川之战后，雍忠拉丁更名广法寺，讲修与传承与拉萨哲蚌寺相合，堪布由哲蚌寺派任。寺院周边很多庶民部落将迁徙至北京香山，并在那里安居。"哲蚌寺创建于明永乐十四年（1416年），是西藏最大的佛教寺庙，在格鲁派中拥有极高的地位。

五层楼高的巨大转经筒

乾隆皇帝认为清军进攻大小金川损失惨重，是碉楼易守难攻造成的，于是下令抓一批金川造碉工匠押往北京建造石碉，用以训练专攻碉楼的"特种部队"，又将原来的云梯部队改为健锐营，也有史书称其为"西山健锐营"。

"开国之初，我旗人蹑云梯肉搏而登城者，不可屈指数，以此攻碉，何碉弗克！"因此，"命于西山之麓，设为石碉也者，而简飞之士以习之"。看得出来，乾隆为征服大小金川可谓煞费苦心。前些年有人采访香山"番子营"的后裔，他们也说自己祖上来自大金川，他们还保留了一些嘉绒藏族的生活习俗。

碉 楼

"藏文文献十分有限，历史记载不够完整，高僧传、土司家谱等可以起到一定的补充作用。"中国社科院八十三岁的藏学专家降边嘉措这番话不无道理。

六

距离安宁乡不远的格尔乡有一座废弃的古堡，称为叶尔基遗址，半山坡的残垣断壁上挂满了五彩经幡。遗址下方有座占地大约十平方米的简陋的小寺院。传说清代康熙、乾隆年间，准噶尔部一小部分人为躲避清军的追杀，迁徙千里到此，为了不暴露准噶尔部的身份，隐姓埋名，后将这里称为"格尔"，以作纪念。

叶尔基遗址

走进小庙，四壁漆黑，油灯暗淡，一位上年纪的居士婆婆守在其中。正对门的佛龛上供奉着佛教、苯教造像，墙柱上贴有阿弥陀佛咒语。这座寺院虽小，但历史久远，当地百姓称，朝圣峨眉山之前必先来此上香。

出门向左，忽然别有洞天。一排小屋门前红色月季花怒放，快要成熟的油桃缀满枝头，四周打扫得干干净净。我刚走过去，门里出来一位慈眉善目的老婆婆，姓刘，身着汉人服装，热情地从屋里搬出凳子招呼我坐。"这里是你家吗？"我问。刘婆婆摇头说，这是师父闭关的地方，她来帮忙做饭，兼做些杂活，今天师父出关，暂时外出，她便收拾菜地。顺着她右手指的方向看去，石阶下是一片细心耕作的菜地。

稍坐片刻，温玉成教授说，他认为叶尔基遗址极有可能是唐代的金川都护府所在地。1997年10月，河南省偃师市首阳山镇一砖厂内出土《郭虚己墓志》碑，系颜真卿于天宝八年（749年）书写，碑文中出现了"金川都护府"字样。石碑现存于河南偃师市博物馆，碑中写道："有羌豪董哥罗者，屡怀翻覆，公奏诛之。"郭虚己率兵出征，"七载，又破千碉城，擒其宰相。八载三月，破其摩弥、咄霸等八国卅余城，置金川都护府以镇之"。由此看来，建立金川都护府是为了有效地管理西山八国。

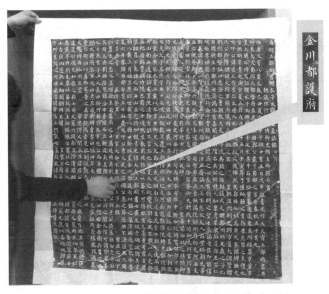

颜真卿书《郭虚己墓志》拓本

这碑中的"摩弥"即木雅，在今天康定与道孚一带；今天道孚的扎坝乡便是过去"咄霸"的中心。《旧唐书·东女国传》记载的"西山八国"为哥邻、白狗、逋租、南水、弱水、悉董、清远、咄霸，位置大致相当于今天四川省阿坝藏族羌族自治州的茂县、理县、黑水、汶川，以及甘孜藏族自治州的丹巴、道孚等地，还包括甘肃省甘南藏族自治州部分地方、青海省班玛县等地。历史上兼领过西山八国的朝廷要员有韦皋、李德裕等，均官至宰相。郭虚己是山西太原人，先后任中丞史、工部侍郎、户部侍郎、工部尚书等职，大约在公元691—749年间奉命率兵征讨西山八国，并建立金川都护府，可是只维持了十年左右。

大约在北宋年间，西山八国逐步演变融合，形成后来嘉绒"十八土司"的格局。再后来，这里诞生了振兴苯教的年美·西绕坚赞（1355—1415），他是西藏历史上闻名遐迩的苯教大师，苯教五大坚赞之一。十八土司一直延续到清代，由于大金川、卓斯甲等土司信奉苯教，苯教在嘉绒地区延续不断。

由于年代久远，叶尔基遗址表面找不到任何物证，但是异于当地碉楼的建筑总在给我们一些提示。

马长寿先生分别于1936年、1941年先后两次深入嘉绒地区考察。其中一次，马先生在卓克基一带进行了为期四天的调查后，由于向导失误，被带到党坝另一户人家，不仅未能访问到曾经代理土司之职、被称为"嘉绒女王"的察朗海氏，甚至连那户人家的门也没得进——

东女国的孩子们

因为女主人生病，延请喇嘛念经，谢绝一切外人。但是，马先生却在卓斯甲记录下纳坚赞土司的家谱、祖牒，观看苯教驱鬼仪式，采访到苯教僧人等。

千年迷雾笼罩着的东女国大门被推开一线，但更多的秘密还有待人们进一步去探索、发现。

最后的土司

当走进马尔康卓克基土司官寨时，我再次感到自己被小时候所受的一些教育误导了——在我固有的观念里，土司是与野蛮、落后、愚昧、无知联系在一起的。

尽管历经百年风雨沧桑，几经粉饰，曾做过衙门的办公地，也曾办过学校，等等，但是卓克基土司官寨依然不失当年雄浑的气势。如今，各地都不乏豪华别墅，但无论如何高档，建材都是流水线生产出

土司官寨大门

来的，所谓"花园""洋房"，不过是多种模式的重复、翻版，稍加改动。可是卓克基土司官寨是独一无二的，专门为卓克基土司设计建造的，在别的无论何处也找不到相同的建筑。站在这里，你不由会对另一种文化，另一个民族，另一段历史，另一种制度，以另一种视角展开观察，得出与以往不同的结论。

土司官寨一角

卓克基土司官寨是土司制度最后的见证之一。土司早已消失，但是江湖上仍然流传着有关土司的种种传说，他们是那片土地上奇异的果实。

最早知道卓克基上司官寨，是因为阿来的长篇小说《尘埃落定》。这本书获得了国家最高文学奖——茅盾文学奖，同名的电视连续剧就在卓克基土司官寨拍摄，卓克基土司官寨由此名声大噪。

小说讲述了民国时期声势显赫的康巴地区末代藏族土司在酒后和汉族太太生了一个傻瓜儿子，这个傻子与现实生活格格不入，却有着超越时代的预感和举止，成为土司制度辉煌、没落、灭亡的见证人。

小说以独特的视角吸引了众多的读者，一些读者推测小说是以卓克基土司官寨主人为原型创作的，理由是阿来是藏族，出生于距此不远的梭磨乡。马尔康俗称"四土"，即四个土司统辖之地，书中几个土司之间的利益冲突和斗争便是以此为背景展开的。

后来我见到阿来，与他谈及此书，关于小说中的人物与现实中的人物。他说事情并非像人们推测的那样。他曾在地方志办公室工作，用大量时间研究康巴地区土司制度的兴衰。地处汉藏文化交界处的康巴地区原本是一个封闭的地方，清王朝灭亡后，动荡的局势却使之成为思想文化的交汇点，新旧思想、新旧事物在这里碰撞，刺激着当地的经济发展和文化变迁，土司制度在这个过程中辉煌、没落、灭亡。《尘埃落定》便是依据这个宏大的历史变迁创作而成的。

四月初的马尔康，早上还带着浓浓的寒意，气温只有4摄氏度，卓克基土司官寨里游人寥寥无几。尽管二十世纪八十年代末官寨就被定为全国重点文物保护单位，但由于路途遥远，在鹧鸪山隧道打通前，蜿蜒曲折的盘山路、海拔四千多米的高山、秋冬季的冰雪路面，让不少人望而却步，故除自驾越野爱好者外，一般外地游客很难来这里。

早上的阳光斜洒在灰白色的石墙上，为坚硬的石头抹上一层柔和的光亮，周围的山半明半暗，绿中带黄，脚下哗哗流淌的溪水中泛起一层薄雾。我在大门口一边欣赏远

土司官寨一角

山近水，一边向一男一女两个工作人员打听官寨是如何保存下来的。

男的说，1935年红军来过此地，故受到当地政府的保护。又说，当年红军来时正在下雨，官寨的土兵使用的火药枪受潮打不燃火，而红军的武器相对先进，加上红军进攻时先打了几发彩色信号弹，土司和手下人从没见过，以为红军会法术，吓得赶紧逃走了。毛泽东进官寨后，在土司索观瀛的房里看到一本《三国志》，顺手拿走了。二十世纪五十年代，索观瀛到北京参加国庆观礼，毛泽东对索观瀛说："我当年借了你的《三国志》没有还。"这位工作人员告诉我，在经历了一系列政治运动后，许多文物遭到破坏，如今官寨除主体建筑外，不少是后来修复重建的。

女的插言道："你该去看看柯玉霞，快八十岁了，就住在马尔康城里，是政协会员呢。"

她还活着？这让我有些吃惊！柯玉霞是索观瀛的第二个太太，在《尘埃落定》里，她被描写成一个出身低微，相貌出众的汉族女子。事实上她是藏族，嫁过来后在丈夫的鼓励下开始学习汉文。

"她是不是很漂亮？"我问，忍不住好奇心。我在金川时了解到，索观瀛从小过继给姨妈。姨妈出于多种考虑，让索观瀛娶了卓斯甲土司纳坚赞的姐姐珍莫尼纤为妻。珍莫尼纤比索观瀛大十岁，这是一桩利益婚姻，加之当时索观瀛年纪尚小，自然谈不上夫妻感情。柯玉霞是索观瀛成年后娶的，年轻、漂亮，性格柔顺，深得丈夫宠爱。

工作人员答："那是，老了都很有气质。我阿婆见过她年轻时的样子，说她漂亮，皮肤白。不然土司咋会娶她？那时的土司有钱有权，比现在的千万富翁还阔气！"

"土司有几个儿子？还有在世的吗？"我问。

"土司有两个儿子，老大解放前就失踪了，也有人说病死了。老二娶了黑水土司的女儿，没有生娃娃，后来也死了。索观瀛土司在'文化大革命'时遭'红卫兵'批斗，怄气病死。这家人已经绝了，只留下柯玉霞一个人。嘿，黑水土司的女儿漂亮得像仙女！等会你进去看照片就晓得了。"

她会是什么样？我带着这份好奇走进官寨。

官寨的二楼陈列了大量红军领导人的照片，长征时他们曾经在此逗留。红军长征途中爬雪山、过草地，这"雪山""草地"，就在四川的甘孜藏族自治州、阿坝藏族羌族自治州境内。三楼、四楼分别是索观瀛土司的起居室、书房以及佛堂等，里面几乎没有称得上文物的东西，大都是仿制品，值得庆幸的是还有一些索观瀛以及家人的老照片。那个年代照相是奢侈的事，从这些照片可以看出，索观瀛是一个喜欢时尚，乐于接受新生事物的人，也许还有些离经叛道，放荡不羁。

土司官寨的会客厅

土司官寨一角

　　索观瀛藏名索郎泽郎，长得浓眉大眼，身材魁梧，因为受过良好教育，看上去威武中带着几分儒雅。在一张照片里，他戴礼帽，披斗篷，挂"文明棍"，手戴雪白的手套，是那个年代时尚的中国绅士装束。

　　他生于1898年，是汶川第二十二代瓦寺土司索怀仁的独子。瓦寺土司传承久远，明英宗年间奉诏统兵出征今汶川一带有功，受封涂禹山（今汶川县绵池镇）瓦寺土司。

　　索观瀛本应是瓦寺土司的唯一继承人，但父亲索怀仁没等他长大就因戎马劳顿积劳成疾。为避免幼子日后遭胞弟索代庚加害，谋夺其位，索怀仁主动将瓦寺土司的继承权交给弟弟索代庚（藏名罗洛加）。1911年，卓克基土司绝嗣，而卓克基土司之妻是索观瀛的姨妈，为了不让卓克基的大权被外人夺去，老土司便让索观瀛入赘，约定待他年纪稍长便正式继承土司之位。

索观瀛土司

于是，1914年，十六岁的索观瀛前往卓克基，与二十六岁的珍莫尼纤完婚。结婚以前，索观瀛一直在成都、灌县等地读书，学习汉文化，同时又在舅舅的指点下学习藏文经典。舅舅博学多才，是获得了格西学位的喇嘛。汉藏两种文化的教育，使索观瀛眼界开阔、思想活跃。

索观瀛初到卓克基时还是个不谙世故的少年。姨妈不久就去世，实权落到"监护人"——大头人德尔格和柯尔枯手中。索观瀛形同傀儡，内心愤懑，却敢怒不敢言。

待年纪稍长，索观瀛萌发了除掉两大头人的想法，却又感到自己实力不足，便暗中留心可以借助的力量。一次去靖化（今金川）看戏，他结识了懋功绥靖屯游击司令杜铁樵。此人是汉人，还是索观瀛岳父纳旺的干儿子。两人歃血为盟，结为兄弟，开始密谋如何除去控制卓克基大权的两个头人。

不久，杜铁樵率两个连的兵力突袭卓克基，包围德尔格的寨子，以谋反的罪名将德尔格杀死。柯尔枯闻讯吓得连夜向草原逃走，不敢再返回卓克基。至此，索观瀛才真正掌握了卓克基部落的实权。

索观瀛虽然是土司，但从小读汉书，说汉语，习汉俗，受汉文化影响很大，在嘉绒十八土司中是极为罕见的。后来，他在恢复重建的官寨里还特地设置了一个书房，取了个风雅的名号，叫"蜀锦楼"，其中收藏了很多藏文和汉文典籍。

在掌握了卓克基实权后，索观瀛推行了一系列改革。如对辖区内六十多个大小头人进行整顿，由过去的世袭改为因人命职，培植亲信；招募了一些可靠的汉人在身边，设置汉人秘书，与政府之间的行文也全以汉文书写；进一步改善与邻近的土司之间的关系，他先后娶了五个妻子，其中三个是当时势力强大的金川卓斯甲土司的女儿；他还将西藏三大寺之一的甘丹寺的高僧请到马尔康寺住持，从而控制了领地的政教大权。这一系列改革使卓克基部落强大起来，也稳固了索观瀛的地位。

穿行在官寨，我看到索观瀛与柯玉霞的合影。那一年，柯玉霞二十三岁，微微含笑的脸庞端庄温和，戴着藏式耳坠和珊瑚、象牙项珠，一顶金丝盘绣的金花帽，穿着水獭皮镶边的藏袍，一身藏族贵族妇女的装束。

土司索观瀛（右）与妻子柯玉霞（左）

　　再向前，我的目光被索观瀛的儿媳达朗措深深吸引，她的美貌足以穿越时光。饱满的瓜子脸上洋溢着天真无邪的微笑，小巧丰润的双唇间露出整齐光洁的牙齿，鼻梁挺直，两条长辫子垂在肩后。最打动人的是那双明净如水的大眼睛，波光粼粼，纤尘不染，这双眼睛当年不知令多少男子沉醉！照片上的达朗措不施粉黛，不像如今那些时尚杂志封面上的美女，如果不是后期处理的效果，如果不是化妆师妙笔生花，有几个敢素颜与达郎措比美？

　　然而正是这个女子，这个被称为"末代土司太太"的女子，逼索观瀛退出了历史的舞台，自己取而代之！这究竟是一个什么样的女子？美貌之下藏着什么样的心机？

　　这要从她的父亲苏永和说起，她嫁到索家正是由父亲苏永和一手操办的。苏永和藏名夺尔吉巴让，出生于1909年，是黑水其朗头人恩及布的小儿子。黑水流域原为羌族聚居区，清朝乾隆年间，大将阿桂奉命平定大小金川之乱，将黑水流域的统治权奖给助战有功的梭磨女土司。女土司考虑再三，让长子即位成为梭磨土司，次子索朗与大带兵、大法官以及几位尾大不掉的权臣移居黑水，划区而治。其朗是黑水五大头人之一，但辖区并不大，只有两条半沟。此后，五大头人之间，以及索朗与哥哥之间的争斗从未间断，积怨甚深。

　　1923年，年仅十四岁的苏永和入赘昂叶（龙坝），与龙坝女继承人俄斯密结婚，顺理成章成为昂叶头人，婚后生有三子二女，达朗措是长女。不久，黑水爆发了六大土司之间的械斗，恩及布的贴身侍卫被买通，刺死了自己的主子。长达八年的争斗中，苏永和兄弟不但战胜了其他几个土司，成为黑水的统治者，还三次将邓锡侯派去进剿的川军打得丢盔卸甲，狼狈不堪，损失三千多人。

　　1933年，哥哥苏永清病逝，苏永和娶了嫂子达罗曼（汉名高丽华），得到原来属于嫂子的麻窝五沟，成为麻窝头人。但是苏永和并不满足，虽然他完成了梭磨九十九沟的统一，被很多人赞为"英雄"，但因为没有中央政府颁发的封号，他始终觉得底气不足。

阿坝藏族羌族自治州当时被当地人简化为两大块：雪山和草地。卓克基的索观瀛被称为"雪山巨首"，草地盟主则是麦桑土官华尔功成烈。他们都是朝廷册封的世袭土司、土官。苏永和想与他们平起平坐，必须要有与土司、土官地位相当的名分。为此，他改变方略，开始远交近攻，索观瀛是他锁定的第一个目标。

他知道要与根基深厚的索观瀛较劲并非易事，必须有国民党中央政府为靠山，于是一改过去与川军对立的态度，参与阻击红军。为此，苏永和得到了南京政府授予的"松（松潘）理（理县）游击'剿匪'司令"和四川省政府授予的"松理茂（茂县）守备司令"的头衔。

一下有了两个"司令"头衔的苏永和更加膨胀，让路经黑水的红军伤亡惨重，因伤残、体弱、年少而流落黑水的红军战士多遭其残酷杀害。为此，蒋介石奖给苏永和一枚"三等云麾勋章"。

有了国民党的支持，苏永和开始慢慢向卓克基逼近。恰好此时松潘某地一个土官去世，其妻与丈夫的侄儿为继承权发生争执。苏永和助其妻打败侄儿并入赘，成了当地土官。这是苏永和在黑水、梭磨之外取得的第一块地盘。

苏永和的逐渐强大与对卓克基的窥视使索观瀛深感担忧，双方多次发生摩擦。

苏、索二人不和的渊源要追溯到1931年6月，邓锡侯第二次兵分两路进攻黑水，再度以失败告终，于是采取"以夷治夷"策略，在汶、理、茂、松四县征集兵员，委任汶川涂禹山瓦寺土司索代庚、茂县羌寨头人王国栋为营长，各带土兵，组成汉、藏、羌族共三千余人的混合部队，第三次进攻黑水。行前，四川省政府加授索代庚为梭磨兼理土司（当时黑水归梭磨管）。

开战之初，黑水很快被川军控制，哪知苏永和以两百名精兵，破釜沉舟，放火烧了所有山寨和衙门，坚壁清野，使川军失去后勤供应，最后溃不成军。领队的郭旅长被打断一条腿，瓦寺土司索代庚被俘处决，抛尸黑水河。

事后，九世班禅在成都的代表出面调停，苏氏兄弟到成都请罪，这场战事暂告结束。南京政府委九世班禅兼署梭磨宣抚使（土司），班禅派两位活佛到梭磨土司衙门代为行使土司职权。

五年后，九世班禅圆寂，南京政府宣布废除梭磨土司，苏永和又把手伸向这里。可是当地一些人备受苏永和欺凌，便以索代庚曾任梭磨土司，其侄索观瀛是"土司根根"为由，欲迎请索观瀛兼任梭磨土司。此举遭到苏永和的强烈反对，双方由摩擦到械斗，冲突不断，延续了几年。直到1940年，索观瀛战败，不得不接受貌似和平共处、"冤家变亲家"的条件：苏永和长女达朗措嫁与索观瀛的小儿子索国坤。

索观瀛子嗣不旺，长子早夭，次子索国坤生性文弱。达朗措看似天真，但骨子里秉承了父亲强悍的基因，过门后通过各种手段，逼索观瀛退位，让丈夫执掌卓克基大权，而又在背后操纵丈夫，卓克基的大权慢慢落到达朗措手中。

我站在卓克基官寨的屋顶上，这是一个巨大的露天阳台，四周景色一览无余。我由达朗措联想到她的一个弟弟苏西圣。前一天在松岗参观碉楼时，听说他是那里的最后一任土司。

原来松岗土司无后，迫于苏永和的势力，将苏西圣收为儿子。就在达朗措出嫁的第二年，年仅十一岁的苏西圣在苏永和的活动打点下，被理县县长以"改土归流"的名义任命为松岗乡乡长。

土司官寨一角

松岗最有特色的是碉楼群，建于清代中叶，相传是为了抵御清兵围剿大小金川而修筑的。现存四座碉楼，两座在直波村，两座在河对面的山梁上。直波村的两座为八角碉，是碉楼中造型最奇特的，其中高的一座有八层，高约三十米，耸立在山坡上。

在逐步控制了雪山后，苏永和开始窥探华尔功成烈的草地。华尔功成烈全名麦桑·华尔功成烈然布丹，生于1916年，是毗邻阿坝的上果洛（今青海省果洛藏族自治州）洛木巴-木尔代桑人，少年时曾出家为僧，沉稳聪颖，相貌堂堂。麦桑老土官甲丹蚌死后无嗣，独生女华尔诺特招其为婿，承袭第十四代麦桑土官之位，当时他还不到二十岁。

华尔功成烈与苏永和之间的争斗一直延续到1950年。大变革结束了这场纷争，雪山、草原收归国有，土司至高无上的权力消失了，土司制度彻底灭亡。

从清朝雍正皇帝起，中央政府就开始推行"改土归流"政策，改世袭土司为朝廷任免的流官，设立由中央政府统一管辖的府、厅、州、县地方政府，派遣有一定任期的流官进行管理，以此加强中央对西南少数民族地区的统治。但是，改土归流在推行过程中受到极大阻碍，尤其是在边远山区，土司仍然在自己的领地里享有至高无上的权力，设立各自的税赋刑狱制度，直到二十世纪五十年代，延续数百年的土司制度才真正结束。被称为"三雄"的索观瀛、苏永和、华尔功成烈这三位最后的土司，见证了土司制度的覆灭。他们过去管辖的区域，后来发生了翻天覆地的变化，而他们自己也在新时代里走上不同的道路。

1953年，华尔功成烈出任当时的四川省藏族自治区人民政府副主席。1966年，华尔功成烈的妻子因不堪忍受"审查"屈辱，投河自尽，华尔功成烈悲痛欲绝，沿河寻尸三日，依旧不见踪影，不久后，在威州索桥（汶川大桥）上投河自尽，时年五十一岁。1979年1月27日，四川省委、阿坝藏族羌族自治州为华尔功成烈补开了追悼会。

索观瀛1967年被"红卫兵"从成都揪回阿坝"批斗"，不久脑出血而死，时年六十六岁。他也曾任当时四川省藏族自治区的副主席。索观瀛的次子索国坤后来与达朗措离婚。

1956年，苏永和出任阿坝藏族羌族自治州政协副主席，五十年代末从西藏逃往印度，四处辗转，后移民加拿大。1981年底，苏永和与儿子苏西圣返回故乡，还带回第二个妻子达罗曼的骨灰，不料很快查出患直肠癌，次年病故于成都，终年七十二岁。据说他死前提出一个特殊的要求：想坐在直升机上看看黑水的山水。这个要求得到了满足。他离世后，国内外的九个子女为他举办了隆重的葬礼。

走出卓克基土司官寨，依旧守在大门口的女工作人员笑吟吟地招呼我："看完了？"

我点点头，觉得意犹未尽，想买一本介绍官寨的书，可是得到的答复是：没有。"有好多事不好写出来。他们都被国民党委任过这个那个的司令，打过共产党，后来向共产党投诚，再后来又反水，反反复复，龙门阵多得很，几天几夜说不完……"

工作人员又说，别人问柯玉霞她是不是《尘埃落定》中二太太的原型，她都一笑了之。她很沉静，在经历了许多坎坷之后，对外界的事很超然。

离开卓克基官寨，我心中还萦绕着最后的土司的往事。一路所见所闻，最后的土司的经历可以写成很多部长篇史诗，什么时候再有人来把这些家族几百年的历史袒露给大家？

我期待这一天。

土司官寨一角

甘　堡

汶川大地震中近十万人遇难，伤者更是难以计数，然而距离汶川不远的理县甘堡藏寨的乡民们，却意外地躲过了这场毁灭性的灾难。

乡民们说是，卷心菜救了他们的命。

种植卷心菜是近年来甘堡藏寨主要的经济来源之一，每年五月是收获卷心菜的季节。

当地习俗，一家有事，大家相帮。2008年5月12日那天，寨子里的人几乎都在地里收卷心菜，连猫、狗、猪、鸡也不想待在家里，大概是它们远比人敏感，嗅到了不祥之气。虽然是收获时节，但是那一年乡民们一点也不开心，因为卷心菜收购价很低。物贱伤农，乡民们心情黯然，干起活来没精打采。前来收购的菜贩子在一旁着急，又不便表现得太明显。他心里也郁闷：往年这个季节，他总是在上午就将卷心菜拉走，乡民与他皆大欢喜；而这天中午两点多钟了他还饥肠辘辘地守在地里，真是一损俱损。

谁也没有想到就在这时，震天撼地的汶川大地震发生了，山崩地裂，昏天黑地，尘土飞扬。村民们待到从慌乱中定下神来，才看见石头垒砌的房舍崩裂倒塌，乱石翻滚，溪流阻塞。不到两分钟的时间，四周一切变得面目全非，狰狞可怕！

菜贩子捶胸顿足："妈呀，我要是在路上肯定没命了！"

惊恐不安的村民们见家人安然无恙，伤心之余，又感到幸运——不幸中的万幸！

　　祸兮，福兮。

　　地震后重建的甘堡藏寨焕然一新，旧迹难寻。因为地处青藏高原东南边缘，四月初这里似乎才刚刚进入春季，山风吹开了梨树上的花蕾，将一幢幢石屋点缀得如同在云上一般。走近寨子，道路两边摆满了杜鹃花，一盆盆姹紫嫣红，一直延伸到寨子的顶端。溪流潺潺，蜿蜒穿过寨子，杨柳青青，随风飘荡，与我六年前来时看到的景象有天壤之别！

地震后恢复重建的甘堡藏寨

回想六年前，我们到米亚罗看红叶归来路过此地，远远看见灰褐色石墙上有一个巨大的"智慧之眼"，待走近，发现一个人站在梯子上，正用白色的涂料描画。"智慧之眼"在藏地比比皆是，并不稀奇，但如此大尺寸的，还是有点出人意料。于是，我们决定进寨子去看看。那时附近的毕棚沟风景区刚刚开发，知道的人不多，故甘堡藏寨很少有游人光顾。

因为年久失修，寨子显得陈旧破败，猪、狗、鸡四处游荡，几个上了年纪的妇女坐在路旁，一边做绣鞋，一边有一搭没一搭地闲聊。寨子里的房舍以石块垒砌而成，下宽上窄。灰褐色石块取自山上，再用当地的黏土粘合而成。民居一般建有两到三层：一层养牲畜、堆杂物；二层是客厅、厨房、住房；三层屋顶平整，是晾晒粮食的地方。这里的藏族属嘉绒一支，以农耕为主业。

我们朝"智慧之眼"走去，小伙子还在专心致志地描画。打过招呼，眉目清秀的小伙子从木梯上下来。他告诉我旁边是守备官衙遗址，当年驻扎清兵的行营总部，甘堡也因此被称为守备官寨。他用自己全部积蓄买下了这个快要倒塌的官衙，想恢复原貌，但因为没有钱，无法雇工人，只能靠自己动手一点点地维修，连老父亲和妻子也

甘堡藏寨里石块垒砌的房屋

跟着受累。

　　小伙子的举动让我有些意外，在边远山区很少有人关注文物修复与保护，因为这不但需要眼光和智慧，还要承担很大的经济风险。

　　我们按照他的指点，沿残缺不全的石阶向上走去。曾经颇有气势的官寨破败不堪，石墙泥土脱落，石块缺损，有的地方已经长出暗绿色的苔藓，门前的空地边缘杂草丛生，走过去稍不小心脚下就打滑。举目望去，官寨的门窗糟朽发黑，与局部维修过的地方形成强烈的对比。

甘堡守备官寨在2008年汶川大地震中倒塌（该照片摄于2005年）

跨进屋，里面光线很暗。小心往前，每走一步木地板都会发出"咚、咚"的声响。小伙子赶紧拉开灯，我才看见屋里陈列了一些图片，还有从各地收集的旧瓦罐、火药枪、铜钱、瓷碗、藏袍、桌椅等杂物。小伙子说自己想建一个民间博物馆，竭尽全力张罗，甚至到成都等地参观。在这个过程中，他结识了一些朋友，得到了鼓励，更坚定了信心。

当晚，我们在小伙子的一个亲戚家中住下，虽然条件简陋，但是野生菌、老腊肉、新鲜蔬菜煮的火锅给了我们很大的惊喜，那种山野食材的美味，是城里任何大厨都无法烹饪出来的。

小伙子在县城开了一间藏医小诊所，与我同行的一位朋友患有风湿，时常腰酸背痛，便说想试试藏医疗效。小伙子闻言，从家里拿来一块黑乎乎的腌肉，放到火盆上烤。我心生疑虑，问他这是要做什么。小伙子说这是腌制过的雪猪肉，治风湿有特效。小伙子将烤过的雪猪肉在朋友的肩膀处涂抹，接着又烤，再涂抹，油腻腻一大片，油珠子似乎都快要滴下来了。当天晚上，朋友自觉症状大为好转，让我颇为惊讶。

雪猪就是旱獭，又名土拨鼠，体形肥大的可以长到3～6千克，长约50厘米。小伙子说每到雪猪冬眠时，他们就会到山里去抓。雪猪洞穴多在向阳的山坡，常有数个出入口，捕时只留一口，其余堵死，然后用草，有时加一点干辣椒，点燃往洞里熏。雪猪受不了就往外跑，人就在洞口张开麻袋捕捉。

离开甘堡前，朋友又请小伙子如法炮制，再拿腌雪猪肉给他抹抹，末了，央求小伙子卖给他一块雪猪肉，准备回去后继续治疗。这以后，朋友多次与小伙子通电话，不过汶川地震后就失去了联系。

六年过去了，我再次来到甘堡，希望能找到六年前借住过的那户人家。我沿着石阶向上走，得知有几户人家可以接待游人住宿。第一家大门敞开，院子里摆有座椅，撑了太阳伞，墙边有几盆花草，厨房卧室开着，但空无一人。喊了几声，没有回应，一个过路的老人说："出去摆条去了。"

"摆条？"我不解其意。

老人大约有些耳背，没有听到我的问话，一摇一晃地走了。

再往上，一户人家安排我们住下。新修的三层楼房，二、三楼是带卫生间的客房，尽管有些简陋，但在山区已经是相当奢侈的住宿条件了。

寨子里的藏族阿婆

刚住下，一个看上去十岁出头的小姑娘走进来，身穿一件粉红色的外套，发髻盘在头顶，插了几个色彩鲜艳的塑料花发夹，大眼睛忽闪忽闪，毫不怯生，问我从何处来，要住几天。因为正在换牙，说话时有点漏风。缺了门牙、参差不齐的小牙齿，与她那副小大人的神情搭在一起，显得格外纯真可爱。

她叫扎西旺姆，是房东的孙女。

扎西旺姆

我见她落落大方，便问她可否带我在寨子里四处转转。她两眼放光，冲到露台上向下大声喊："妈妈，我带阿姨出去转一下，要得不？"

"你作业做完没有？"妈妈在楼下手忙脚乱，正为我们做午饭。

扎西旺姆一下泄了气，这似乎不是件愉快的事。但很快，她就缓过劲来，又拉长声音，嗲声嗲气央求母亲。母亲架不住女儿纠缠，只好同意。

出了家门，扎西旺姆就像出笼的鸟，叽叽喳喳说个不停。她指点着周围一一介绍："这些花是刘奇葆爷爷来之前买来放的。你看，这家偷了五盆放在自己的院子里。还有，对面那家也偷了，哼，窗台上的三盆都是。寨子里好多人都偷了，我们家没偷！他们说拿回家养，不然放在路边会干死……你看，这家门口的两个小灯笼也是偷的，本来是挂在路边的树上，他们拿到自家门口……"

"你长大了应该当村长，管全寨子。"我逗她。

她瞪大眼睛，小脸上露出神圣感和责任感。她对"村长"的向往大约由来已久。

当我路过一户村民家时，她低声说："这家人最自私，地震后大家都住在一起，就他们家偏要单独住一个帐篷！"

少年老成的表情颇有几分像样。

我一直想问问地震后这里的状况，可总是难以启齿。这是留在灾区人们心中永远难以忘却的阴影。汶川大地震后一年，我和先生到卧龙、映秀、汶川等地走了一圈，满目疮痍，惨不忍睹。当地人说起地震都很伤心，有的甚至恸哭不止，以致我觉得向他们打听有关地震的事如同揭疮疤。眼下听她自己说起，我才小心地问她："害怕地震吗？"哪知扎西旺姆踮起脚尖，伸开双臂，以优美的舞蹈姿势旋转了一圈，脆生生地说："不怕，好耍得很！"

"好耍？"这太出乎我的意料！

扎西旺姆大约看出了我的疑惑，呵呵直笑："地震的时候我们正在院子里耍，吧，一下就摇起来了，我们在地上打滚。后来房子垮了，小娃娃些就住在一个大帐篷里，用木板搭了三层床，一层睡一个。大人一走，嘿嘿，我们就跳下来耍，藏猫猫，吃东西，摆条。"她连比带划，又跳跃着转了一圈。

"摆条是什么意思？"我问。

"就是摆龙门阵咯，你不晓得？呵，呵——"小姑娘对能指点大人感到很有成就感。

甘堡藏寨里的碉楼

"你晓得博巴森根不？"她指着博巴森根传习所，又想考我。我看见博巴森根传习所墙上写着"国家级非物质文化遗产"字样，门前有一个小广场，像村里聚会的地方，就大约明白是做什么的，但我依旧说不懂。

小姑娘得意地点拨道："是为了纪念寨子里出去打仗死了的人，他们回不来，别人就把他们的辫子割下带回来，大家唱歌跳舞纪念他们。"

我进一步追问，小姑娘有点犯难了："我……我听爷爷说的，背不全，晚上叫他讲给你听。"

扎西旺姆说她爷爷原来是"给猪儿牛儿打针的"，后来爸爸又给猪儿牛儿打针，整天都在外面忙碌。

原来她爷爷是兽医，她父亲又继承了爷爷的事业。

"我的老牙齿不掉，新牙齿长出来乱七八糟的，我爷爷和我爸爸，还有我舅舅几个人把我当猪儿按在地上，把老牙齿扯了。哎呀呀，把我痛惨了……"小姑娘说起来呲牙咧嘴，嘘嘘吐气。

她边说，边带我向一个挂满经幡的山头走去。大约是大地震留下的后患，山坡上岩石松动，不时落下碎片，夹杂着闪闪发光的云母石。登至山顶，五彩经幡在风中哗哗作响，远处有人扛着长长的柳枝到坟前祭拜，传来阵阵鞭炮声。我这才想到后天就是清明。对刚刚经历了大地震的人们来说，清明更是一个特殊的日子。

扎西旺姆说，站在山顶呼喊，声音可以传很远，在阴间的人也能听到。我大声呼喊，希望离去的人安好。

走下山，我找到当年守备官寨的位置，一座全新的官寨取而代之，格局大变，崭新的大门上挂了锁，据说里面尚未完工。向老乡打听，方知旧的守备官寨在地震中彻底倒塌，当年那个充满雄心壮志的小伙子已经外出谋生……

我心里一阵遗憾。

吃晚饭时，扎西旺姆的爷爷趁着酒兴讲起甘堡藏寨的往事。唐朝太宗皇帝时，吐蕃王松赞干布率大兵压境，在松州（即今松潘县）一带与汉人的军队发生激战，甘堡一带成为兵家必争之地。后来，西藏内乱，一部分藏人没有返回西藏，留在此地，与当地羌人逐渐融合，世代繁衍，成为嘉绒藏族。明代推行土司制，甘堡属杂谷脑土司领地。清朝乾隆十七年（1752年）改土归流，土司废除，改设屯兵兵户，原杂谷脑土司管辖的二千五百户藏族、五百户羌族分设为五个屯，甘堡屯是其中之一。

按当时规定，每一兵户须定男丁一名为屯兵，列入兵册，给予一定数量的河坝土地、房屋、工具和武器，每年饷银六两，有继承权。有战即兵，无战即农，平时屯田训练，战时出征打仗。屯兵由屯官管理，屯官官职以守备为大，为正五品武官。

甘堡屯因屯兵兵户多，辖地范围相对较大，故是五屯之首，当时就有上百户人家，设两员守备，即苟氏和桑氏。五屯曾多次奉召出征，参与了反击英军入侵、反击廓尔喀侵藏等多次战事，是一支能征善战的精锐之师。

阵亡将士的辫子都带回了家乡，在甘堡藏寨建起了"辫子坟"，人们每年都要祭拜，以示悼念，博巴森根由此而起。"博巴"意为"藏人"，"森根"意为"狮子"。以后每年的端午节，全村男女老少就聚在一起，以悲壮的歌舞纪念骁勇善战的阵亡将士。

第二天早上我正收拾东西准备离开，扎西旺姆睡眼惺忪地从屋里跑来，说昨晚已经告诉爷爷，让爷爷给我做烙饼吃。难怪我闻到厨房飘出阵阵香味。昨晚十二点，我已睡意蒙胧，扎西旺姆却还谈兴甚浓，而今天从她身上的衣服和脸上的污迹不难猜出，她昨晚回去倒头就睡，甚至没有洗漱更衣，乡下孩子这种自在随意的生活有时很令人羡慕。我问扎西旺姆是否愿意跟我到城里去上学，她摇摇头，说城里学校作业太多，不安逸。

我知道，她的心愿是当村长。

藏茶，鲜为人知的故事

我与藏地有种种特殊缘分，藏茶就是其中之一。

我对西藏最初的好感就来自藏茶，因为藏茶意外地缓解了我强烈的高山反应。那一年我八岁，第一次去西藏拉萨。

我父亲隶属于十八军，1950年一边修路，一边徒步，走进西藏，整整走了一年才到达拉萨；我母亲是1961年的援藏教师。那时他们无暇顾及自己的家庭，三个孩子分散在四川三个不同的地方。

到拉萨刚下飞机我就感到头晕，接着开始呕吐。母亲说这是高山反应，眼里充满担忧。费了一些周折，她才请到一个藏族同胞用板车将我拖回她在拉萨师范学校的宿舍。我在床上躺了一天才慢慢缓过来，依旧头疼，浑身无力，不思饮食。

几天后，母亲要去学生家做家访，那时候教师家访似乎是不成文的规定，也是义不容辞的职责。因无人照顾我，母亲只好将我带上。当时拉萨没有出租车、公交车，也没有三轮车，只能步行。母亲担心我难受，路上走得极慢，时不时还停下来歇息。

我们刚走到藏族学生家大门外，一家人就忙不迭跑出来迎接。藏族人天性淳朴，对老师格外尊重，老师的孩子也跟着沾光。进屋聊了一会，女主人端出一碗热气腾腾的酥油茶送到我面前。母亲有些不安，说不必用这样隆重的礼节对待小孩子，可是对方坚持要向我敬茶。他们说的是藏语，我听不懂，不过从神情和肢体动作能猜出几分。母亲看着我，眼神里透出担忧。我端过碗尝了一口，说了声"好喝"，就"咕噜咕噜"将一碗酥油茶喝下。男主人很开心，哈哈大笑，母亲这才松了一口气，说没想到我初来西藏就能喝酥油茶。事后我才知道，不喝主人敬的茶，是相当失礼的事。母亲一直不太适应酥油的味道，她身体比较羸弱，对腥膻食物特别敏感，几乎不吃羊肉，也不喜欢海味鱼类，初到西藏时闻到酥油的味道就恶心反胃，甚至连装过酥油茶的碗洗净后也能嗅出来，为此吃过不少苦头。

我喝下酥油茶不一会，就感到舒服了很多，甚至还爬到主人的屋顶上去看了看，这让母亲和主人大为惊喜。离开时，主人硬塞给母亲半块砖头状的藏茶，还有一点酥油和糌粑，说："这是菩萨赐给藏民的食物，吃了不会生病。"

酥油和糌粑倒还不稀奇，可是藏茶看上去丝毫不起眼，甚至有些丑陋，黑乎乎的，用粗大的茶叶和一些细枝条紧压成砖头状，有的压成长条状，要喝茶时用刀戳一小块放入壶中熬煮。母亲说藏民生活在高寒地带，食物以肉为主，这里又不出产蔬菜水果，茶不但能解除油腻，还能补充身体所需的一些营养素，所以藏族有谚语：宁可三日无肉，不可一日无茶。

从此，我对外表并没有吸引力的藏茶有了好感。

暑假里，母亲带我去了林芝，父亲所在部队驻扎在那里。一天早上，我还在梦中，忽被一阵声嘶力竭的呼喊惊醒："山洪暴发了，山洪暴发了——"

我还没有醒过神来，有人猛烈地敲门：

藏民家中的茶壶

"张老师，张老师！"

对方是母亲在四川时教过的一个学生，姓王，当兵来到西藏，恰好在父亲所在的部队，闲暇时常来看望母亲，帮着提水搬柴。

母亲打开门，小王上气不接下气地说："山洪来了，快跑！"来不及多讲，他抱起我，拖着母亲往外跑。母亲本想转身拿放在桌上的手表，那是她上课必不可少的，可是小王不由分说阻拦了她。路边停了一辆马车，车上堆满了弹药箱，那是小王拦下的，央求赶车的战士将我们带到安全的地方，说我父亲无暇顾及家人，他自己也马上要返回去执行任务。这时，山洪从树林里奔腾而下，泥浆裹着石块滚滚而来。马拉着车飞奔，将我们送到一个山坡上，那里堆放着一些抢运出来的子弹，有一个军人守着。

山下的道路很快就被洪水淹没，四周一片汪洋，粗大的树木漂浮在水面上，甚至还有牛羊在水里挣扎呼号。送我们的战士离开之后，再也没有人马出现。天上下起小雨，我们逃难出门，什么也没带，衣服、食物、水，一无所有。最初的惊慌和恐惧过去后，饥饿和寒冷袭来。我虽然出生于饥饿的年代，却从未体验过饥饿的滋味。在西藏军区驻川办事处的保育院和八一小学里，驻守西藏的军人的孩子们受到特别关照，后来我对饥饿的感受和记忆，无不与那次山洪有关。

黄昏时分大水才逐渐退去，我饿得有气无力，运弹药的人马在望眼欲穿的期盼中终于出现了。返回的路在洪水肆虐后变得面目全非，树木、乱石、深坑、淤泥、杂草，举步维艰。就在大家筋疲力尽时，前面一块巨石后有一缕烟火冒出，一个藏族老婆婆佝偻着背出来，冲我们说了一句话。几个战士不懂藏语，母亲翻译道："老婆婆问我们喝点茶不。"因为工作需要，母亲入藏后很快学会了藏语，与当地人交流没有障碍。

原来老婆婆到山里来捡蘑菇，遇到山洪无法回家，就在山上烧茶喝。平时老乡上山采药、捡蘑菇，因为路远，中午通常不返回，就会带上一点茶和盐，在山上寻些东西烧来吃。大多数有毒的植物他们都认得，不会误食，但是风经常会让有毒植物的花粉飘落到一些可以食用的植物上，吃下去会有危险，可喝了茶就不会有大碍。还有，即便是无毒的普通蘑菇，如果没烧熟透，吃了也会呕吐或者肚子疼，但喝了茶也能安然无恙。

老婆婆对母亲这样解释道，母亲露出惊讶的表情。

火堆上，两个军用罐头盒里茶水正滋滋沸腾。这种红烧猪肉罐头盒并不陌生，部队驻地到处可以找到，不想还有这等用途！喝了茶后，我感觉身体暖和了很多，也不似先前那么饥饿，带着温暖继续赶路。到家一看，满是淤泥，一片狼藉，门口还横了一段从山上冲下来的大树桩。部队炊事班送来一小盆米饭，一个红烧猪肉罐头，母亲用茶泡饭，我们站在稀泥地里吃。我连吃了两碗，从来没有过的香。母亲怕我撑坏肚子，不准我再吃，只让我又喝了一些热茶。

那天晚上我睡得很沉，梦见用军用罐头盒烧开的翻滚的黑色藏茶，再加红烧猪肉和米饭。

从此，藏茶在我心里扎下了根。

后来，我多次行走藏地。天寒地冻，困顿劳乏，高原不适，只要一杯滚烫的酥油茶下肚，立刻精神抖擞，倦意全消。加上童年的经历，我开始留心藏茶，关注藏茶，了解越多，兴趣越浓。

中国是茶叶的原产地，共有六大类茶：绿茶、白茶、红茶、黄茶、花茶、黑茶。藏茶属黑茶，古代也称乌茶、边茶等。前几类茶中，不乏如雷贯耳的名品，如江浙的碧螺春、龙井，安徽的银针、毛峰、瓜片，还有安吉的白茶、福建的红茶、蒙山的黄芽，等等，曾经莫不是奢侈的贡品，王公大臣、富商巨贾杯中的娇嫩之物，锦上添花的风雅饮品。

与之相比，藏茶没有耀眼的头衔，也没有文人雅士留下的风雅名号，却朴实无华地贴近世界屋脊的大地苍生，为藏地雪中送炭。它是一种生活必需品，早已超越了饮品的概念，可以说是雪域高原的生命支柱之一。

机缘巧合，2008年初春，四川大学原党委副书记吕重九先生给我打来电话，说原华西医科大学一位校友弃医从事藏茶生产，在了解藏茶历史后，感触颇多，意欲请人诉诸文字，青史留名，为此还特地邀请了一位著名的导演，期望能将有关藏茶的故事写成电视剧。

接到电话后我赶去雅安。由于特有的气候条件和地理位置，雅安从古至今一直是我国最大，也是历史最悠久的藏茶生产加工基地。同时赶去雅安的还有中国科学院的一位教授，他由北京出发，受邀前去开展藏茶营养成分分析研究。

学医出身的茶商视角独到，期望从历史文化、科学技术、影视艺术各角度全面展示藏茶的魅力。

到达雅安后，我们参观了现代化的藏茶加工厂，保留在简易博物馆里的古法手工生产工具，以及大面积种植藏茶的芦山、名山、天全等地。但是，这些似乎并没有打动我的心，于是我婉拒了创作的邀请。

不过雅安之行，却让我萌发了实地考察五千多公里川藏茶马古道的念头，这个念头加上童年生活的记忆，时时在我心里涌动，有时甚至搅得我不安，最终变成一笔沉重的宿债，让我焦急地盼望尽快偿还。

位于四川雅安的藏茶博物馆

于是，我踏上了旅途。

茶马古道盘旋在滇、川、藏大三角地带横断山脉的崇山峻岭之间，是以马匹为主要交通工具的国际商贸通道。川藏茶马古道始于唐代，东起四川雅安，经打箭炉（今康定），西至西藏拉萨，可到达不丹、尼泊尔和印度等地，全长五千多公里，是世界上海拔最高、路途最险的贸易通道，也是联结古代西藏与内地的桥梁和纽带。

川藏茶马古道分南、北两条线。南线经康定、雅江、理塘、巴塘，过金沙江进入西藏昌都的芒康县；北线经康定、道孚、甘孜、炉霍、德格，渡金沙江到西藏昌都的江达县。茶马古道翻越崇山峻岭，艰险无比，有许多令人胆寒的名称，如"魔鬼之路""死亡之路"等。要走完茶马古道，需横渡汹涌澎湃的大渡河、雅砻江、金沙江、澜沧江、怒江、易贡藏布等，要翻越数十座海拔四千米以上的高山。考察途中，大风、暴雨、冰雪、塌方、滑坡、飞石、车祸、饥饿等惊心动魄的遭遇，让我至今回想起来仍既后怕，又激动，这大概是终生难以忘怀的。

穿越千山万水的茶马古道

　　如今，茶马古道大部分路段已经废弃，取而代之的是川藏公路。这是1950年解放军第十八军进藏时修筑的，我父亲就是筑路大军中的一员。在川藏公路尤其是北线一些地方，还能看到茶马古道的遗迹，以及散落的文明碎片。

　　在南线的巴塘，当地藏族朋友带我去鹦哥嘴，当年茶马古道上有名的地标之一，1905年震惊中外的"巴塘事件"的发生地。当时驻藏帮办大臣凤全与随行人员在此全部被杀，数月后赵尔丰率清兵到达，以藏茶为诱饵捕杀了许多人。

　　在北线的边坝县怒江峡谷，一个老人告诉我，当年他们茶商的马队在半山遭遇雪崩，大雪如汹涌的怒江从头顶铺天盖地而来，所有人都被雪崩掩埋。他是因为拉肚子掉队，成为唯一的幸存者。很久以后，他才在雪地里挖出同伴的遗体、死去的马匹和茶。

　　在林芝，冰川摧毁了十八军将士们修筑的公路，形成高山堰塞湖——古乡湖，并在周边留下房屋大小的巨石。

　　在类乌齐，我遇到了从黑昌路落荒而逃的探险者，那里也曾是茶马古道，如今人迹罕至，被称为"亡命之路"……

一路走走停停，我也变得又黑又瘦，旅途中的感受，无法细说。到达拉萨后，我忽然觉得可以写一写川藏茶马古道了。

总有一些悲壮的历史片段在我脑海里重现，久久挥之不去；总有一些人和事令我感慨万千，久久不能平息。我曾站在古人停留过的地方，打量着上亿年时间形成的山川河流、雪山草地，聆听风雨的诉说。这崇山峻岭、苍茫大地，留下多少沉重的脚步，又封存了多少久远的记忆？那些历史、自然、人物、风情、民俗将我紧紧围绕，我有时甚至透不过气来。于是，我有了一吐为快的冲动。

可是没想到，一落笔才感到写茶马古道比写任何别的事物都艰辛和沉重，历史的沧桑引发对人生的浩叹，增添心里的重负，又引发久久不停的思索；而且，在众多的历史书籍中，有关川藏茶马古道的记载极少，寻找这些散落的文献也极其不易。

古时西藏昌都是川藏、滇藏、青藏三条茶马古道交会的交通枢纽，而从昌都出发又分两条路进入西藏腹地，其中一条是茶马古道的主线，经洛隆、边坝、嘉黎、墨竹工卡、达孜，到达拉萨。过去，这条路线上设有二十四个驿站，藏民习惯称"马站"，通常设在集镇，或者有牧民居住的地方，以便购买饲料、燃料，或者雇民夫。民间流行"穷八站、富八站，不穷不富又八站"之说，是对沿途情况的概括。

这些驿站与我们在史书上认识的汉地驿站有天壤之别。父亲回忆，1950年，十八军先遣队从昌都出发，到达一个叫多洞的驿站，那里仅有三户人家，居住在牦牛毛编织的帐篷里，能买到的仅有用作燃料的干牛粪饼，根本无法提供食物和住宿。古代商队在茶马古道上行走，也是自己携带帐篷和粮食，其艰难程度可想而知。

另一条路由昌都出发后，经类乌齐、丁青、巴青、那曲，再转道去安多以及青海部分地方。由于沿途人烟稀少，道路荒僻，故行走的商队也少。即使现在，虽然修筑了黑昌公路，但也难以维护，路途之艰难，我在2011年去类乌齐时已经体验过了。

茶马古道为何形成？为什么有人冒死穿越崇山峻岭？答案是：为了茶，为了茶马互市。这是历史的选择。

蜿蜒曲折的茶马古道

"茶马互市"起源于唐代，是历史上中国西部各民族以茶易马、以马换茶的贸易往来。在冷兵器时代，马匹是重要军需物资，而汉地不产马；茶是边区少数民族的生活必需品，但只有汉地产茶。因此，茶马互市成了我国历代统治者长期推行的一项政策。

到北宋，为了使边贸有序进行，朝廷专门设立了掌管茶马贸易的机构——茶马司，其职责是"掌榷茶之利，以佐邦用。凡市马于四夷，率以茶易之"。且有明文规定，边区少数民族只准与官府（茶马司）进行茶马交易，不准私贩茶业，违者或判死罪，或充军三千里以外。据载，明洪武年间，驸马都尉欧阳伦出使西域，因私自贩茶而被赐死。如此严酷的刑罚，足见茶在当时何其重要！

巴塘一户藏民婚宴前烧茶的情景

　　由于自然环境的原因，藏族和西北少数民族对茶十分依赖。茶能解毒去病，清除油腻，帮助消化，补充身体所需的多种营养，所以茶不但成为中原王朝与西北、西南地区的少数民族之间的大宗经贸商品，也成为统治者安抚、制约少数民族的重要工具之一。四川盆地气候适合茶叶生长，又临近藏族地区，故到南宋时，四川的边茶产量位居全国第一，茶马互市的规模也成为全国之最。

　　清代乾隆以后，"边茶贸易"制度逐渐取代了前朝的"茶马互市"。随着交通和经济的发展，进入茶马古道的其他商品越来越多，如丝绸、布料、铁器、陶瓷、皮革、黄金、虫草、贝母等。同时，各种文化也在茶马古道上相互融合、吸纳。茶马古道沿线，天主教堂、清真寺与佛教寺院和谐相处，使当地文化更加多元化。

　　边茶贸易是清朝一项经济改革措施，也为很多人带来了商机，当年藏地的不少大商人是以经营茶叶起家的，仅康定城一处，在清代就有四十多家以贩茶为主的锅庄。一些地方的大寺院也附带经营茶叶生意，以收入作为寺院的经济来源。

没有到过青藏高原的人很难体会到藏茶的重要。清末川滇边务大臣赵尔丰见印度茶入藏，十分担忧，上奏朝廷："若不设法抵制，势且驷驷东下，不独失我西藏之大销场，亦将摇我炉边根据地。"1950年，解放军第十八军进藏，时任西南局书记的邓小平叮嘱道："解放西藏，多多带茶。"

节日里同饮酥油茶

普通藏民更是视茶为珍贵之物，至今一些地方还保留着上门求亲时要送茶的习俗。一些藏民有了钱仍然不愿意存银行，而是买茶储存。2004年，我造访甘孜一户贫困农耕藏民家，见家中十分简陋，可佛堂靠墙处却堆放了几十条茶，这是主人七十多岁的老母的陪嫁以及家中多年的积蓄。老母亲说，这些茶留着是以备急用的，所以一直没动。2010年我到波密，在一个小商店为选择送给朋友的礼物而犹豫不决时，店主出主意道：若是送藏族朋友，买一条茶比其他任何礼物都好。小店经营小型农机、山货和茶，用竹篾包装的一条条藏茶粗放地堆在一角。店主说特殊的环境、气候以及制作工艺，使藏茶不娇贵，易存放，经得起颠簸摔打，而且存得越久越香。

如今一些藏民依旧保持储存茶当货币的习俗
图中背景是这户人家储存的几十条藏茶

　　我十多次行走藏地，所到之处，无论寺院、乡村、民居、餐馆，茶无处不在，连空气里也飘荡着酥油茶的气味，那是藏地特有的味道。就连藏族汉子夸耀自己妻子女儿勤快能干时也常说："每天早早地就烧好茶！"过去藏地雇工也多以茶作为工钱，因为茶比货币更稳定，不易贬值。茶是藏民的生命，藏茶造就了茶马古道，茶马古道连接了万水千山，使世界屋脊变得绚烂多彩。

　　然而茶马古道的发展并非一帆风顺，尤其是在清朝中后期，随着国力衰微，中央政府对边疆的控制逐渐减弱，对西藏窥探已久的英国开始向西藏倾销茶叶，以图控制西藏。

　　其实，英国人在第一次鸦片战争爆发后就逐步深入印度、尼泊尔、锡金、不丹以及喜马拉雅山西段地区，形成包围西藏之势，又先后派人以传教士、商人、探险家的身份进入西藏，并修通印度平原通往大吉岭的喜马拉雅山铁路，在大吉岭大面积种茶，准备将大吉岭茶倾销到西藏。

1904年西藏江孜宗山堡抗英之战失败后，大量的印度茶从亚东中印边境涌入西藏，这时，西藏地方上层主战派与主和派仍纷争不休。英国军队长期驻扎江孜，印度生产的香烟、手表、棉布、糖、酒、毛线等充斥市场，使西藏的工商业难以发展。直到解放军第十八军进藏，英军才不得不撤走。

清末民初，朝代更迭，天下动荡，官僚、商贾、僧侣、土匪、叛军、土司、头人等更是明争暗斗，加上英国人在其中煽风点火，茶马古道上风起云涌，刀光剑影，道路几度阻塞。

废弃的手工藏茶作坊

在调查采访中，我听了许多川藏茶马古道的往事，也逐渐明白为什么有关这些历史的文字记载很少。这与不同的文化背景有关，也与其地处不同文化的边缘有关。当公路替代了茶马古道之后，茶依然年年入藏，但马帮逐渐消失在历史深处。茶马古道带来了文明，但它自己却已经成为文明的碎片，许多年后，还有多少人知道它？

我决定以故事的形式记载那段神奇悲壮、惊心动魄的历史，于是根据多年的采访调查，自己数万公里艰难的实地考察，写下了长篇历史小说《藏茶秘事》。该书以汉藏三个茶商世家两代人的悲欢离合、恩怨情仇、爱恨交替为主线，以英国人用枪炮开道，以茶叶贸易控制西藏，进而妄图分裂西藏的阴谋为副线，再以太平天国石达开兵败大渡河的历史事件为伏笔，以四川保路运动点燃辛亥革命火种为时代背景，同时穿插红军长征强渡大渡河一战，多个重大历史事件相互交错，多重尖锐矛盾斗争相互交织，多元文化时空相互交叉，从多个侧面揭示出大变革时期川藏茶马古道上风云变幻、跌宕起伏的历史隐秘。

愿以该书祭奠已经退出历史舞台的川藏茶马古道，祭奠那一段沧桑而悲壮的历史！

成吉思汗最后的足迹

因为特殊的原因，我多次行走四川甘孜藏族自治州道孚县。那些奇异而又惊心动魄的经历，虽然让我回想起来有些后怕，但更多的是令我激动不已，刻骨铭心，难以忘怀，以至于一次又一次生出要踏上那片充满魅力、神奇灵异的土地的种种说不清道不明的期盼与预感，我总觉得那里会有什么奇异的事情发生。

2012年9月，道孚出了一个震惊考古界的大发现：一代天骄成吉思汗的死亡地，在四川省甘孜藏族自治州道孚县协德乡！这一发现宣称，1227年成吉思汗率大军南下时，在道孚县协德乡噶达梁子遭到阻击，不幸中箭从马鞍上摔下，六十六岁的生命在此画上句号。

这一重大发现来自温玉成教授，我国著名佛教考古学家，退休前是河南洛阳龙门石窟研究所所长。他不但以缜密的思维、艰难曲折的实地探寻考察，拨开了学术谜雾，更以七十三岁的高龄证明了生命的能量。

温玉成教授

一

四川省甘孜藏族自治州，地处青藏高原东南缘，与西藏、青海、云南等省区相邻，高山逶迤，河流纵横，境内有藏、汉、彝、羌、苗、回、蒙古、满、纳西等二十五个民族，其中藏族占近百分之八十。在过去，甘孜还有不少其他群落，比如木雅人、布人、灵国人、白狼人等，因为民族大融合，生活习俗和语言与藏族相近，最后大都被划入藏族。

甘孜藏族自治州特殊的地理位置造就了与众不同的人文环境，在中国古代朝代更迭中，悄然扮演着十分重要的角色。吐蕃强大时，逐渐吞没了周边的部落；西夏被灭时，一些党项人穿越沙漠戈壁，辗转南逃而来；蒙古为灭南宋、大理，兵分几路，声东击西，大军从此南下；至清代，平定准噶尔之战、大小金川之战，莫不与这片土地息息相关。

据有关史料记载，蒙古军队曾多次从西北方向深入甘孜，规模最大的有三次：

第一次是南宁宝庆三年（1227年）成吉思汗率军进入，以图攻打南宋与大理，但未能如愿；

第二次是南宋宝祐元年（1253年）忽必烈率三路大军南下攻灭大理，其中就有一支军队从甘肃入川，经甘孜进入云南；

第三次是在明朝末年，蒙古一些部落再次兴起，从甘肃、青海、新疆攻入甘孜，并先后占领色达、甘孜、炉霍、道孚等地，直到清朝康熙、雍正年间平定准噶尔部叛乱，蒙古人在这一带的势力才逐步退出。

传说当年成吉思汗出生时，蒙古草原的天空一片血红，预示着一个庞大的草原帝国将从东方诞生。后来，成吉思汗果然南征北战，并吞八荒，囊括宇内，震撼欧亚大陆，被后人誉为"一代天骄"。可是他身前的轰轰烈烈，与离世的悄无声息形成极大的反差、强烈的对比。《元史》中寥寥三十余字的记载，误导了一代又一代后人，让那些按图索骥者南辕北辙，雾里看花，水中捞月，竹篮打水一场空。近八百年来，无数人绞尽脑汁，耗尽移山心力，也未能解开成吉思汗的死亡之谜，长眠于地下的成吉思汗似乎在以这种方式延续草原帝国的神话。

据不完全统计，从清代中期到现在两百多年来，前后有一百多支考古队在寻找成吉思汗最后的足迹，奔波劳碌，踏破铁鞋，结果都是垂头丧气而还。

尤其值得一提的是，1990年至1993年，蒙古与日本联合考察队对蒙古境内一万多平方公里的区域进行了探测，找到了三千五百座十三世纪以前建造的古墓，但没有一座皇陵。

1995年，美国考古学家甚至动用当时最先进的卫星遥感、全球卫星定位等技术在蒙古东部搜寻多年，也是一无所获。

成吉思汗最后的足迹扑朔迷离！

在有关成吉思汗的最权威的史书《元史》中，《太祖纪》记载："二十二年丁亥（1227年）……秋七月壬午，不豫。己丑，崩于萨里川哈老徒之行宫。……寿六十六，葬起辇谷。"而《蒙古黄金史纲》《草原帝国》等书籍中对成吉思汗的死亡地点、死亡年龄的记载与《元史》相矛盾，让人找不到头绪。唯有在冯承钧翻译的《马可·波罗行记》第六十七章《成吉思汗与长老约翰之战》中，关于成吉思汗死亡地点有与《元史》相同的记载："至第六年（1227年）终，进围一名哈喇图（Calatuy）要塞之时，膝上中流矢死。"哈喇图应即哈老

成吉思汗最后的足迹

241

徒，只是汉语翻译用字不同。史书是后人修成的，史官编修元史时，需要将蒙文发音转为汉字，无论是汉人，还是蒙古人，抑或其他民族，在一个没有普通话作为标准的时代，音译出现差异在所难免。

后人根据文献里的几个地名四处寻觅，然而，成吉思汗最后的足迹始终是谜中之谜！

噶达，也被称作年羹尧城

对于温玉成教授这一发现，学术界一些专家表示质疑，理由是文献记载和物证依据不够充分。还有一些人凭着自己固有的思维与观念，认为成吉思汗最后的足迹应该是在蒙古或我国内蒙古一带，而不可能在四川，尤其是在甘孜藏族自治州。

然而，藏文文献《红史》有载："太宗成吉思汗水马年出生，有五个兄弟，三十八岁时征服大地，统治了二十三年，七月十二日在木雅噶去世，享年六十一岁。"

《红史》蒙古语译名为《乌兰史册》，比《元史》成书还早六年，以抄本传世，异名颇多。全书共分四章，依次是：印度古代王统及释迦世系；汉地王统；蒙古王统；吐蕃王朝至萨迦派掌权的藏族史和教派史。

《红史》的作者蔡巴·贡噶多吉是元代蔡巴万户的万户长。他1309年出生在今拉萨市蔡公堂乡，五岁起学习藏传佛教蔡巴噶举派经典，十五岁被委任为蔡巴万户长，十六岁到元大都（今北京）觐见元朝泰定帝，获得封赏。1351年率军和帕竹万户作战失败后，出家为僧，开始著书立说，《红史》是他的代表作。

在藏族历史中，"木雅"也被称为"弭药"，既是一个古老部落的称谓，又是一个地域名称。

木雅人原是我国古代西北党项族。十一世纪初，党项强大，割据了夏、银、绥等十二个州（即今天的陕、甘、宁和内蒙古的部分地区），于公元1032年建立西夏。公元1227年，西夏为成吉思汗所灭，游牧于河套一带的党项人被迫南迁进入四川一带，并逐步融入当地民族。

今天，生活在康定与道孚一带的不少藏民还称自己是木雅人，许多餐馆、旅店皆以"木雅"命名；宁玛派竹庆寺活佛多吉扎西为纪念十世班禅大师于此灌顶布法而在塔公草原修建佛塔——木雅金塔。

而"木雅"作为地名，则是指今康定折多山以西、道孚以南、雅江以东、九龙以北的一带地区，是一个比较宽泛的概念。

另外，《汉藏史记》中也记载："太宗成吉思汗木马年出生，有七兄弟。执政二十三年后火猪年七月十二日在木雅噶逝世，享年六十六岁。"

两种藏文文献的记载虽不完全一致，但都提到成吉思汗死在"木雅噶"，无论如何不可能是一个偶然的巧合。

由此可以推断，找到"木雅噶"的准确位置，即是揭秘的关键。

温玉成教授经两年数次考证，认定文献中的"木雅噶"指今天横跨康定和道孚的一片地区。更重要的是，《元史》《马可·波罗行记》中记载的成吉思汗最后活动区域的几处地名，都集中在道孚县协德乡方圆五公里范围内的一块地方，当地一些人还能说出"噶"在蒙语、藏语中的不同含义。

二

温玉成对成吉思汗死亡地进行考察，缘起于一件看似风马牛不相及的事。2009年9月，有人在内蒙古呼伦贝尔市鄂伦春自治旗西北三十五公里处大兴安岭东南的一个山洞里，发现了奇异的雕刻，这个洞被称为"嘎仙洞"，可是无人能破译雕刻的含义。长期从事北魏历史研究的温玉成受邀前往，很快破译了洞内奇异的"八石阵"。

温玉成认为这是北魏早期八个部落盟誓祭祖的地点，其中拓跋部也不是鲜卑人，而是黑龙江北边的索离族，在二十四史中只有十七个字的记载，在结盟时期还是一个弱小的部落，后来逐渐强大，三次迁都，最后在洛阳统治中原广大地区，这就是后来的北魏。

考察之余，时任呼伦贝尔市委统战部部长孟松林，一位蒙古史学者，向温玉成透露了一个秘密：成吉思汗第三十四代孙乌云其其格说，成吉思汗葬在四川省甘孜藏族自治州，位置大约在过去的大小金川一带，她的先人还来此祭祀过云云。

说者无意，听者有心。乌云其其格虽然还曾对一些人讲过这番话，但回应她的大都是掩口而笑，有的将其当成茶余饭后的谈资。一个八十多岁、平淡无奇、没有文化的老太太怎么可能与一代天骄扯上关系？怕不是头脑发晕，或者另有企图？沉默，嘲笑，无人理睬。

世界上许多机会是留给有心人的。温玉成凭着广博的知识、敏锐的判断力，认为乌云其其格的话并非空穴来风，对一件事情的真伪，往往可以通过一些看似不起眼的细节做出初步的判断。

他开始翻阅许多有关元史的资料，发现其中矛盾百出，于是改从宋史入手，往后又查阅明史的相关资料，再研究西夏、金等历史，终于从汗牛充栋的史籍中发现了线索：蒙古军队于公元1227年夏天从甘肃清水出发，猛烈进攻四川，先头部队打到了剑门关；然而，在进攻四川的左、右两路军队中，右路军（西路）打到甘肃武都时，突然"消失"了。这是为什么？

于是，温玉成开始大胆假设：成吉思汗率领的右路军，秘密地奔向大渡河，去寻求一个灭掉南宋、灭掉大理的战略通道。那时曾经强大的吐蕃已经衰落，四分五裂，成吉思汗完全可以用恩威并施的方式，拉拢一些部落，打击反抗者，再借道甘孜，南下剪大理，灭南宋，进而统治整个中国。由此，温玉成认为，成吉思汗最后的足迹留在甘孜藏族自治州是完全有可能的！

大胆假设之后，温玉成开始小心求证。

"大胆假设，小心求证"是曾任北大校长的胡适先生的至理名言，对温玉成先生的学术思维产生了很大的影响。他在接受我采访时曾说，自己在五十岁以后治学才开始由"爬行"到"直立"，之前是按照学校教授的方法治学，后来在实践中发现有很大的局限性。要想在学术上有所突破，首先要改变治学方法：其一，要有"时空交叉"的思维；其二，操作时要从树根到树干，再从树干到树叶，仔细清理；其三，尽量收集一手材料，田野调查极为重要，因为"纸上得来终觉浅"。

考古勘察现场

　　为了小心求证，他先后五次深入甘孜考察，并且将考察地域向北延伸到青海果洛，向西北延伸到青海玉树，向西延伸到西藏昌都，向西南延伸到云南迪庆，向东南延伸到凉山，向东延伸到雅安，向东北延伸到阿坝，行程一万六千多公里，范围一步步缩小，位置一次比一次精确，最后锚定在道孚县协德乡。

　　这五次考察硕果累累：

　　一是发现了大量元代遗迹，如佛塔、寺院、壁画、石雕、八思巴文等。

　　二是在雅江县郭岗顶遗址发现了唐代以后消失的白狼国。眼睛大如杏仁的陶俑，显示出白狼人带有中亚人的基因。

　　三是发现了大约在八世纪建立起来的"灵国"。灵国的中心在德格县的俄支乡，被藏族人世代歌颂的英雄格萨尔就诞生在俄支乡阿须草原，这个传说人物的真实性得到确认。

　　四是考察了"西山八国"、东女国都城遗址。

　　五是研究了后宏期甘孜地区的佛教传播。

　　六是确认了忽必烈南下消灭大理国，屯兵盘陀城的具体位置。

七是考证了"宁远府"的建立。

八是确认了马可·波罗游历过甘孜地区。

此外，还研究了明清时期甘孜地区的多元文化，等等。

这些成果不但大大丰富了甘孜藏族自治州的历史文化研究，填补了甘孜藏学研究的空白，也为确认成吉思汗最后的足迹提供了丰富的旁证。

巨大收获的背后，是异常艰辛的历程。比如，在考察雅江县郭岗顶时，由于不通车，温玉成教授只好搭乘当地牧民的摩托，可是山陡加之雨后路滑，摩托快到山顶时忽然马力不足，他们连人带车滚下来，车轮砸在温玉成右脚内侧，伤处顿时鲜血直流。由于当地没有医疗条件，他只好简单包扎止血，强忍着剧烈的疼痛，让人背到遗址所在地去考察，直到四小时以后才被送上雅江县人民医院的手术台，缝了十针，留下一道明显的"V"形疤痕。甘孜藏族自治州的车牌号起头是"川V"，故有朋友戏称他永远属于甘孜，甘孜已经铭刻在他的身体上了。

工作现场午餐。左一为温玉成教授，中为作者

三

九月末，南方正是秋高气爽的季节，然而海拔三千多米的道孚已是寒风萧瑟，早晚气温仅有三四摄氏度。我随温玉成教授去了道孚县，这是对他的连续采访，也是一次实地追踪体验，同行的还有几位来自四川省地质测绘院经验丰富的物探工作者。此行的目的地是成吉思汗的陵区。

到达道孚的第二天，县领导安排我们住在距县城七十八公里的八美镇，这里离噶达梁子较近，食宿也能解决——在交通不发达的边远山区，这是一个较为棘手的问题。

晚上，县政协副主席玉新、县文化广播新闻旅游局副局长罗绒尼玛、八美镇党委书记王晓廷、八美镇镇长索朗多吉以及《甘孜日报》副总编根秋多吉等人同我们聚在一起，商议考察与采访报道事宜。温玉成几次到甘孜，与他们已俨然如老友。

大家正说话，一位身高超过一米八的壮汉推门而入。他生得一副典型的康巴汉子形象，自称是木雅人，皮肤黑里透红，浓眉大眼，鼻梁高挺，一身藏袍，浓黑的头发在脑后扎成一条辫子。他藏名叫仁真让布，是附近雀儿村的村长，熟知当地掌故，被邀请来与我们座谈。他说"江格"（当地人对成吉思汗的称呼）死在"噶恰那"，"噶恰那"意思是马鞍摔碎的地方，汉语叫噶达梁子。

温玉成先生问他是否听过一首歌颂西夏人祖先的民谣："黔首石城漠水畔，红脸祖坟白河上，高弥药国在彼方……"仁真让布说，小时从老辈口中得知自己祖先是红脸，以红脸为美。索朗多吉在一旁插言道，在塔公边远乡间至今还流行以红脸为美的习俗，一些妇女外出时，因为无钱购买胭脂，就用红纸将左右脸颊涂上比银币稍大的红团，而眼、唇、眉等并不妆饰。

稍后，温玉成教授拿出一张陈列在内蒙古伊金霍洛镇成吉思汗陵中的成吉思汗"狩猎马鞍"的照片，马鞍曾于1983—1984年在日本各地展览，被视为成吉思汗的遗物。马鞍前面的图案是二龙戏珠，宝珠由六颗海螺组成，宝珠的下边是大鹏金翅鸟守护牦牛的图形。

温教授说，这种由六颗海螺组成的宝珠以及大鹏金翅鸟守护牦牛的图形，是川西藏族地区苯教特有的图形，在汉族地区及内蒙古从来没有出现过，而且内蒙古也不产牦牛。

我们津津有味地传看议论，可是仁真让布并不以为稀奇，说本村一个村民家中就有绘着类似图案的马鞍。三天后，在他的带领下，我们在藏民拥措家看到一副几乎完全相同的马鞍，被收藏在一口木箱里。

拥措不懂汉语，也极少与外界往来，没有机会也没有可能仿制成吉思汗的马鞍。这些图案从何而来？

无独有偶，2013年7月8日，温教授在协德乡调查时，在一户藏民家门口见到一堆看上去年代久远的玛尼石堆。他向村民提出想翻看一下玛尼石堆，村民犹豫了片刻，说要打卦决定能不能翻。过了一会，村民从屋里出来说卦象许可，于是温玉成教授开始翻看玛尼石堆，从中采集到一块石刻，上面是大鹏金翅鸟守护牦牛的图形，时代初步判断为宋代。温教授提出购买这块石片，但村民拒绝了，玛尼石在他们心中是神圣的。

在玛尼石堆里发现的大鹏金翅鸟石刻拓片

第三天一早，我们赶到

距八美十二公里的协德乡。一些村民凑过来看热闹，在边远山区，外乡人的到来颇引人注目。当地居民大都身着现代服装，但村民各自的遗传基因仍旧从面容和体型上展示出来。当地干部介绍这里的居民不少是清朝年羹尧屯垦戍边的满汉兵卒的后人，更早的则要追溯到蒙古人。虽然经过几个朝代，几百年变迁，他们大多与当地民族融合，但还有人保留汉族姓氏。

"协德"一名当地人发音为"噶达"或"合达"。虽然是一个简单的问题，可若非来这里亲耳听见，在书斋里恐怕始终无法想明白。

噶达，或合达，有两处十分著名的历史建筑。

一是惠远寺，藏语称"噶达强巴林"。雍正五年（公元1727年），为防止准噶尔部噶尔丹策零进攻西藏、劫持七世达赖，清廷移七世达赖于理塘，三年后迁往泰宁城皇家寺院——惠远寺，并派重兵护卫。朝廷为此特地拨帑金四十万两，建殿宇、楼房一千余间，占地五百余亩。七世达赖在此居住七年，直到准噶尔部罢兵请和，雍正皇

惠远寺一角

帝才派果亲王允礼护送七世达赖回拉萨。泰宁后来设县，1951年改名为乾宁县，县治设在八美镇。1978年乾宁县撤销，所辖的协德、扎坝两区划归道孚县管辖。

二是噶达城，也被称为"年羹尧城"。如今城池早已荒废，只留下少许残垣断壁。当地老乡说原来整个城墙就是依年羹尧的脚印放大而筑，故又叫"大脚印"。城中有衙门、石碉楼、商店、酒馆，甚至勾栏瓦舍，十分热闹。

年羹尧城土墙遗迹

《元史·世祖纪》载，至元二年（1265年）正月，"庚寅，城西番匣荅路"；至元十一年（1274年）三月，"庚寅……移碉门兵戍合荅城"；六月，"癸丑，敕合荅选蒙古军与汉军分戍沿江堡隘"；至元十三年（1276年）正月甲午，"仍诏谕诸处管民官，以瓮吉剌带丑汉所部军五百戍哈荅城"；同年九月乙卯，"以吐蕃合荅城为宁远府"。《元史·兵志·镇戍》亦载，至元十一年十二月，"调西川王安抚、杨总帅军，与火尼赤相合，与丑汉、黄兀剌同镇守合荅之城"。

噶达一地，从至元二年到至元十三年这十二年间，一直有重兵驻守。元世祖为何如此重视噶达城？因为它不是一座普通的城池，而是极为重要的军事城堡，更重要的是它与成吉思汗有着特殊的因缘！

今天，我站在这里，依旧能感受到噶达城当年在军事上的重要作用。

噶达为三路交会之地，一边通往丹巴，一边通往康定，一边通往道孚，在此建军事城堡，具有一夫当关、万夫莫开的效果。

于是可以推测，噶达很早以前就是吐蕃有名的城堡，碉楼密布，高墙林立，易守难攻，以致成吉思汗率军攻打城堡时中流矢倒下，撒手归西；后来元军攻破并占领城堡，在其中调兵遣将；再后来清朝又在这里屯兵。坚固的军事城堡周围，有宽阔的土地可以提供充足的粮食，有环绕的溪流作为水源，故雍正皇帝钦定在此建惠远寺，迎请七世达赖，以防噶尔丹策零劫持。

城堡周围还有红色的碉楼、金色的碉堡等，为城堡的附属军事设施。一座废弃的城堡下，不知淹没了多少难以为人所知的秘密与沧桑。

我们绕过村舍，沿蜿蜒的山路登上半山，从这里可以俯瞰整个噶达城，当地村民称这条宽阔山谷中的平川为"噶达科"或"噶达隆巴"，有约两万亩耕地，刚收割完青稞的土地上留下金黄色的麦桩。

在宽阔的山坡草地上，我们看见三十多个直径在十米左右的圆形土包齐整地排列着。土包上的草与周边草地有较明显的差异。据惠远寺一位近七十岁的喇嘛介绍，这些土包原来更突出，因几十年风雨侵蚀矮小了不少。

当地村民皆不知土堆起于何时，有何寓意。颇费了一番周折，我才弄明白，被他们称为"坎甲"的土堆，汉语意思是"遥望天边"。为什么要遥望天边？"天边"指的是什么，故乡、天神，还是其他？遗憾的是这次没有时间来考证这些"坎甲"。

温玉成教授（中排左二）、作者（前排右二）与当地村民

第五天我们前往位于中谷的金龙寺。中谷是一条狭长、安静的山谷，四周不见人家，一条小河从寺旁经过，河水往协德方向流去，水势越来越缓，流进一片宽阔的坝子，有人称其为"萨里川"。

因为当地干部事先联系，已经闭关七年、今年七十七岁的土巴活佛同意中午见我们一面。土巴活佛身材清瘦，面容慈祥，一头银白色的头发齐整地梳理在脑后。他通过翻译告诉我们，金龙寺有八百多年历史，现为宁玛派寺院，但最初是个觉姆寺，后来又成为噶举派的寺院。成吉思汗的军队到达时寺庙被毁，幸免于难的僧人只好躲到山洞里修行。后来金龙寺前修起一座驿站，接送从康定到惠远寺的官员。

作者（左）拜访金龙寺土巴活佛（右）

金龙寺里的小喇嘛

由于经历改朝换代的战火以及"文化大革命"的破坏，金龙寺没有留下文献和碑刻，但是我们依然在断墙边的石堆里发现了元代佛教石刻遗迹。

第六天，我们通过卡玛桥去噶达梁子。"卡玛"藏语意为"红色的碉楼"。如今在周边的金川、小金、丹巴等地还能看到许多造型奇异的石碉楼，而这里连完整碉楼的遗迹都没有，当地人说是蒙古兵打来时炸毁的。

为了看清噶达梁子全貌，我们在当地村民的帮助下，经过几个小时的马背颠簸，登上一座海拔4200多米的高山。不想登到山顶却是一片平坦宽阔的草原，实在出乎人的意料！放眼向东看去，山顶与已经废弃的山卡寺（音）相望。"山卡"的意思是"金碉"，即金色的碉堡。

温玉成教授曾在协德乡一古寺的遗址下发现重要的宋代文物——一个石头雕刻的头像，是木雅人祖先像，红脸，顶上有一个小孔，可以拴在马上，这是游牧民族特有的标志。

山卡寺是元朝第一代帝师八思巴在甘孜修建的第三座萨迦派寺院。忽必烈对八思巴极为推崇，1276年，八思巴从大都返藏回萨迦寺时，忽必烈派太子真金亲自护送。

我侧身转向西北，俯瞰整个噶达。噶达像一道平川在宽阔的两山之间展开。我想，如果在汉地，它一定有一个某某川之类的名称。我再次懊恼，自己小时候有条件却不学藏语。想着想着，忽然大风呼啸。这个奇妙的地方，刚才还是阳光灼人，转眼就变天。不一会儿，天边响起雷鸣，乌云弥漫而来，温度骤然下降，眼看就要大雨倾盆，可是一道亮光垂直而下，慢慢扩散开来，如同一个巨大的金刚罩将我们笼罩其中，雨就在我们周围不到二十米的地方倾泻而下，而我们却毫发未湿，甚至能感受到阳光的温暖。真是如有神助！

山雨在靠近我们的地方忽然停下，形成一道奇异的景观

　　村民们得知我们此行的目的，纷纷向我讲起有关"江格"在此打仗的种种传说。一个村民告诉我：有一位七十多岁的老喇嘛对他讲，江格打仗死在这里，但是千万不要对外说，山上的土也不要动，这样蒙古人就不会来犯，即便来了也不会杀他们；老喇嘛还在世，他讲的这些记载在一本书上。

　　另一位村民说：听老辈讲，原来每年夏天村里的男人都要上来拜神山，但不允许女人参加。

　　还有人说：当年忽必烈的太子真金在道孚与一女子相爱，生下一男孩，后来封为万户；在道孚城南大约九公里的地方有个村子原来叫"噶下"（音），后来改为藏名"格西"……

　　"藏人是老虎，蒙古人来了老虎也被拖着走。"这句谚语在这里世代流传。

　　这里的村民几乎都不会讲汉语，与外界往来极少。

下山前，我问温玉成先生："您以文献和大量的物证证实成吉思汗死在甘孜道孚木雅噶，可'木雅噶'毕竟也是一个较大的范围，您是如何将其锁定在一个狭小的范围内的？"

温先生答："眼光与思维方法。"

《红史》《汉藏史记》中的"木雅噶"终于找到了。噶达、合答、匣苔、哈苔等，就是噶达军事城堡，也就是《马可·波罗行记》中记载的"哈喇图"，《元史·太祖纪》中记载的"哈老徒"。成吉思汗在噶达的要塞或大军营帐的行宫里走完了自己最后的路，留下了最后的足迹。

或许，另一个千古之谜——成吉思汗陵，还等待有缘人去探寻……

后　记

　　我对母亲的回忆许多与西藏有关。父亲随十八军进藏是军人的天职，母亲去西藏援教则是主动申请。为了去西藏，她把刚满两岁的我送到西藏军区驻川办事处八一幼儿园全托。年幼的我虽然懵懂无知，但哭闹着拽紧母亲，就是不让身穿白大褂的医生靠近，也不上体检秤，似乎那个小小的秤台将决定我未来的命运。母亲无奈之下只好抱我一同称体重，然后独自过秤，再算出我的体重。

　　我不知道在幼儿园哭过多少回，但三年后母亲回四川来看我时，我却对她已形同陌路。当听到广播里传来"徐杉小朋友妈妈来接"的声音时，正在玩洋娃娃的我似乎没有什么特别的感觉。老师为我梳洗打扮一番，一路不断教我如何问候母亲。我面对母亲，礼貌地鞠躬，叫了一声："妈妈好。"

　　多年后我才明白，这种礼貌，其实是生疏，是隔膜。

　　八一幼儿园、八一小学虽然教学与生活条件都不错，可是但凡家里稍有条件，都不会送子女去。那里的孩子多是父母双方都在西藏，而家乡又没有亲属，或者亲属没有条件帮助照料的。将孩子带去西藏又担心孩子不适应高海拔气候，影响身体发育，把孩子留在内地幼儿园，实在是万般无奈！不但只有三年一次的探亲假才能见面，平时也没有音信，而且孩子从小就远离亲情，只能和禀赋不同、天性各异的同伴一起接受统一教育和照料。

记得我从幼儿园升入在成都茶店子的八一小学后，班上来了一对姐弟，两人相差一岁多，姐姐因患病留级一年，与弟弟同级同班。弟弟性格活跃，甚至有些顽皮，而身体羸弱的姐姐却截然不同，再加上被一些人唤作"留级生"，更是自卑胆怯，郁郁寡欢。

一天中午，我看见姐姐独自在围墙一角蹲着，似乎在刨什么，起初并没有在意，可是接连几天发现她在同一个地方，重复同样的动作，便产生了好奇心。有一天我悄悄走过去，发现她正用一块碎瓦片刨土，脚下已有一个齐小腿肚子深的坑。我问她要做什么，她想了想，并要我发誓保守秘密后才说："老师讲地球是圆的，我从这里挖，挖穿了那边就是西藏，我穿过这个洞就可以到西藏见我妈妈爸爸了。"说这话时，她苍白的脸因为兴奋而露出红晕，两眼放光，仿佛变了一个人似的。那形象深深印在我的记忆里。

能去西藏！这个巨大的秘密让我大为兴奋。自从五岁那年与父母、外婆生活了两个月后，我对家有了概念：妈妈给我买各种好吃的、玩具，并用彩带给我扎辫子；我可以拉着爸爸的双手踩在他脚背上，要他按我的口令向前、退后；外婆嘴里有说不完的鬼神故事，还在我的手绢上绣花，棉衣内缝精巧的小包；我也不会被强求每天一早到院子里跑步，中午必须午睡；等等。

在与父母最初的陌生消失后，温暖和幸福簇拥着我，可这一切只维持了两个月，我又被送去幼儿园。在入园初隔离的三天里，我满脑子都是去西藏找妈妈的念头。另一间屋里，一个男孩奋力地哭喊，声音由高亢到沙哑，最后渐渐消失。这更加强了我要去西藏的意念。

那时凡是被送回幼儿园的孩子必须先单独隔离三天，观察是否患病，以免传染其他孩子。可被关隔离室的孩子大都会萌发去西藏找妈妈爸爸的念头，个别的甚至付诸行动。幼儿园的大门总是锁着，有人看守，大约就是担心孩子偷跑出去。

能有一个地洞去西藏，并且不被老师发现，该有多好！共同的心愿让我与姐姐成了好朋友，从此，我们经常背着同学来这里用瓦片、树枝挖坑，离开时还要做好伪装，以免被人发现：先横插一些树枝，再在上面放几张纸，最后撒上一层薄薄的沙土，远远看去与周围没有区别。

可是好景不长。一天我们正在午睡，忽听楼下传来令人毛骨悚然的尖叫。我跑下楼，一下惊呆了！弟弟不知何时从老师眼皮下逃出寝室，东游西荡，见一辆运煤炭的卡车停在锅炉房边，大约以为司机不在，便想爬到车上去。哪知司机就在驾驶室里。四下安静，正是学生午睡时间，司机没有料到后面有人，何况后视镜也看不到车尾正后面。司机启动了汽车，并往后倒车，准备掉头离开。正在爬车的弟弟被摔下来，后退的车轮从他头上碾过……

老师全身瑟瑟发抖，她的哭声将恐慌与悲伤传染给大家，四周顿时哭声一片。来了许多老师，他们用草席盖住弟弟的遗体，拉扯着把我们送回房间。那一夜，寝室里的小朋友都在哭，哭累了又睡，被噩梦惊醒后再哭。此后很长时间，孩子们都不敢靠近出事的地方，一到晚上就会想起弟弟死去的惨状，鲜血似乎弥漫了楼道，就连平时逞强好胜的孩子，想上厕所时也要低声下气地求同学陪同。

弟弟的爸爸妈妈很快来到学校。那天，我看见姐姐的爸爸妈妈在办公室与学校领导说话，爸爸边说边抹眼泪，妈妈一直在哭，隔着玻璃，我什么也听不见。姐姐看见我，出来拉着我说："爸爸妈妈要带我去西藏了。”弟弟的死换来她与父母的团聚，我竟有些羡慕。姐姐安慰我说：“我到了西藏就叫你妈妈来接你！”我万分欣喜，并与她拉钩约定。

在处理完弟弟的事后，姐姐的爸爸妈妈为姐姐办了转学手续。分别的那天，我眼巴巴地看着姐姐牵着爸爸妈妈的手离开。我与几个小朋友一直紧跟到大门口。忽然，一个小朋友跑上前央求道：“叔叔，阿姨，你叫我妈妈也来接我吧，他们也在西藏！”我事先忍不住把姐姐要叫我妈妈来接我的消息告诉了她，她早已按捺不住。

身着军装的叔叔俯下身子问：“你爸爸在西藏哪里？部队番号是什么？”

包括我在内的几个孩子一下都傻了。“番号”是什么？西藏还有“哪里”？莫非他们找不到？姐姐的妈妈一下搂住我们几个孩子泣不成声。

姐姐走了，从此音信渺无。

一年后，爸爸带我去了拉萨。做出这个决定是因为他半夜上厕所时，无意间看到我坐在床上哭。他原本打算第二天送我回八一小学，然后自己乘车返回西藏。为了这个临时的决定，爸爸第二天一早就带我去缝纫店做棉衣棉裤，又去买帽子围巾等物品，并购买了我们两人去拉萨的飞机票。那是1968年，乘飞机是件多么奢侈的事，小孩乘坐一次伊尔-18客机的花费相当于内地一般人三个月的工资。

我到拉萨后的一天，与妈妈谈起八一小学的事，并说很想找到姐姐。妈妈问我：她爸爸在哪里？部队番号是多少？又是“番号”，还有“哪里”！我又一次懵了。后来在妈妈的解释中我才知道西藏是多么辽阔，没有地址、部队番号和姓名，要找一个人如同大海捞针！

在拉萨生活了将近一年，我始终不太适应，头痛、胸闷、肚子痛……医生在诊断书上写道："高原性心脏病，速乘飞机内送。"我只好飞回四川。

那时我便隐约知道，以后不能再去西藏了。

后来母亲被诊断患心脏病、高血压、美尼尔综合征……医生说很大程度是由于在高原时间太长。

而西藏给我的负面影响远非这些。因为我在八一小学的经历，母亲不忍另外两个孩子再孤单无助，四处求亲戚帮助抚养。最后弟弟托给我的表叔表娘。表叔姓俞，有一儿一女，所以弟弟小时候一直称自己是"俞三娃"，叫表叔表娘"爸爸""妈妈"。妹妹托给姨妈，以后便随姨妈的女儿叫我母亲为"二保保"，称姨妈姨父为爸爸妈妈。

我们一家五口分散在五个不同的地方，每一次见面都很生疏，父母悲喜交加，孩子们则有些惶惶不安。我参军时母亲只提了一个要求：不去西藏。爸爸也默许。体检时心脏二级杂音险些使我与军装失之交臂，我明白这大约是西藏留给我的烙印，也提醒我不能再去高原。

我复员后，母亲的一位朋友万分热情地给我介绍男朋友。一听说对方在西藏部队，我不假思索就拒绝了，我不想重复父母的经历。后来，为了不让母亲太难堪，我答应去见一面，出门前翻箱倒柜找了一件皱巴巴的、多年不用的旧衣服穿上，到达后冷着脸应付了几句就告辞。可怜那个年轻的军官跟在后面嗫嚅，我心里嘀咕：我才不会再去西藏，我也不会等在西藏的人！

不知道从什么时候开始，一种莫名的力量，把我心中一道道与西藏的阻隔逐渐融化。也许是母亲晚年对西藏的怀念，也许是父亲长篇的回忆，还有自己对西藏认知的加深，以及种种与藏地的因缘聚合。我决定重走藏地。

我小心翼翼，试探着前行，不想这一走便一发不可收拾！出发时完全没有料到行程会把自己带得那么远。我先后十多次进入藏地，行程数万公里，一步步深入，发现西藏竟然那么丰富，那么神奇，让人流连忘返。自己的身体也奇迹般地适应了高原环境，海拔三千米，海拔四千米，海拔五千米，海拔六千米以上。当我到达海拔五千四百多米的珠峰一号营地时，回想医嘱"高原性心脏病，速乘飞机内送"，心里回荡起绵长的感叹。高山雪峰唤起了积淀在我血液中的西藏情结，我与西藏彼此接纳。

　　此后，在我先后完成的九部长篇文学作品中，有两部与藏地有关：《藏地八千里》《藏茶秘事》。

　　探索发现的旅途虽然充满艰难，却不时闻到极致的芬芳，叩问已被淹没的历史玄秘、神奇文化，生命也因此精彩丰富。

　　2014年，我受中国作家协会的委派，到甘孜藏族自治州理塘县定点深入生活。中国作家协会在全国筛选，确定了五十名作家到各地农村、企业、牧区、林区、少数民族自治区等定点深入生活。我作为四川省唯一入选作家，被派到理塘县定点深入生活，不能不再次说明我与藏地确实有着特殊的缘分！

　　每一部新作出版，我都会带上一本书和一束鲜花去母亲的墓地，与她分享书里书外的纷繁人生。

2014年5月